Map Of Chronicle

Swerin

West End
Is.

Nord Straits

Cape Of
Grand Sea

Red Bay

Reiern C. S.

Mid Mts.

Amerin

Krimwaltz

Shawenn Plain

Queens
Bay

Green Straits

Silie Is.

Grand

Olive
Peninsula

Sea

Jack Ketch's
Coast

Lancer of Regina

2

여왕의 창기병 2

권병수 판타지 장편 소설

초판 1쇄 찍은 날 § 2001년 5월 10일
초판 1쇄 펴낸 날 § 2001년 5월 20일

지은이 § 권병수
펴낸이 § 서경석
펴낸곳 § 도서출판 청어람
편집 § 문혜영 · 허경란 · 박영주 · 김희정 · 권민정
마케팅 § 정필 · 강양원

등록번호 § 제1081-1-89호
등록일자 § 1999. 5. 31
어람번호 § 제1-0103호

주소 § 경기도 부천시 원미구 심곡1동 350-1 남성B/D 3F ㉾420-011
전화 § 032-656-4452 팩스 § 032-656-4453
e-mail § eoram99@chollian.net

값 7,500원

ISBN 89-5505-097-6 (SET) / ISBN 89-5505-099-2 04810

Lancer of Regina

2
CRUX
n. 급소. 요점. 난점. 수수께끼. 의문. 난문. 십자 무늬. 남십자성

권병수 판타지 장편 소설

도서출판
청어람

목 차

Chapter 3

광야 속의 왕, 그리고 광대

〈 1 〉

대지에 몸을 누이고 보는 밤하늘은 유난히 맑았다. 이언은 편하게 기대앉은 자세로 밤하늘을 올려다보았다. 모닥불은 이따금 진저리를 치면서도 꾸준하게 타올랐다. 그런 모닥불 주변으로는 일행들이 원을 그리며 누워 잠들어 있었다.

모닥불로 인해 밝아진 눈으로도 달빛을 받고 있는 평원의 어둠은 어슴푸레하게 보이고 있었다. 그곳에서는 서로 다른 명암의 어둠이 수평을 이루며 맞붙어 있었다. 이언은 자세를 좀 더 편안하게 고친 다음 다시 밤하늘을 올려다보았다. 그의 검은 머리칼은 불빛에 발갛게 달아올라 있었다.

피네벡에서 이틀을 머물렀던 튜멜 일행은 3일째 새벽에 서둘러 마을을 떠났다. 언제 암살자들과 도적들이 다시 습격해 올지 모르는 상황이었다. 일행은 무리한 속도로 밀 밭을 가로질러 동쪽으로 달렸고,

도중에 몇 개의 농가에 들러 먹을 것 따위를 보급받으며 지나쳤다. 그들이 발트하임 남부에 위치한 검은평원에 들어선 것은 벌써 이틀째였다. 검은평원은 말 그대로 아무것도 없는 평원이었다. 지평선이 하늘과 무미건조하게 맞닿는 광경이 언제까지나 계속되는 그런 곳이었다.

"자두는 게 좋을 텐데? 교대 시간은 멀었어."

이언이 조용히 말했을 때 튜멜은 천천히 모포 속에서 몸을 일으켰다. 그는 자는 체했던 행동을 들켰다는 멋쩍은 표정을 지으며, 여전히 갑옷을 입은 채 자신의 롱 소드를 끌어안고 누워 있었다. 튜멜은 이언의 시선을 의식하면서 갑옷이 소리를 내지 않도록 조심스럽게 일어나 앉았다. 이언은 여전히 다른 곳을 바라보고 있었다.

"오늘따라 잠이 오지 않는군."

"여긴 평원 한가운데야. 누군가 접근하면 지평선 밖에서부터 시선에 들어와. 습격을 하고 싶어도 어둠 속에서 몰래 접근하는 데는 한계가 있어."

이언의 말에 튜멜은 사납게 이언을 노려보며 나직히 으르렁거렸다. 모닥불에 비친 튜멜의 눈매가 기묘하게 일그러졌다.

"난 네 녀석처럼 능숙한 살인자는 아닐지 몰라도 겁장이는 아니다. 나를 모욕하지 말아라."

"겁장이라고 한 적 없어. 겁장이는 절대 무모하지 않거든."

이언은 그렇게 말하더니 컵을 하나 꺼내 주전자에서 차를 따라 튜멜에게 건네주었다. 뜨거운 재 속에 주전자를 파묻어두었기 때문에 차는 여전히 더운 김을 피워냈다. 그는 묵묵히 이언이 건네주는 잔을 받아 들었다. 건틀렛을 벗어 차가워진 손으로 온기가 달라붙으며 은

은한 차 향이 모닥불 주변을 감돌았다. 튜멜은 천천히 청동 컵을 감싸 쥐었다.

평원으로 들어서기 전에 마차에 실어온 장작으로 모닥불을 피우고 있었기 때문에 모닥불을 크게 피우지는 못하고 있었다. 하지만 초봄의 밤을 지새기에는 충분한 정도의 온기를 전해주고 있었다. 이언과 파일런은 검은평원에서는 장작을 구하기가 불가능하다는 것을 알고 있었다.

"지독히도 별이 맑은 밤인 것 같아. 시끄러워서 잠들지 못했던 모양이지?"

"별들이 맑은 것과 시끄러운 것이 무슨 상관이지?"

이언은 조용히 웃으며 튜멜을 바라보았다. 싸늘하지는 않았지만 여전히 어딘가 사람을 불편하게 만드는 웃음이었다. 튜멜은 그 이유가 묘하게 휘어져 올라간 입매 때문이라고 생각했다. 어쩌면 평소에 그가 보여주는 성격 때문인지도 몰랐지만 그런 것은 아무래도 좋았다.

그는 컵을 손에 들고서 이언의 시선을 마주 보고 있었다. 튜멜은 문득 자신이 지금껏 한 번도 이언의 얼굴을 이렇게 똑바로 본 적이 없었다는 사실을 깨달았다. 아주 작은 깨달음이 그를 놀라게 하고 있었다. 이언은 그에게 미소를 지었다.

"고개를 들어봐. 너는 아직도 야외에서 자는 것에 익숙하지 못하군, 남작."

"하늘? 별밖에 더 있겠……."

튜멜은 고개를 들어 하늘을 올려다보았다. 그리고는 입을 딱 벌렸다.

엄청난 수의 별들이 머리 위에 있었다. 별들은 모이기도 했고, 뿔뿔이 흩어지기도 했으며, 손을 잡고 기하학적인 군무를 보여주기도 했다. 별들은 침묵하고 있었지만 동시에 소리를 질렀다. 소리를 내지 않는 존재들이라도 엄청난 숫자가 모이면 무언의 소리가 나온다는 것을 증명하는 순간이었다. 대기를 흔드는 소리는 없었지만, 머리를 흔드는 소리는 있었다.

튜멜은 너무나 많은 소리들이 밀려 들어와 어느 것 하나 알아들을 수가 없었다. 묵상의 종이 울리는 교회 종탑 아래서 신자들이 두런거리는 상황을 웅변하는 모습이었다. 별들은 입을 모아 소리높여 외치고 있었다.

내가 여기에 있다. 나는 이곳에 존재하고 있다.

"지, 지독하군……."
"넌 어휘력에 좀 문제가 있는 거 아냐?"
튜멜은 대꾸를 하지 않은 채 그저 멍하니 하늘을 올려다보았다. 이언은 자신의 차를 마시면서 피식 웃었다. 침묵이 흐르는 가운데 모닥불이 튀어 오르는 소리만 들려왔다. 평야 한가운데인데도 풀벌레 소리조차 들려오지 않는 밤이었다.

"너에게서 가장 맘에 안 드는 부분이 바로 그 말투야. 어째서 항상 그렇게 빈정대면서 대화를 하지? 가끔은 진지해 보는 게 어때?"
이언은 아무런 대꾸를 하지 않았다. 튜멜은 롱 소드를 들고서 좀 더 이언과 가까이 앉았다. 그는 단지 두 사람의 대화가 다른 사람들의 수면을 방해하지 않기를 원했다. 두 사람은 또다시 침묵 속에 빠진 채 밤하늘을 올려다보았다.

얼마인지 모를 한참의 시간이 흘렀을 때, 모닥불 곁에서 잠을 자던 레미가 가볍게 신음을 흘리며 몸을 뒤척였다. 튜멜은 레미에게 다가가 자신의 모포를 덮어주었다. 피네벡에서의 그 전투 이후로 그녀는 마차 안에서 혼자 잠들기를 거부하고 있었다. 하지만 발트하임의 봄 날씨는 귀족 여자가 모포 한 장에 의지해 잠들기에는 너무나 가혹했다. 따스한 크림발츠였다고 해도 별반 다르지 않을 터였다.

튜멜은 잠시 동안 입을 다물고 잠든 레미의 상태를 관찰하기 시작했다. 그동안 이언은 관심이 없다는 표정으로 밤하늘만 올려다보고 있었다. 이언이 세 번째 하품을 할 무렵 튜멜이 고개를 들었다.

"괜찮을까?"

"응, 괜찮아."

너무 쉽게 나와 버린 이언의 대답에 튜멜은 미간을 꿈틀거렸다. 그는 간신히 소리를 지르지 않은 채 입을 열었다.

"뭐가? 괜찮다는 거지?"

"그 질문은 니가 한 거잖아? 의미를 나한테 물어보면 어쩌겠다는 거야? 나에게 성실한 대답을 원한다면 먼저 성실하게 물어봐. 우린 성직자들과 신의 존재론에 대한 선문답을 하는 게 아니니까."

"아낙스 양이 걱정돼서 그런 거다. 저번의 전투는 그녀에게 너무 가혹했을 테니까. 솔직히 나조차도… 아니, 그만두지. 어때? 이대로도 괜찮을까?"

튜멜은 다시 이언의 곁으로 다가와 앉으며 목소리를 낮춰 말했다. 이언은 길게 하품을 하고는 입맛을 다시며 머리를 긁었다. 그는 모닥불을 피해 밤하늘로 시선을 고정시키고 있었다. 튜멜은 잘 모르고 있었지만 야간 불침번을 서게 되는 자는 모닥불을 똑바로 바라보는 것을 피해야 했다. 모닥불에 밝아진 눈은 어둠 저편을 정확하게 볼 수 없기 때문이었다. 이언은 튜멜과 대화를 하면서도 그 원칙을 지키는 것을 잊지 않았다. 하지만 튜멜은 그가 자신을 무시하기 때문에 자신을 응시하지 않는다고 생각했다.

"글쎄, 그런 건 본인에게 물어봐야겠지."

"진지해져라. 부탁이다. 난 농담을 좋아하지 않는다."

튜멜은 고개를 들어 이언을 바라보았다. 검게 흘러내린 앞 머리칼 아래로 드러난 이언의 눈은 그 빛을 짐작하기 힘들었다. 그는 이언의 눈빛을 가늠해 보았지만 그로서는 이언의 감정을 읽는 것이 불가능했다. 그는 결국 한숨을 쉬면서 시선을 돌렸다. 이언은 그 속내를 짐작하기 불가능한 눈빛으로 묵묵히 허공에 시선을 고정시키고 있었다.

"나는 레미 아낙스가 아니야, 하 이언이지. 따라서 난 레미 아낙스라는 인간이 어떤 생각을 하는지 알지 못해. 무엇을 두려워하고, 무엇에 슬퍼하는지. 그리고 어떤 열등감이 그녀를 괴롭히는지. 본인이 말해 주지 않는 한 그런 건 타인이 알 수가 없는 문제야. 타인은 뭐라해도 타인이니까."

튜멜은 이언의 말을 들으며 모닥불을 바라보았다. 이언은 입을 다물었고, 검은평원은 다시 침묵이 찾아왔다.

"그 암살자들… 사실은……."

"응?"

튜멜은 잠시 입을 다물고 이언을 바라보았다. 그는 비스듬히 기대 앉은 자세로 몇 잔째인가의 차를 마시고 있었다. 튜멜은 말을 끊고서 잠시 동안 찻잔을 내려다보았다.

'벌써 몇 년이 지난 일이다. 어째서 새삼? 난 지금 동료들을 위험에 빠뜨리고 있는 건가? 말해야 하지 않을까? 하지만…….'

"그 암살자들은 아마도 내가 생각하기에……."

"저기 미안한데, 식량은 얼마나 준비해야 하지? 설마 지금부터 밭을 일궈야 하는 건 아니겠지? 여긴 농사짓기에는 별로 안 좋은 것 같은데."

"뭐?"

"너의 이야기를 끝까지 듣는 동안 나도 먹고 살아야 하잖아? 오래 걸릴 것 같으면 지금부터라도 밭을 갈면서 틈틈이 듣기로 하지."

"너는… 도대체……."

튜멜은 짜증이 담긴 시선으로 이언을 보다가 시선을 돌려 버렸다. 하지만 마음 한켠으로는 쓸모없는 농담으로 말허리를 잘라 버린 그에게 고마움을 느끼고 있었다. 그는 가볍게 한숨을 쉬고는 모닥불 너머에서 잠들어 있는 레미를 힐끔거렸다.

"아낙스 양이 걱정이야. 충격이 심했을 텐데."

"유감이지만 옷 갈아입히는 것과는 달라."

"뭐?"

"옷이라면 다른 사람이 갈아입혀 줄 수도 있어. 옷이란 건 실체가 있으니까. 하지만 감정이라는 건 다른 사람과 공유를 할 수가 없어. 실체가 없거든. 감정의 공유를 이야기하는 놈들은 모두 저급한 사기꾼들이야."

"말을 너무 극단적으로 하는군."

튜멜은 미간을 조금 찌푸렸다. 이언의 목소리는 낮았고, 억양이 제거된 메마른 음성이었다. 때문에 튜멜은 이언의 말이 어딘지 낯설게 느끼고 있었다.

"너는 5년째 무좀으로 고생하던 사내가 좋아하던 여자에게 사랑 고백을 듣게 되는 순간의 감정을 알 수 있어? 여자는 자신이 끔찍히 좋아하던 여자야. 근데 5년째 계속되던 무좀 때문에 사내는 당장 신발을 벗고 벅벅 긁어대고 싶어. 게다가 간밤에 마신 술 때문에 아랫 배가 살살 아파오고, 아버지는 당장 집으로 돌아와 일을 하자고 했어. 친구들은 그에게 낚시를 가자고 했고. 모병관이 마을에 와서 징집 공고를 냈기 때문에 어쩌면 군대를 가야 할지도 몰라. 며칠째 무더위가 계속되어 잠을 못 자서 피곤하기까지 하지. 넌 그 순간 그 사내가 어떤 생각을 하게 될지 알 수 있나? 덧붙여서 그 사내의 어린 시절까지 말해 줄까?"

튜멜은 질려 버렸다. 모닥불을 바라보는 이언의 표정은 조용했다.

"자, 잘도 그런 걸 즉흥적으로 생각해 내는군. 네 머리 속엔 뭐가 든 거지?"

"항상 하는 말이지만, 정의로운 기사를 죽이고 세계를 정복할 계획."

"…같은 상황이라도 본인이 아니면 그런 건 알 수가 없다는 말이지? 하지만 조금이라도 도움을 주는 방법을 찾고 싶어. 아낙스 양의 감정이나 생각을 공유하진 못하더라도 적어도 추측은 할 수 있을 테지."

"그 다음엔?"

"뭐?"

"저 여자가 나중에 더 큰 충격을 받으면 또다시 옆에서 머리를 싸매고 치유 방법을 고심하고? 이런 말을 혹시 들어본 적 있어? Wehn mun stehtre in dor shwizplaine, deshelie mun kum dea koni weren siln."

튜멜은 이언의 입에서 갑자기 저지 미노트 어가 나오자 힐끔 고개를 돌렸다. 이언은 묵묵히 모닥불을 휘저었다. 탁탁거리는 소리를 내면서 불티들이 어두운 허공으로 솟아올랐다.

"누군가 검은 광야에 서게 된다면 그것만으로도 그는 광야의 왕이 될 수 있다. 어디서 나오는 구절이지?"

"헤롤리우스야. 무슨 의미인지 알겠나?"

"그거 혹시… 하페우스(Hafeus) 3세의 말이었나?"

"맞아. 친형제들의 패권 싸움에 밀려 아무런 영토도 물려받지 못했던 하페우스 3세는 29살의 나이로 이곳 검은평원으로 흘러 들어왔지. 혼자서 텅 빈 이곳 검은평원을 7일 동안 헤매던 그는 7일째 밤에 우리처럼 하늘을 올려다보았지. 그리고 하나의 별을 보았어."

"제국의 별이라고 하더군."

튜멜의 말에 이언은 어깨를 으쓱하면서 웃었다.

"그래. 그리고 그는 텅 빈 평원의 밤하늘을 향해 소리 질렀지. '텅 빈 검은평원에 혼자 설 수 있다면, 그는 왕이 될 수 있다. 왜냐하면 그는 이미 그 자신의 왕이 되었으므로'. 그리고 하페우스 3세는 55세의 나이로 대륙을 통일하고 이곳에 최초의 통일 제국 하이파를 세웠지. 모든 인간들이 마찬가지야. 레미도 결국 하페우스처럼 검은평원으로 유배받았지. 때문에 레미는 이미 그 스스로가 그 자신에게 여왕이야. 그리고 또한 검은평원의 여왕이 되는 거지."

이언은 천천히 자세를 낮추었다.

검은 광야를 떠도는 자는
이미 그 자신으로서 왕이다.
검은 광야는 그의 영토가 되고
가련하게 광야를 헤매는
들짐승과 날짐승들은
또한 그의 충직한 백성이 된다.
광야의 왕이 된 자는
형형한 눈을 부릅뜨고
대지를 호령하고
허공을 질타한다.
그 누구도 그의 외로운 가슴에
감히 범접하지 못할 것이며,
그 누구도 그의 고뇌 어린 이성을
감히 이해한다 말하지 못할 것이다.
누구나 태어나면서부터
이미 그 자신의 왕이 되듯이
또한 광야에 서면서 광야의 왕이 된다.

튜멜은 잠시 동안 명하니 이언을 바라보다가 헛기침을 했다. 튜멜은 어두운 허공 저편을 노려보며 조금 힘들게 말을 토해냈다. 이언이 나직히 읊은 시구는 그도 예전에 언젠가 책에서 읽었던 구절이었다. 그렇지만 지금까지 한 번도 그 시구가 내포하는 의미를 진지하게 되새겨 본 적은 한 번도 없었다.

"미, 미안하다."

"뭐, 굳이 너의 가문의 원수를 갚아줄 생각은 없었어. 개인적인 원한을 청산한 것뿐이야."

"가끔은 진지해져라! 농담하고 있는 게 아니다."

튜멜은 순간적으로 언성을 높였다가 잠든 일행을 둘러보았다. 이언은 피식 웃었다.

"뭘 말하고 싶은 거지?"

"너, 너의 의도를 알겠다. 내가 생각이 짧았다. 하지만……."

말을 끊은 튜멜은 지그시 이언을 바라보았다. 이언은 그의 시선을 느끼며 고개를 들었다. 튜멜은 잠시 동안 이언의 눈동자를 응시했다.

"…나는 아낙스 양이 홀로 검은평원에 서도록 놔두지 않겠다. 내가 그녀를 위한 제국의 별이 되겠다."

"며칠이야?"

"응?"

"결혼식 날짜 말야."

"뭐야! 네 녀석은……."

튜멜은 사납게 이언을 노려보다가 다음 순간 피식 웃어버렸다. 그는 고개를 내저으며 웃기 시작했다. 목소리를 죽여 킥킥거리는 그의 웃음은 어딘지 맥 빠진 웃음이었다. 이언은 하품을 하면서 미소를 지었다.

"인간이란… 결국 저마다 검은평원으로 홀로 유배를 받고 어디론가 걸어가야 하는 존재인가? 떠돌이, 너는 그렇게 생각해?"

한참 동안 웃던 튜멜은 한숨을 쉬면서 물었다. 그의 질문에 이언은 곧바로 대답하지 않았다. 또다시 침묵이 둘 사이를 가로지르며 어둠을 휘젓고 있었다. 모닥불이 진저리를 치며 불티를 날아 올렸다.

"동서남북… 그건 각자의 마음이야. 어디로도 가지 않고 그 자리에 앉아 있는 것도 상관없지. 어떤 이는 남쪽으로 내려가 남풍을 만나고, 어떤 이는 북쪽으로 올라가 북풍을 만나지. 그리고 어떤 이는 가끔 제국의 별을 보게 되지. 그 자신의 왕이 될 수 있는 자는 검은평원에 당당히 혼자 설 용기가 있지."

'그 자신의 왕. 자기 자신의 왕이 되는 자는 검은평원에 홀로 설 용기가 있다.'

튜멜은 이언의 말을 다시 한 번 반복해 보았다.

"자기 자신의 왕이 되지 못하는 자는 평생을 검은평원에 홀로서지 못하고 타인에게 의지를 하겠지. 그런가? 그럼 너는 어디를 택했지?"

"나? 물론 나는 땅을 파고 안으로 들어갔지. 난 천재거든."

"그런 대답이 나올 줄 알았다."

튜멜은 피식 웃으며 다시 밤하늘을 올려다보았다. 그는 어디쯤에 제국의 별이 있을지 찾아보았다. 하지만 누구나 제국의 별을 볼 수 있지만, 동시에 누구나 제국의 별을 볼 수 있는 것은 아니었다. 아무도 어떤 별이 제국의 별인지 알지 못했다.

'먼저 자기 자신의 왕이 되고, 그 다음 검은평원의 왕이 되고, 마지막으로 세상의 왕이 된다. 보여주겠다, 당신들에게. 검을 쥔 모습을. 왕이 된 내 모습을. 내 기억 속에서 그렇게 얌전히 기다려라. 강가의 돌멩이가 세상 속에 혼자 서게 되는 모습을.'

아득해지는 별들의 어지러운 군무 속에서 튜멜은 천천히 침몰해 갔다. 그리고 자신도 깨닫지 못하는 말이 흘러나왔다.

"검은 평야… 어쩌면, 어쩌면 난 이제야 그걸 깨달은 건지 몰라……."

〈 2 〉

"어이가 없어, 정말."

에피가 허리에 두 손을 짚은 채 말했을 때 아무도 그 의견에 반박하지 못했다. 그녀의 목소리에는 지금 서 있는 새벽 공기만큼이나 가시 돋친 얼음이 박혀 있었다. 레이드는 사람 좋게 허허 웃으며 갈고리처럼 모은 손으로 턱을 긁었다. 하지만 그의 그런 웃음이나 행동은 사람들에게 형언하기 힘든 압박감을 주고 있었다.

에피는 길게 한숨을 쉬더니 고개를 절레절레 흔들며 허리춤에서 단검을 뽑아 들었다. 베일과 함께 산악 지방으로 유명한 스톨츠에서 사용하는 형식의 단검이었다.

보통의 단검들과는 달리 가운데 부분이 오목한 나무 손잡이를 갖고 있었고, 날이 얇고 잘 베어지는 데다가 무엇보다 굉장히 튼튼하기로 유명한 단검이었다. 어지간해서는 부러지지 않는다는 스토츠식 단검(Stoltz's Dagger)은 대륙 전체를 통틀어 용병이나 병사들에게 인기가 많았다.

물론 기사들은 일체의 장식도 없이 지극히 실용성에만 집착하는 스톨츠 단검을 거의 사용하지 않았다.

그녀가 단검을 뽑아 들었을 때 말리는 사람은 아무도 없었다. 예의를 중요시하는 저 튜멜까지도 잔뜩 찌푸린 얼굴로 입을 다물고 있었다. 이른 새벽부터 사방에서 무섭게 인내력이 소모되고 있었다.

"그 지겨운 웃음도 오늘로써 끝이다. 입을 귀밑까지 찢어버릴 거야."

에피는 사나운 고양이처럼 으르렁거리며 레이드에게 다가갔다. 하지만 실제로 피가 튀는 불상사는 일어나지 않았다. 레미와 눈이 마주친 에피가 고개를 절레절레 저으며 물러섰기 때문이다. 미처 하늘 구석에서 도망치지 못한 늦은 어둠처럼 가라앉은 레미의 시선은 지쳤지만 확고한 의지로 '그만둬'라고 말하고 있었다.

야영지에 피워두었던 모닥불은 이미 사그라든 채 희미하고 가냘픈 연기를 세우고 있었다. 튜멜 일행은 라이어른의 새벽 추위가 어떤 것인지 뼈저리게 경험했다. 웃으려고 해도 뼈마디가 욱씬거리는 고통 때문에 찡그린 얼굴이 될 정도였다.

에피를 제지한 레미는 끔찍한 고통을 참지 못하고 고개를 숙였다. 시큼거리는 냄새가 나는 털가죽을 모포 위에 덮고 있었지만 늦겨울 얼음처럼 얼어버린 몸은 좀처럼 정상으로 되돌아오지 않았다.

평소 그녀의 주변을 맴돌던 우아함과 단정함도 지금 상황에서는 찾아보기 힘들었다. 튜멜이 에피의 소동에도 불구하고 '시끄러! 예의를 지켜!'라고 소리 지르지 않은 것은 레이드가 이런 상황을 초래하게 만든 원인이라는 데 있었다.

레미는 필요 이상으로 날카로워진 분위기를 펴기 위해 애써 미소를 지으려고 했지만 그늘진 그녀의 얼굴은 힘겹게 조금 꿈틀거리는 게 전부였다. 헝클어진 갈색 머리에 눈 주위가 검게 변한 그녀는 사무치게 떨고 있었다. 거칠기 짝이 없는 자연 속에서 가장 힘들어하는 것은 당연히 그녀였다. 그녀는 떨리는 턱을 멈추기 위해서 파랗게 변한 입술을 깨물었다.

레미의 상태를 보다 못한 파일런은 마차에 싣고 있던 장작의 양을 가늠하면서 다시 불을 피울 것인가를 고민했다. 아직은 이른 새벽이라 하늘에는 희미하게 별의 흔적이 남아 있었다.

"마차 안으로 들어가는 게 어떤가? 바닥에서 올라오는 냉기가 수월찮을 게야."

파일런의 권유에 레미는 힘없이 고개를 저었다. 그녀는 간신히 고개를 들어 중년 사내를 올려다보았다. 그리고는 희미하게 회색빛 미소를 지어 보였다.

"다들 견디고 있잖아요. 저도 참을 만해요."

말과는 달리 그녀의 목소리는 중심을 잃고 휘청거렸고 탁하게 갈라져 있었다. 하지만 파일런은 재차 권하지는 않았다. 그런 것은 그의 성격에 맞지 않았다. 그저 입을 다문 채 별다른 말 없이 돌아섰다.

사실 그들에게는 그것보다 먼저 해결해야 할 문제가 있었다. 평소와는 다른 싸늘한 냉기 때문에 잠에서 깨어났을 때 튜멜 일행은 허탈함을 맛보았다. 마지막 불침번이었던 레이드가 지금 레미가 덮고 있는 두꺼운 털가죽을 뒤집어쓰고서 잠들어 있는 광경을 목격했기 때문이었다. 당연히 모닥불은 완전히 사그라들어 희미한 불씨조차 남아 있지 않았다.

　오랜 세월을 전장에서 보낸 파일런조차도 불 꺼진 새벽의 냉기에
는 속수무책이었다. 그리고 그보다 체력이 약한 나머지 일행들은 좀
더 지옥 같은 고통 속에서 잠에서 깨어났다. 그런 상황이었는데도 정
작 책임이 있던 레이드가 따스한 털가죽을 뒤집어쓰고 잠들어 있다
는 사실에 그들은 분노보다는 황당함을 느꼈다. 암살자들에게 추적
을 당하고 있다는 것은 모두에게 압박감을 제공했고, 정신적으로나
육체적으로나 지치게 했다.

　파일런을 비롯한 대부분의 일행들이 '추워서' 잠이 깬다는 지극
히 상식적인 기능이 고장나 있었다. 예전부터 거친 전장과 혹독한 자
연 속에서 잠을 자던 생활 덕분이었다. 신경을 찌르는 본능적인 살기
와 무기들의 쇳소리, 또는 '적이다!' 라는 고함 소리에는 곧바로 잠에
서 깨어날 수 있는 자들이었지만, 잠자리가 불편해서 잠이 깨는 경우
는 없었다. 그렇다고 그들의 몸이 그런 것에 영향을 받지 않는 것은
또 아니었다.

　보통 사람이라고 할 수 있는 레미와 튜멜은 너무나 지쳐서 밤에 잠
들면 새벽까지 어지간해서는 깨어나지 못했다. 그들에게는 여행만으
로도 충분히 버거웠던 것이다. 튜멜은 가벼운 현기증을 느끼고 있었
고, 이언까지도 지친 얼굴이었다.

　봄이라고는 하지만 고지대에 속한 남부 지방의 평원 한가운데서
모닥불도 없이 잔다는 것은 미친 짓이었다. 특히 바람을 막아줄 것
없이 뻥 뚫린 지형에서의 밤은 늦겨울 기온에 가깝게 내려갔다.

　그렇지만 그들을 당혹스럽게 하는 것은 또 다른 문제 때문이었다.
파일런이 레미에게 무신경한 것도 이 문제를 먼저 해결할 필요성이

있다는 이유에서였다.

이런 악조건 속에서도 레이드에 버금가는 평온한 얼굴로 잠을 자는 인물이 있었다. 그는 불 꺼진 모닥불의 가장 근접한 위치에서 잠들어 있었고, 따스하게 자고 있었다. 그는 두꺼운 털가죽을 자루처럼 만든 침낭 속에 들어가 누에고치처럼 자면서 새근거렸다. 어떤 동물의 털가죽인지는 알 수 없었고, 지독한 비린내가 났지만 가죽 끈으로 앞을 여밀 수 있는 털가죽 자루는 노련한 단검 솜씨로 손질된 좋은 물건이었다. 문제는 그가 따스하게 자고 있다는 데 있지는 않았다. 그를 아무도 모른다는 데 있었다.

튜멜은 새삼 지금이 얼마나 위험했던 상황인가를 깨닫고는 잔뜩 구겨진 얼굴로 레이드를 노려보았다. 만의 하나 이자가 암살자였다면 모두가 지금쯤 두 번 다시 깨어나지 못했을 것이다. 불침번은 모닥불이 꺼지지 않도록 보살피는 것만이 임무가 아니었다. 바로 이런 상황을 방지하기 위해서 있는 것이다. 레이드의 태만 덕분에 아무도 언제 이 남자가 야영지로 들어왔고, 언제부터 잠들어 있었는지 몰랐다.

특히 파일런과 이언은 묵묵히 자신들만의 세계에 빠져 있었다. 잠들었다고는 하지만 야영지까지 들어온 낯선 발자국 소리에 깨어나지 않았다는 것은 의외였다. 발목까지 올라오는 풀밭에서 발자국 소리를 내지 않으며 걷는 것은 불가능에 가까웠다. 아무리 조심을 해도 발목을 스치는 풀 소리는 내기 마련이었다.

'지독히 피곤했던 모양이야.'

이언은 결국 결론을 내렸지만 그의 표정은 쉽게 풀어지지 못했다. 파일런과 이언은 결국 지극히 평범한 방법으로 이 문제를 해결하기로 마음먹었다. 따스해 보이는 털가죽 사이로 드러난 얼굴은 20대 중반쯤으로 보이는 사내의 얼굴이었는데, 대륙의 모든 20대 사내들을 모아 평균하면 나올 정도로 지극히 평범한 얼굴이었다. 얼굴에 아무런 개성도 없었기 때문에 사람들이 들끓는 시장통에 세워놓으면 아무도 기억하지 못할 듯싶었다.

사내의 얼굴은 못생긴 얼굴은 아니었고, 얼굴 골격 자체는 단정했다. 하지만 전체로 놓고 봤을 때는 어딘지 개성이 없고 단조로운 얼굴이었다. 사내는 누에처럼 털가죽 침낭 속에 누운 채 자신의 배낭을 베고 잠들어 있었다.

아침부터 벌어진 에피의 소동에도 불구하고 잠에서 깨어나지 않는 것이 어지간히 신경이 두꺼운 듯했다. 그리고 결정적으로 모두의 신경을 불편하게 만드는 것은 사내의 배낭에 비죽 튀어나와 있는 롱 소드였다. 롱 소드를 휴대하고 있다는 것은 최소한 사내가 순박하고 세상 물정을 모르는 시골 농부는 아니라는 의미였다.

사내에게 다가선 파일런은 천천히 검을 뽑아 들었다. 롱 소드와는 비교하기도 힘들 정도로 끔찍하게 예리한 클레이모어가 이른 새벽 속에 모습을 드러냈다. 그는 묵묵히 검끝으로 사내의 털가죽 침낭을 쿡 찔러 흔들었다. 사내가 어설픈 짓을 하면 그대로 심장을 찌를 수 있는 상황이었다.

"……?"

사내는 한참을 흔들고 나서야 잠에서 깨어났다. 잠이 덜 깬 사내는 잠시 동안 초점이 풀린 눈으로 사방을 둘러보고는 자신의 목젖을 노리고 있는 검을 바라보았다. 사내가 깨어나는 순간 파일런의 검끝은 스르륵 올라와 사내의 목젖을 노리고 있었다. 사내는 멍한 시선으로 유난히 얇고 날씬한 검신을 쳐다보았다.

"이거 날카로운가요?"

"확인시켜 줄까?"

"아뇨, 그럴 것까지는……."

사내는 묘비처럼 차가운 파일런의 얼굴에 질린 표정으로 대답했다. 파일런은 항상 그래 왔듯이 농담에 반응하지 않았다. 사내는 그걸 깨달았는지 입을 꾹 다물었다. 그렇지만 사내의 행동에는 어딘지 긴장감이 없었다. 오히려 싱긋 웃는 미소를 지었다.

"넌 뭐냐? 언제부터 여기서 자고 있었나?"

"글쎄요. 지난밤이었는데 정확히는 잘 모르겠습니다. 별을 보는 걸 잊어먹었거든요."

"뭐 하는 놈이냐? 검 앞에서 말장난하는 놈은 숨 쉴 자격도 없다. 명심해라."

"네네, 제 이름은 쇼(Shaw)라고 합니다. 베일 칸토 연합 출신이고, 올해 27살이며, 5살 때 부모를 여의고 고아가 되었습니다. 그리고 대인 관계는 그저 그런 편이고, 살다 보니 몇 가지 죄를 지었습니다. 으음, 우선 맞아 죽어 마땅하게도 도둑질을 했었고, 남을 시기한 적도 있으며, 술집에서 술에 취해 난동을 부렸고, 임자있는 여자에게 흑심을 품기도 했고, 결투를 빙자해서 저보다 약한 놈을 괴롭힌 적도 있으며, 도박 판에서 돈을 떼먹고 달아난 적이 몇 번 있습니다. 아! 도박 판에서 돈 떼먹고 달아난 건 좀 많군요. 그리고 거짓말도 가끔씩 하는 편이고, 여기저기 사기 쳤던 일도 몇 번 있습니다."

쇼라는 사내의 수다에 질려 버린 것은 튜멜이었다. 목줄기에 검끝이 들어와 있는 상황인데도 사내는 태연하게 저런 수다를 뱉어냈다.

파일런은 묵묵히 듣고 있었지만 당연하다는 듯이 이언이 끼어들었다.

"유언은 끝났냐?"

"저기요, 제가 지은 죄가 많은 건 스스로도 인정하지만, 그렇다고 죽이실 것까지야……."

"장소와 때를 잘못 골랐어. 넌 고해 성사를 한 게 아니라 유언을 한 거야. 디르거 경은 농담하는 인간을 좋아하지 않거든."

이언은 새벽 냉기만큼이나 싸늘하게 웃었다. 그 의중을 짐작하기 힘든 눈동자는 예리하게 빛나고 있었다. 그는 조심스럽게 몸을 일으키려던 쇼를 가볍게 제지했다.

"그대로 누워 있어. 이런 자루 속에 누워 있는 편이 우리로서는 파묻기에 편하거든."

"살아 있는 상태로요? 죽은 상태로요?"

"어느 쪽을 원하지?"

"생매장보다는 암매장이 나을 것 같은데요?"

"죽이시죠, 디르거 경."

"그만둬요!"

파일런이 검을 움직여 쇼의 목을 꿰는 것보다 빠르게 레미가 다급하게 소리쳤다. 파일런과 이언은 거의 동시에 의아한 눈으로 고개를 돌렸다. 초췌해진 몰골의 레미는 냉기 때문에 지친 얼굴로 파일런을 올려다보았다.

"제발 그만 하세요. 사람을 죽이는 짓… 그런다고 뭐를 얻는 거죠? 저 사람이 우리에게 해를 끼친 게 뭐죠?"

이언은 한숨을 쉬면서 몸을 일으켰다. 허리에서 우둑 소리가 나자 그는 이맛살을 찌푸리며 짜증 섞인 말투로 대꾸했다.

"우린 들놀이를 가는 게 아니야. 어디서 굴러먹던 개뼈다귀인지도 모르는 놈이 야영지를 침범했어. 미심쩍인 인간은 죽여 버리면 그만이야. 그러는 편이 안전하지."

"단지 의심스럽다는 이유만으로 사람을 죽일 수 있다고 생각해?"

"당연하지. 지금까지 의심스러운 인간들은 모조리 죽이면서 살아왔으니까. 그 덕분에 이렇게 오래 살아남은 거지."

"인간을, 생명을 뭐라고 생각하는 거야?"

"세상에 대해서 아무것도 모르는 주제에 아침부터 그 짜증나는 설교 늘어놓지 말아. 니가 모두를 감싸 안으면 모두가 너를 사랑할 거라고 믿는 거야? 웃기지 마!"

"그만두게."

아침부터 짜증이 겹쳐 잔뜩 예민해진 이언을 파일런이 막았다. 그는 묵묵히 검을 집어넣고 등을 돌리며 스쳐 가듯 말했다.

"바람이 멈춘다면 더 이상 바람이 아니지. 하지만 바람이 바다에게 어디론가 불어가라고 강요할 수는 없네. 바다는 바람이 아니니까."

"바다가 바람에게 '불지' 말고 '흘러가라'고 강요하는 것도 마찬가집니다, 디르거 경."

이언은 입고 있던 로브 자락을 추스르며 대꾸했다. 파일런은 피식 웃으면서 남아 있던 장작을 모아 불을 피우기 시작했다. 두 사람의 대화를 이해하지 못했던 튜멜은 가만히 소외된 채 의미를 곱씹고 있었다. 튜멜은 지옥을 살아온 사내의 커다란 등에 압도당하고 있었다.

'바람은 멈추지 못한다.'

튜멜은 자신도 모르게 이마를 쓸어 올렸다. 무심코 내뱉은 파일런의 말은 그에게 무언가 무거운 울림으로 맴돌고 있었지만 의미를 이해하지는 못했다. 그는 파일런과 자신의 사이를 가로지른 거리의 벽을 실감하는 것이 고작이었다.

"소리를 질러 죄송했습니다. 잠이 덜 깨서 흥분한 모양입니다."

이언은 파일런이 피워놓은 불가에 앉으며 나직하게 말했다. 파일런은 묵묵히 점차 커져 가는 불속에 잔가지를 집어 넣으며 입을 열었다.

"자네답지 않았어."

"그러게 말입니다. 저 여자를 보면 가끔 그러곤 합니다."

"......"

사람들은 아침부터 살기를 뿜어대는 두 사람에게 질려 머뭇거리다가 결국 불가로 모여들었다. 새벽의 냉기는 사람들의 몸과 마음까지 얼리고 있었다. 레미는 여전히 화가 났는지 이언과 시선을 맞추려 하지 않았다. 그저 털가죽을 뒤집어쓰고서 묵묵히 불을 쬐고 있었다. 이언도 그런 것을 신경 쓰는 사내가 아니었기에 굳이 그녀에게 말을 걸지 않았다. 그리고 이 모든 갈등의 원인이었던 쇼는 은근슬쩍 사람들 틈에 끼어들었다.

"후아아! 이게 뭐예요?"

에피는 두 손으로 뜨거운 청동 컵을 쥐고서 활짝 웃었다. 쇼는 느긋하게 모닥불 곁에 앉아서 자신이 가져온 철제 컵을 홀짝였다. 대부분의 사람들은 조금 누그러진 얼굴로 컵을 쥐고 있었다. 그렇지만 유독 컵을 만지작거리고 있는 튜멜의 얼굴에는 미심쩍은 표정이 머물렀다.

'모두들 머리가 어떻게 된 거 아냐? 저 미친 부녀를 받아들일 때도

그랬지만 너무 쉽게 사람들을 믿잖아?'

솔직히 튜멜은 레미보다는 파일런과 이언의 조심성에 찬성을 던지고 있었다. 단지 그들이 갖고 있는 순수할 정도로 무조건적인 폭력성에는 수긍할 수 없었다. 믿을 수는 없었지만, 그렇다고 의심스러울 때마다 스스럼없이 사람을 죽이는 것은 절대로 납득할 수 없었다.

그런 복잡한 위치에 서 있었기 때문에 조금 전처럼 이언과 레미가 싸울 때 누구의 편도 쉽사리 들지 못했던 그였다. 그리고 모두들 그 일을 머리 속에서 털어냈음에도 불구하고 튜멜은 혼자 그 문제를 짊어지고 고민하고 있었다. 더 복잡한 문제는 그가 그런 문제로 고민하고 있는 모습을 누구에게도 보이고 싶어하지 않는다는 데 있었다.

튜멜은 잔을 들고 묵묵히 그 안을 들여다보았다. 붉은 기가 도는 묘한 갈색의 액체가 따스한 김을 피어 올리며 찰랑거렸다. 스스로에게 맹세코 이런 것은 한 번도 본 적이 없었다. 그리고 이것을 마시지 않는 이유는 낯설기 때문이 아니라 혹시 독이 있을지 모르기 때문이라고 생각했다.

"잘 모르나 본데, 그거 마시는 거야."

"나도 알고 있어, 떠돌이!"

고민에 빠져 있던 튜멜은 순간적으로 화들짝 놀라며 격한 말투로 이언에게 대꾸했다. 이내 자신의 실수를 깨달은 그는 머쓱한 얼굴로 헛기침을 하며 얼굴을 붉혔다. 모두의 멍한 시선 속에서 이언은 입꼬리가 미묘하게 치켜 올라갔다.

그 묘한 표정이 짜증스러운 튜멜은 짧게 한 모금 마셨다. 쌉쌀한 맛이 혀를 자극하며 입 안을 감돌았다. 묵묵히 지켜보던 쇼는 갑자기 씨익 미소를 지었다.

"아! 말하는 걸 깜박 잊었다. 면역이 없는 사람은 가끔 죽는 수도 있는데……."

"푸헉!"

쇼의 말이 끝나기도 전에 튜멜은 거칠게 입에 물고 있던 것을 뱉어 냈다. 모두가 측은한 눈으로 그를 바라보았다. 튜멜은 어깨를 웅크리고 쿨럭거리며 기침을 했다. 묵묵히 잔을 기울인 이언은 혀를 차면서 튜멜을 바라보았다.

"너, 몇 살이냐?"

"쿨럭! 뭐?"

"턱받이가 필요한 나이라고는 생각 못했어."

"닥쳐!"

튜멜은 입가를 소매로 닦아내며 얼굴을 붉혔다. 그동안 쇼는 허리를 굽히고 괴로운 얼굴로 꺽꺽 소리가 나도록 웃었다. 반면에 이언은 전혀 웃지 않았다.

한참 동안을 머쓱하게 머뭇거리던 튜멜은 간신히 상황을 파악하면서 이번에는 무서운 눈으로 쇼를 노려보며 미간을 좁혔다.

'이 인간도 우리 말 사전에는 예절이라는 단어가 있다는 걸 모르는군. 예절이 부족해.'

튜멜은 아침부터 두통을 느끼고 있었다.

"그건 그렇고, 이거 이름이 뭐예요?"

에피는 두 손으로 컵을 감싸 쥐고서 홀짝거리면서 쇼에게 물었다. 쇼는 머리를 벅벅 긁으며 히죽 웃었다.

"초콜릿이라고 부르는 거야. 대륙을 통틀어서 크림발츠가 아니면 구하기 힘든 비싼 기호품이지. 이거 꽤나 비싼 거야."

"에? 정말?"

"남쪽 대륙처럼 더운 지방에서만 자라는 에, 뭐라더라? 알고 있었는데……."

"카카오."

"맞다! 카카오라는 풀인지 나무인지에서 채취하는 거래. 자세한 건 나도 잘 몰라. 사람마다 말이 다 틀려. 어떤 사람은 나무 아래에 커다란 통을 놓고 나무를 흔들면 이 가루가 떨어진다는 사람도 있고, 또 어떤 사람은 카카오가 풀인데 그 뿌리를 반쯤 태워서 가루로 만드는 거라고도 하고… 알 게 뭐야? 하여간 크림발츠놈들이 아니라면 우리가 이런 걸 맛보는 일은 없었을 거야."

쇼는 수다를 떨다 말고 힐끔 레미를 바라보았다. 지나가는 말투로 끼어들었던 레미는 무신경하게 컵을 기울이고 있었다. 그녀가 갖고 있는 지식이 많다는 것을 알고 있던 일행들은 아무런 신경도 쓰지 않았다. 쇼는 어깨를 으쓱이며 피식 웃었다.

"근데 이거 많이 갖고 있어요?"

"그럭저럭… 충분히."

"그럼 우리랑 동행해요."

에피는 활짝 웃으며 진심으로 기쁜 표정을 지었다. 레이드가 무언가 말하려고 하다가 에피의 손이 허리춤에 있는 단검으로 다가가자 입을 다물었다.

레미는 묵묵히 입 안을 감도는 쌉싸름한 초콜릿을 음미했다. 쇼는 힐끔 그녀의 표정을 살피며 말을 걸어왔다.

"혹시 입맛에 맞지 않으시나요?"

"아뇨, 워낙 오랜만에 맛보는 거라 잠시 뭔가 생각하고 있었어요.

요즘은 이거 쉽게 구하나 보죠?"

"에, 뭐, 작년부터 갑자기 공급 물량이 많아져서 베일에서도 충분히 구할 수 있습니다. 그래도 워낙 비싸서 평민들에게는 소용없죠. 주로 저 같은 여행자들이나 군인들이 많이 소비합니다. 말을 들어보니까 피로 회복에 아주 좋다고 하더군요. 회복약으로도 자주 사용합니다."

"네, 그렇군요."

별다른 생각 없이 쇼의 질문에 대답하던 레미는 문득 일행들의 시선을 느꼈다. 그리고 그들의 시선에 담겨진 의아함에 놀랐다. 그녀가 물끄러미 그런 시선들을 되받자 모두의 시선들은 빠르게 흩어졌다.

에피가 자신의 잔을 비우고 레이드의 잔을 빼앗기 위해서 난리를 피우는 것으로 분위기는 다시 원상태로 되돌아갔다. 그동안 튜멜은 여전히 미심쩍은 표정으로 조심스럽게 띄엄띄엄 잔을 홀짝이고 있었다. 여전히 자신에게 머무는 쇼의 시선에 불편함을 느끼던 레미는 마지막 남은 초콜릿을 비웠다.

따스하고 달콤한 온기가 그녀의 몸을 휘감고 그녀의 예민해진 신경을 느슨하게 풀어주었다.

〈 3 〉

  아침 식사를 하는 동안에 쇼는 자신이 굉장히 유쾌하고 수다스럽
지만 시원스러운 사내라는 것을 증명해 보였다.

  베일 칸토 연합 출신이라는 그는 평생을 중앙산맥의 험한 산지에
서 살아왔다고 했는데, 의외로 각국의 문화에 대해서 해박했다. 특히
그는 크림발츠와 베일에 대해서 유난히 해박했다. 물론 그의 말 중에
상당수는 과장된 허풍이 섞여 있었고, 모르는 것을 잘 아는 것처럼
말하기도 했다. 하지만 그런 것은 누구나 조금씩 갖고 있는 문제였기
때문에 그의 수다를 듣는 데는 아무런 문제가 되지 않았다.

  얼어붙어 버린 늦은 새벽의 냉기를 초콜릿으로 녹이고 점차로 밝
게 쏟아지는 햇살을 받으며 아침을 먹는 동안 그들은 쇼라는 사내의
인생 역정을 요약해서 보는 느낌을 받았다. 그는 먹으면서도 말하는
재주를 가졌고, 지치지도 않고 쉴 새 없이 떠들었다.

덕분에 튜멜 일행은 쇼가 베일 칸토 연합의 칼렌(Kalen)이라는 나라에서 출생했고, 얼마 전까지도 인간의 탈을 쓴 괴물들이라는 평가를 받는 신악순찰대(High-Scout)에 몸담고 있었다는 사실을 알게 되었다. 에피와 레이드는 용병 출신인지라 그 말에 깊은 관심을 보였다.

"정말 하루에 중앙산맥에서 산 하나를 넘나요?"

"아니."

"어? 나 그렇게 들었는데?"

"고작 산 하나 넘는 데 하루씩이나 걸리면 그건 하이 스카우터가 아니야. 진정한 하이 스카우터는 평지보다 산비탈에서 빠른 법이야."

"아아."

에피가 쇼의 허풍을 감탄하면서 듣는 동안에 쇼는 피식 웃으며 빵을 뜯었다. 빵에는 군데군데 곰팡이가 피기 시작했고, 건조하게 말라서 퍽퍽하게 부서졌지만 아무도 그런 것에는 신경 쓰지 않았다. 레미마저도 곰팡이를 발견하면 가볍게 눈살을 찌푸리며 나이프로 곰팡이가 생긴 부분을 잘라 내면서 묵묵히 먹었다. 그나마 빵이 없는 것보다는 나았다.

'저런 허풍을 그대로 믿다니……..'

튜멜은 사실 조금 전까지 스카우터(Scouter)라는 직업이 세상에 존재하는지도 몰랐다. 쇼가 하이 스카우터는 아메린, 크림발츠, 베일, 스톨츠에만 있는 직업이고, 그중에서 베일의 하이 스카우터들이 가장 역량이 우수하다고 큰소리쳐도 시큰둥하게 고개를 끄덕였을 뿐이었다.

그의 말에 의하면 하이 스카우터들은 단검 한 자루만 있으면 신속에서 1년이고 10년이고 버틸 수 있으며, 걸어다니며 잘 수 있는 능력 덕분에 자면서 능선을 타고 산을 넘기 일수이며, 맨손으로 암벽을 기어 올라가고 계곡의 거친 급류를 건넌다고 했다. 심지어 성질 나쁜 회색 곰과 만나도 단검 한 자루면 충분하다고 했다.

튜멜은 쇼의 그런 자랑을 전혀 믿지 않았다. 하지만 굳이 사실 유무가 자신과는 상관없기 때문에 입을 다물고 있었다.

쇼는 적당하고 평범한 키에 조금 마른 체형의 사내였다. 그는 자신의 체형이 이렇게 왜소한 이유가 일 년 내내 산을 타는 직업이기 때문에 뚱뚱한 사람은 견디지 못하며 나머지 사람들도 몇 년 동안 계속 산을 타다 보면 자신처럼 군살이 빠지고 날렵해진다고 했다.

중앙산맥과 인접한 남부 변두리를 제외하면 험준한 산악 지형이 없는 라이어른에서는 구릉성 산지뿐이라는 지형 특성상 적은 숫자의 로 스카웃(Low-Scout)들이 있을 뿐, 하이 스카웃은 전혀 없었다. 때문에 아무도 쇼의 말에서 과장된 허풍을 지적하지는 못했다. 쇼는 몇 번이고 평지의 땅개들과 자신들 절벽의 표범들을 비교하지 말라고 강조했다.

"그런데 어째서 전직 베일의 하이 스카우터가 라이어른에서 얼쩡대는 거죠? 라이어른에는 고산 지대가 없잖아요? 게다가 라이어른 어에도 익숙하고요. 베일은 북부 미노트 어를 쓰지 않아요?"

에피는 자신의 접시로 손을 내민 레이드의 손등을 자신의 스톨츠식 단검으로 찍으며 물었다. 튜멜 일행과 동행하는 동안에 레이드 부녀는 튜멜의 강요에―함께 식사하고 싶으면 격식을 갖춰!―못 이겨 스푼과 나이프를 사용해야만 했다. 하지만 에피는 익숙치 않다는 이유로 여전히 나이프 대신에 자신의 단검을 사용하고 있었다.

아슬아슬하게 단검을 피한 레이드는 아쉽다는 표정으로 에피의 접시를 보면서 입맛을 다셨다. 에피는 그런 그를 무섭게 노려보고는 다시 쇼에게 미소를 지었다. 묵묵히 혼자 밥을 먹으면서 졸던 이언은 몇 번이고 튜멜의 헛기침 소리에 잠이 깼고, 레미는 못내 불안한 얼굴로 이언의 어깨를 두드리며 주의를 주었다. 이언은 반쯤 감긴 눈으로 음식을 우겨 넣고 다시 졸았다.

에피의 날카로운 질문에 시선이 모이자 쇼는 입 안 가득히 음식을 문 채로 히죽 웃었다. 쇼는 손가락에 묻은 기름기를 혀끝으로 훑으며 말했다.

"큰 돈이나 벌고 싶어서. 소문에 이 동네가 시끄럽다고 하더군. 원래 나라가 시끄러울 때는 재수만 좋으면 큰 돈을 만져 볼 수 있는 법이거든. 나는 최고의 스카우터라 체력 하나는 절대로 지지 않아. 게다가 흔적을 읽는 것도 초일류 급이지. 군대의 척후병으로 나 같은 인간보다 뛰어난 인간은 없을걸? 게다가 난 산적, 고산 표범, 반란군 잔당, 탈영병, 식인종 따위와 지겹도록 싸우면서 살아온 사람이야. 검 쓰는 것도 자신있어."

"그럼, 큰 돈을 벌어서는 뭐 할 건데요?"

"세상에서 가장 아름다운 여자를 찾아서 결혼한 다음 아주아주 행복하게 살 거야. 펠라(Fela) 절벽에 근사한 산채를 짓고서. 그곳에서 보는 일출은 정말 근사하거든. 그걸 아내에게 보여주면서 살고 싶어."

"그럼 나랑 결혼하면 되겠네요?"

"……!"

쇼는 한 손으로 입을 막으며 입 안에 물고 있던 아까운 고기를 지컸다. 그리고 나머지 사람들은 아주 곤란한 표정을 지으며 시선을 돌렸다. 튜멜은 두 사람의 시답잖은 농담에 진절머리가 나서 '식사 중에는 조용히 해!' 라고 외치는 것을 간신히 참았다. 그는 지끈거리는 머리 때문에 음식 맛도 못 느낄 지경에 이르고 있었다.

쇼는 심각하고 진지한 얼굴로 이언을 불렀다. 무신경하게 고기를 씹던 이언은 귀찮아서 짜증스럽다는 눈으로 그를 힐끔거렸다.

"마음이 변했어. 나를 생매장으로 파묻어주겠나?"

"흥! 쓰잘데없는 농담 지껄이면 정말로 죽여 버릴 테다."

여전히 짜증을 부리는 이언이었다. 쇼는 고개를 돌려 다른 대상을 찾았고, 그는 레이드였다. 쇼는 타인은 아랑곳하지 않는다는 점에서 이언과 비슷했지만, 이언은 타인을 끊임없이 웃기려고 노력하지 않았다. 쇼는 수심이 가득한 표정을 제법 우스꽝스럽게 지었다.

"레이드라고 했지?"

"그런데?"

"고생이 심하겠군, 이런 딸네미를 데리고 살려면."

"상관없어. 니가 데려갈 건데 뭐."

"헤에? 아빠라는 인간이 오랜만에 제대로 말하네?"

에피는 쇼의 목에 팔을 감으며 웃었다. 쇼는 짜증스러운 얼굴로 그녀의 팔을 떼어냈다.

"그럼 세상에서 가장 아름다운 여자는 준비되었으니까, 이제는 쇼가 큰 돈만 벌면 끝나는 거네?"

"디르거 경, 한 가지만 묻죠."

이런 소동에도 휘말리지 않은 채 묵묵히 혼자만의 식사를 하던 파일런은 쇼의 질문에 고개조차 들지 않았다. 쇼는 그의 주변에서 풍겨

오는 무언의 위압감은 전혀 개의치 않은 채 재차 떠들기 시작했다.

"뭘 하면 가장 빨리 죽을까요? 용병대? 가장 전멸 위험이 높은 용병대가 뭐죠?"

"우리와 함께 동행하는 걸로 충분해. 우린 정체 불명의 암살자들과 솜씨 좋은 도적단에게 쫓기는 신세거든. 그리고 조금만 더 그렇게 짜증스럽게 나불거리면 내가 네놈을 태워 죽여 버릴지도 몰라."

파일런을 대신해서 이언이 대답했다. 흐트러진 머리칼 아래에 있는 이언의 눈동자는 싸늘했고, 입가에 비죽 걸려 있는 미소는 더욱 차가웠다. 어딘가 축축한 냉소였다.

레미는 그런 이언의 표정을 보면서 차라리 그가 무표정한 얼굴로 있는 것이 낫다는 생각을 했다. 그만큼 그의 웃음은 사람을 불편하게 만들었다. 잠시 동안 분위기가 차가워지자 에피는 헛기침을 하고는 방긋 웃었다.

"뭐야, 그런 반응들은? 내가 세상에서 제일 아름다운 여자가 아니라는 의미야?"

"시끄러! 아침부터 이게 뭐 하는 짓들이야? 참는 데도 한도가 있어. 식사 중에 그렇게 소리 지르고 교양없이 웃는 게 어디 법도야?!"

기어코 튜멜의 짜증이 이언보다 먼저 폭발했다. 에피는 혀를 내밀며 어깨를 움츠렸고, 쇼는 불만이 가득한 얼굴을 한 채 음식으로 눈길을 돌렸다.

"너도 시끄러. 머리 속이 쾅쾅 울리니까 입 좀 다물어. 너도 짜증나게 시끄러운 건 똑같아. 게다가 이 웃기지도 않은 탐색전에 교란전은 또 뭐야? 지금 다들 전쟁하냐?"

"탐색전? 교란전? 무슨 소리야?"

"모자 쓰는 용도로만 머리를 달고 다니는 바보는 설명해 줘도 모르니까 얌전히 앉아 있어. 그리고 너희 두 사람, 그런 얄팍한 수작 안 부려도 모른 척 가만 있어줄 테니까 네놈들도 입 닥치고 있어. 정말로 죽여 버리는 수가 있어."

이언의 말은 지금까지 떠들던 세 사람의 입을 동시에 다물게 만들기에 충분했다. 누구도 섣불리 입을 열지 않았다. 에피와 레이드가 마주 보았고, 쇼는 레미를 힐끔거렸다. 그리고 튜멜은 잔뜩 붉어진 얼굴로 당장이라도 검을 뽑아 들 기세로 이를 갈았다.

"근데 그거 진짜였어?"

"뭐가?"

이언은 마지막으로 남은 죽을 빵으로 말끔하게 닦아 먹으며 대답했다. 물론 쇼에게는 시선조차 두지 않고 있었다.

"기마대가 달려오고 있는데?"

"뭐, 뭐, 뭐얏?! 그놈들인가?!"

튜멜은 벌떡 일어서면서 검을 뽑아 들었다. 이슬에 젖어 있던 갑옷이 철그럭거렸고, 롱 소드가 아침 햇살에 반짝거렸다. 마침 파일런은 접시를 비웠고, 접시를 일찌감치 내던진 이언은 혀를 차면서 튜멜을 올려다보았다.

"머저리."

그의 입가에서 나직하게 욕설이 흘러나왔지만 튜멜의 귀에는 들리지 않았다.

튜멜은 당황한 얼굴로 사방을 둘러보았지만 무미건조하게 변화없는 지평선은 묵묵히 하늘과 맞닿아 있었다. 아무런 징후도 보이지 않았다. 쇼는 조금 황당한 얼굴로 그를 올려다보고 있었다.

"멍청한 녀석."

이언은 자리를 털고 일어서면서 중얼거렸다. 쇼는 바닥에 귀를 대고 가만히 있다가 고개를 들었다.

"울림으로 봐서 최소 10기 이상의 기마대. 전속 접근. 방향은… 서쪽. 소리로 봐서는 이제 겨우 지평선에 나타날 듯."

쇼의 말이 끝나기도 전에 에피는 자리에서 일어나 눈을 가늘게 뜨고서 지평선을 살폈다.

"저기다! 역시 전속 접근이야!"

에피가 지평선 한곳을 가리키며 소리쳤다. 모두의 시선이 일제히 지평선으로 향했다. 튜멜은 검을 움켜쥔 채 지평선을 잠시 동안 노려보다가 입을 열었다.

"아, 아무것도 없는데?"

"바보 남작, 네가 용병이냐!"

이언의 짜증에 튜멜은 멀뚱한 얼굴로 뒤돌아보았다. 지극히 보통 사람의 시력을 가진 튜멜과 레미는 지평선을 보아도 아무런 차이를 발견하지 못했다. 머리에 엉겨붙은 흙과 풀을 털어내면서 쇼는 가늘게 뜬 눈으로 지평선을 보다가 중얼거렸다.

"12기 쯤으로 보이는데?"

"정확하게 14기. 후방에 2기가 따라와."

에피가 쇼의 말을 수정했다. 묵묵히 지평선을 보던 파일런이 한참 만에 입을 열었다. 그의 목소리는 여전히 변화없이 무거웠다.

"롱 소드가 햇볕에 반사되는군. 제법인 속도야. 생각보다 빨리 찾아왔어."

"아마도 어젯밤에 우리가 야영한 자리를 발견했을 겁니다. 그리고 조금 전부터는 이 연기가 길 안내를 했겠죠."

　이언은 가늘게 피어 오르는 연기를 힐끔거리며 혀를 찼다. 도시에
서라면 연기는 그다지 눈에 띄지 않는다. 하지만 야외, 특히 이곳처
럼 지평선까지 일직선으로 트인 대규모 평원에서의 불빛과 연기는
사람의 시력이 미칠 수 있는 최대 거리에서부터 보이기 마련이다. 그
리고 좀 더 추적에 능한 이가 본다면 어슴푸레한 하늘을 배경으로 지
평선 너머 하늘의 미묘한 차이까지 구별하는 것도 가능했다.

　파일런은 지평선을 보기에 바쁜 사람들의 주의를 가볍게 환기 시
켰다.

　"뭐 하는 건가? 저놈들이 고향 친구라도 되나?"

〈 4 〉

　파일런의 말에 가장 먼저 반응한 사람은 에피였다. 그녀는 재빨리 접시와 냄비에 든 것들을 바닥에 쏟았고, 마차 안으로 집어 던지듯 쑤셔 넣었다. 철제 식기들이 시끄러운 소리를 내면서 마차 바닥에서 뒤엉켰다. 튜멜은 얼빠진 얼굴로 그런 에피의 모습을 보고 있었다.

　"저놈들에게 예절을 가르쳐 주고 싶으면 남아 있어, 바보 남작."

　이언은 빠른 손놀림으로 모포를 걷으며 이죽거렸다. 튜멜은 그때까지 두 손으로 롱 소드를 들고 있었다.

　에피는 벌써 말을 끌어와 마차에 매고 있었다. 말들은 어느새 에피에게 익숙해졌는지 투레질도 하지 않았다. 레미는 핼쑥해진 얼굴로 끔찍한 기분을 맛보며 마차 안으로 들어갔고, 레이드가 마차의 문을 단단히 잠그며 단단히 붙잡고 있으라고 충고했다.

　쇼는 마차 바퀴를 밟더니 가벼운 몸놀림으로 마차 지붕으로 올라갔다. 유감스럽게도 지금 상황에서 그의 몸놀림을 칭찬하는 사람은 없었다.

"뭐 하려는 건가?"

이언이 마차 뒤쪽에 매달려 있던 나무통을 어깨에 둘러메자 말을 준비하던 파일런이 물었다. 그는 차갑게 웃으며 파일런을 응시했다.

"놈들이 야영지를 통과하겠죠?"

"추적이란 두 지점의 최단거리를 쓰는 법이지."

"멋진 불꽃놀이를 보여드리죠."

이언은 '산트릴라의 노래'를 가볍게 흥얼거리며 야영지로 되돌아갔다. 적당한 위치에 나무통을 내려놓은 이언은 레이드를 불렀다. 마부석에 앉아 마차를 출발시키려던 레이드는 의아한 얼굴로 고개를 돌렸다.

"이리 와서 이것 좀 고정시켜."

레이드를 부른 이언은 튜멜의 허리춤에서 롱 소드를 뽑아 들었다.

'무, 무례하게… 허락도 없이.'

튜멜이 어금니를 깨물었지만 이언은 전혀 개의치 않았다. 그는 언젠가 튜멜의 영지 테일부룩에서 부르던 노래를 흥얼거렸다.

헤이, 호, 마을 처녀 산트릴라
그녀의 도톰한 입술을 보면
내 가슴은 두근두근.
헤이, 호, 마을 처녀 산트릴라…….

이언은 노래를 흥얼거리며 짧고 가는 장작의 끝을 비스듬히 쳐내기 시작했다. 튜멜은 멍하니 입을 벌린 채 그 광경을 지켜보았다.

'어떻게 저런 게 가능하지?'

이언은 롱 소드로 장작의 끝을 뾰족하게 깎아내고 있었다. 말 위에 올라 거리를 가늠하고 있던 파일런은 가볍게 혀를 찼다.

'조심성없이……'

이언은 팔뚝 길이의 말뚝을 레이드에게 내밀었다.

"저 통이 움직이지 않도록 고정시켜. 두 개 정도면 충분할 거야."

"내가 해머냐?"

"시간없어."

레이드는 통 옆의 지면에 말뚝을 힘주어 눌러 꽂은 다음 손바닥으로 힘주어 내려치기 시작했다. 그의 손바닥에 감겨진 가죽은 기름을 먹어 딱딱했고 상당히 두꺼웠다. 그리고 레이드는 힘이 좋았다.

단단히 고정시킬 필요가 없었기 때문에 말뚝은 레이드가 내려치는 것으로도 충분히 넘어지지 않았다. 어설픈 이가 휘두르는 단검도 받아낼 수 있도록 딱딱해진 가죽은 철제 건틀렛을 끼는 것보다 편하면서 상당히 쓸모가 있었다.

튜멜은 초조한 얼굴로 지평선을 보고 있었다. 초원이라 먼지는 일어나지 않았지만 지평선의 점들은 이제 튜멜의 눈에도 보일 정도로 급속하게 커져 가고 있었다.

"빨리 출발하지 않고 뭐 하는 거야?"

"바보 남작, 마차가 있는데 우리가 얼마나 빠를 것 같아?"

"이게 뭐 하는 건데?"

"설명해 줘도 몰라. 가자!"

이언은 롱 소드를 튜멜에게 돌려주며 피식 웃었다. 레이드는 거구를 날리다시피 마부석으로 올라가 곧바로 채찍질을 했고, 이언은 아슬아슬하게 출발하는 마차에 매달렸다. 떨리는 손 때문에 쉽게 검집에 롱 소드를 넣지 못해서 허둥거리던 튜멜은 입 안이 바짝바짝 마르는 것을 느끼며 말을 출발시켰다.

레이드는 마차가 부서지기 직전까지 거칠게 말들을 다그쳤고, 이언은 용케 떨어지지 않으며 지붕 위로 기어 올라갔다. 에피는 사방으로 흔들리는 와중에서도 용케 가죽 가방에서 활과 화살을 준비했다. 무언가 무기를 찾던 쇼의 시선은 튜멜의 안장에서 멎었다. 쇼는 망설이지 않고 소리를 질렀다.

"남작!"

전속력으로 달리는 마차를 따라잡기에도 힘겨운 튜멜은 호칭 뒤에 경칭이 생략된 것을 용케 알아들었다. 쇼는 싱긋 웃으며 소리 질렀다.

"석궁 넘기슈! 쓸 줄도 모르잖아?"

튜멜은 화를 내려고 했지만 혀를 깨물 것 같아서 묵묵히 어금니에 힘을 주면서 석궁을 내밀었다. 쇼는 무섭게 흔들리는 마차 지붕에 매달린 상태로도 용케 그의 손에서 석궁을 채어갔다. 그리고 탐욕스러운 미소를 지었다.

"콰렐(Quarrel)도 줘야지 석궁을 쓰지!?"

이번에도 튜멜은 말을 하지 못한 채 이빨만 갈면서 묵직한 콰렐통을 내밀었다. 그는 석궁을 갖추기는 했지만 한 번도 쏴본 적이 없었다. 쏘는 것은 고사하고 어떻게 장전하는 것인지도 모르고 있었다.

석궁을 안장에 갖춰놓은 것은 예전부터 기사들이 석궁을 말안장에 매달고 다니는 것을 봤던 경험 때문이었다. 비록 사용법은 몰랐지만, 석궁이 생각보다 많은 기술이 필요하다는 것은 알고 있었다.

정조준해서 쏘는 것만으로는 석궁은 기초만 가르쳐 주면 여자들도 어렵잖게 100미터 내외의 표적을 맞출 수 있었다. 훈련된 병사라면 300미터 바깥의 표적도 명중시켰다. 어려운 훈련이 필요한 일반 활에 비하면 누구나 쉽게 사용할 수 있었지만, 문제는 재장전이 그리 쉽지 않다는 데 있었다. 시간도 걸리고 도르레나 크랭크 같은 보조 도구가 없으면 만만찮은 힘이 요구되었다.

튜멜은 밤늦게 몰래 석궁의 시위를 당겨보려 했지만 요령이 없어서 손가락만 다치고 말았던 경험이 있었다.

"테멜른(Temeln)? 이건 뭐지? 제작자 이름인가?"

쇼는 쾨렐 통에 정교하게 새겨진 글자를 읽으며 중얼거렸다. 그리고는 익숙하게 석궁의 시위를 매기고 쾨렐을 장전했다. 튜멜은 얼굴을 붉히며 고개를 돌렸다. 쇼는 이미 석궁의 최대 사정 거리에 상대가 도달했다는 것을 알고 있었지만 공격하지는 않았다. 그는 고개를 돌려 이언을 찾았다.

사납게 흐트러지는 머리칼을 넘기며 이언은 호흡을 가다듬었다. 그의 곁에 자리를 잡은 에피도 이미 화살을 시위에 걸어두고 있었지만 시위를 당기지는 않았다. 그녀의 얼굴에서는 조금 전 같은 장난기는 깨끗이 쓸려 내려가고 없었다. 실전에서 장난치면 죽는다는 것을 그녀는 알고 있었다.

기마대는 튜멜 일행이 움직이면서부터 무서울 정도로 속력을 높이고 있었다. 흔들리는 말에서 용케 뒤를 돌아본 튜멜은 곧바로 후회했다. 상대의 숫자를 셀 수 있을 정도까지 접근한 모습을 보자 피가 빠져나가는 느낌을 받았다. 튜멜의 목덜미에 매달려 있던 차가운 땀

방울이 바람과 흔들림을 이기지 못하고 튕겨져 나갔다.

'신이시여! 제발 무사히 도망칠 수 있게 해주시옵소서.'

"이런 식으로는 따라잡히는 건 시간문제겠어."

"마차가 있잖아, 오빠."

이언과 에피는 한 손으로 마차 지붕의 짐들을 고정시키는 그물을 움켜쥔 채로 앉아서 말했다. 쇼도 장전된 석궁의 안전 장치를 확인하고는 편하게 앉았다. 미친 듯이 흔들리는 마차 위에서는 혀를 깨물거나 허리를 삐끗하기에 딱 알맞았다.

마차는 요란한 소리를 내면서 텅 빈 들판을 질주하고 있었다. 기마대는 벌써 튜멜 일행이 머물렀던 야영지까지 거의 근접해 있었다. 이제는 그들의 모습과 손에 들고 있는 무기의 모습이 누구의 눈에도 제대로 보이고 있었다. 레미는 홀로 마차 안에 남겨진 채 필사적으로 몸을 가누고 있었다.

바퀴가 지면을 차는 소리 때문에 소리가 울려서 귀가 멍해질 지경이었고, 그녀의 팔 힘으로는 전속력으로 달리는 마차의 의자 위에서 몸을 지탱할 능력이 없었다. 레미는 애초부터 마차의 바닥에 웅크리고 앉아서 필사적으로 몸을 가누고 있었다.

가장 고생을 하고 있는 것은 그녀였다. 하지만 그녀는 자신이 마부석 같은 곳에 앉아 있지 못한다는 것을 알고 있었다. 그곳에서는 잠깐도 버티지 못하고 튕겨 나가 버릴 것이 뻔했다. 그녀는 그저 달리는 동안에 목이나 허리가 부러지지 않기를 기도했다.

"역시 저 못생긴 녀석들이군."

"친구들?"

"별로. 얼마 전에 머물던 마을에서 만난 놈들이야."

"싸운 거냐? 아니면 도박하다 속임수를 썼냐?"

"저놈들 동료를 몇 명 죽였지."

"몇 명인데?"

"글쎄… 한 30명 죽였나?"

"뭐얏?!"

쇼는 몸을 일으켜 세우다가 마차 바깥으로 튕겨 나가려던 것을 간신히 막았다. 그는 마차 지붕의 그물눈 사이로 발목을 집어넣어 단단히 고정시켰다.

"너희는 뭐 하는 놈들이야? 어떻게 이런 인원으로 그런 게 가능하지?"

"걸어다니는 성채 파일런 디르거 경이 있으니까. 공성병기를 가져오기 전에는 디르거 경을 못 막아. 적어도 투석기 10기 정도는 있어야 할걸?"

이언은 턱으로 파일런을 가리키며 말했다.

"엄청난 인간들을 동료로 삼은 것 같군."

"누가 동료야?"

이언의 반문에 쇼는 씨익 웃었다.

도적들이 야영지에 도달했을 때, 이언은 갑자기 상체를 세웠다. 그리고 엄청난 불꽃이 날아가 야영지 바닥에 작렬했다. 튜멜은 간신히 말에서 떨어져 목뼈가 부러지는 것을 피했다. 화염을 뒤집어쓴 기름통은 엄청난 불길을 사방으로 뿜어 올렸다.

불붙은 기름은 부채꼴로 퍼지며 추적대의 한가운데에 쏟아졌다. 불이 붙은 기름은 사람들과 말에게 달라붙었고, 말과 사람은 동시에 비명을 질렀다.

말이 달릴 수 있는 최대 속도로 달려오다가 떨어졌기 때문에 곧바로 목이 부러졌고, 용케 목이 부러지지 않은 사내는 후방에서 따라오던 말발굽에 밟혀 죽었다. 몸에 불이 붙은 말들은 허우적거렸고, 사람들은 바닥을 뒹굴며 비명을 질렀다.

그때 에피가 자세를 잡았다. 에피는 그물눈 사이로 발목을 집어넣은 상태에서 기도하는 자세로 무릎을 꿇었다. 그리고 허리를 최대한 젖혀 하늘을 향했다. 이언과 쇼는 정신없이 흔들리는 마차 위에서 그런 자세로도 시위를 당기는 에피의 실력에 감탄했다. 발목을 그물눈 사이로 집어넣고 넓게 벌린 양쪽 무릎으로 중심을 잡으면서 에피는 허리를 뒤로 힘껏 젖히고 시위를 당기고 있었다.

어려서부터 용병단에서 자란 에피는 악조건 속에서 원하는 상황을 만드는 요령을 알고 있었다. 그녀는 시위를 당기기에 부족한 높이는 무릎을 꿇고 허리를 뒤로 거의 눕히는 자세로 극복하고 있었다. 그녀는 힐끔 눈을 내리깔아서 거리를 가늠하고는 하늘을 향해서 시위를 놓았다.

쐐애액!

화살이 날카롭게 허공을 찌르며 날아올랐다. 긴 포물선을 그리며 올라가던 화살은 섬뜩한 여운을 남기며 땅바닥을 향해 쏟아져 내려왔다. 에피는 화살의 궤적을 쫓더니 혀를 차면서 두 번째 시위를 매겼다. 그리고 다시 한 번 화살이 높은 포물선을 그렸다.

"우와악!"

불길에 놀라 날뛰는 말을 간신히 진정시키던 사내는 자신의 뺨을 할퀴고 지나간 화살의 존재에 기겁했다.

"화살이다!"

누군가의 외침이 끝나기도 전에 하늘에서 비스듬하게 콰렐이 날아들었다. 콰렐은 또 다른 사내의 어깨를 스치고 땅에 박혔다. 미처 정신을 수습하기도 전에 세 번째 화살이 날아들었다. 10초당 한 발씩 쏠 수 있다는 것은 활의 가장 큰 장점이고 무서움이었다. 아무리 숙련된 사수라 해도 재장전에 1분 이상이 소요되는 석궁에서 발사된 두 번째 콰렐이 날아드는 동안에 에피의 화살은 벌써 그뒤로 7발이 더 날아들었다.

화살은 아무에게도 맞지 않았지만 효과는 충분했다. 날뛰는 말을 미처 진정시키기도 전에 계속 날아든 화살 때문에 모두가 말에서 내려 날아오는 화살에 대비했다.

그동안 충분하게 가속이 붙은 마차는 거리를 넓히는 데 성공했고, 곧 이어 화살과 콰렐의 사정 거리가 모자르게 되었다. 원거리 사격이 불가능해졌지만 쇼와 에피는 빠른 손놀림으로 재장전을 해두고 기다렸다. 다시 말을 타고 추격할 경우를 대비하는 것이다. 다행히 그것만으로도 더 이상의 추격은 없었다.

정신없는 동안에 제법 높은 곳까지 솟아오른 햇살이 텅 빈 검은평원을 비스듬히 비추었다. 튜멜 일행은 뒤도 돌아보지 않으며 최대 속도로 그 끔찍하게 넓은 벌판을 가로질렀다. 부서질 듯 울려대는 마차 바퀴 소리와 말발굽 소리가 어디에도 반향하지 못한 채 평원 저편으로 사라졌다.

〈 5 〉

　검은평원의 밤은 추웠다. 봄이었지만 대륙의 중심부를 가로지르는 중앙산맥에서 미끄러져 내려온 산세가 급격이 낮아지면서 만들어낸 검은평원은 길고 추운 겨울과 짧고 더운 여름이라는 두가지 계절만 존재했다.

　겨울이면 중앙산맥으로 올라가는 차가운 북풍을 정면으로 받아야했고, 여름이면 중앙산맥 저편에서 비를 뿌리고 산을 넘어오다 지친 고온 건조한 남풍이 머무는 지역이었다.

　라이어른의 북부 지방도 차가운 북풍을 정면으로 받고 있었지만, 북부 지역과 중부 일부 지역까지는 겨울에 북해로 흘러드는 따스한 난류 덕택에 온화한 해양성 기후의 혜택을 받을 수 있었다. 하지만 남부 끄트머리에 존재하는 검은평원은 당연히 그런 혜택에서 제외되고 있었다.

겨울이면 차가운 북풍과 고지대 산악 특유의 저온 현상으로 모든 것이 얼어붙었고, 초봄에서 여름에 걸치는 계절에는 대륙 남쪽에서 불어온 고온 다습한 바람이 중앙산맥을 넘으면서 고온 건조한 바람으로 변해 검은평원 일대를 지배했다.

그런 검은평원을 튜멜 일행은 하루 동안 믿을 수 없는 거리를 주파하는 기록을 세웠다. 평원은 한없이 넓었고 아무런 장해물도 없었다. 그저 끝없는 수평의 연속이었다. 마치 세월의 시작부터 시작된 수평이 세월의 끝까지 이어지리라고 믿어지는 수평이었다.

그 평원을 죽기 살기로 달리려는 사람들에게 그 무한한 수평은 축복이었고, 죽기 살기로 달려야 하는 말들에게는 더없는 저주였다.

해가 절반 이상 기울기 시작하는 시점에서 튜멜 일행의 질주는 멈췄다. 평소보다 한참이나 늦은 시간에 야영 준비에 들어갔지만, 두 사람의 초보자를 제외하면 모두가 야영에 익숙해져 있었기 때문에 그럭저럭 검은평원이 어둠 속에 잠기기 전에 준비가 끝났다. 이미 충분한 거리를 벌려놓은 상태라고 생각했지만 그들의 마음은 못내 편치 않았다.

파일런과 이언은 마차를 서쪽에 배치하기로 결정했다. 습격을 받아 급히 출발할 때를 생각하면 둔하고 무거운 마차의 배치에 고개를 갸우뚱하겠지만 그들의 생각은 달랐다. 이미 충분한 거리를 벌려놓았기 때문에 거칠 것 없이 공허하게 뚫린 벌판에서 모닥불빛이라는 이정표를 만들어줄 필요가 없다는 의견이었다.

장해물없는 어두운 평야 지대에서 불빛은 생각 이상으로 멀리까지 퍼져 나간다. 마차는 완벽하지는 않아도 충분히 커튼 구실을 할 수 있었다.

파일런 디르거는 마차에 등을 기대고 앉아서 묵묵히 차를 마셨다. 그의 클레이모어는 얌전하게 그의 어깨에 몸을 기대고 있었다. 그는 특유의 움푹 꺼진 눈을 들어서 밤하늘을 올려다보았다. 그가 고개를 들어 밤하늘을 보는 동안에 차가운 밤공기는 슬그머니 그의 흉갑 안으로 스며들었다.

얼마인지도 모를 만큼 오랜 시간 동안 피와 기름을 번갈아 빨아들인 그의 흉갑은 칙칙한 적갈색으로 변해 있었고, 헤아리기조차 어렵도록 많은 상처들로 가득했다. 그 색깔과 상처들은 그가 그동안 거두어들인 생명이 이 세상에 존재했다는 낙인이었다. 그렇게 그는 낙인들이 가득한 갑옷을 입고 앉아 있었다.

파일런의 머리 속에는 그런 감상이 비집고 들어올 틈이 없었다. 그는 코끝을 스치는 남쪽 대륙의 홍차 향을 음미하고 있었다. 평원 저편에 있을 추적자도, 그의 갑옷에 흔적을 남기고 사라져 간 알지 못할 이들의 생명도 그를 움직이지 못했다. 그는 거대한 성처럼 앉아서 홍차 향을 즐기고 있었다. 성은 움직이지 않는다.

"……"

예민하도록 단련된 귀에 누군가 몸을 가만히 일으키는 소리가 들렸다.

'아낙스 양이군.'

파일런은 고개도 돌리지 않은 채 판단했다. 검이 검집에서 움직이는, 혹은 혁대에 고정하는 버클의 마찰음 없이 사락사락 모포에 옷을 스치는 소리만 내면서 일어나는 존재는 이언과 레미밖에 없었다. 이언은 자신의 불침번 시간 이외에 깨어나는 일은 없었다.

"자두는 게 좋아."

"잠이 오질 않아요. 방해가 되었나요?"

"별로."

레미는 파일런이 돌아보지 않는 동안에 흐트러진 머리칼과 옷매무새를 정돈했다. 정돈을 마친 그녀는 조용히 모닥불 주변에 모여 잠들어 있는 일행 사이를 건너왔다. 파일런은 묵묵히 비교적 깨끗한 청동 컵을 준비해 뜨거운 차를 가득 따라주었다.

그녀는 희미하게 웃으며 잔을 받아 들었다. 여전히 변함없이 수수한 차림에 추위를 막기 위해서 두툼한 털가죽 외투를 뒤집어쓰고 있는 그녀였다.

잠시 동안 두 사람은 침묵을 지키고 있었다. 50살은 넘어 보이는, 걸어다니는 성채라는 별명을 갖고 있는 은퇴 기사와 29살의 노처녀 사이에는 공통적인 화제가 존재하기 힘들었다.

레미는 차로 몸을 데우며 힐끔 파일런의 모습을 바라보았다. 모포처럼 어깨에 두른 로브 자락 사이로 드러난 흉갑을 걸친 그의 모습은 그저 평범한 레미의 눈으로 보기에도 숨이 막히는 위압감을 뿜어내고 있었다. 상처투성이 검집에 들어 있는 파일런의 클레이모어는 가드나 폼멜 부위가 격렬한 전투를 거치는 동안 조금 부서져 있었다.

그녀는 파일런의 그 낡아 보이는 검이 얼마나 위력적인지 알고 있었다. 시리도록 예리한 검신은 단지 검집 속에 몸을 숨기고 잠들어 있을 뿐이었다. 무심한 얼굴로 검을 어깨에 기대 놓고 있는 그의 모습은 느긋했지만 어딘가 섬뜩했다.

"걱정할 필요까지는 없네. 당분간 추적하기는 힘들 거야."

"네?"

"제법 쓸 만한 놈들이라 걱정이 되겠지. 별다른 보급품도 없어보이던데 그 거리를 주파해 따라왔고, 별로 흐트러짐도 없었으니까. 역시 용병 출신들이야."

"용병이요? 용병이 도적질도 하나요?"

레미의 순수한 호기심 어린 질문에 파일런은 조용히 웃었다. 하얀 수염 속에 숨겨져 있던 얇은 입술은 정직하게 짧은 미소를 그렸다.

"용병들끼리의 농담이 있다네. '고용되지 않은 용병은 도적이고, 고용된 도적은 용병이다'. 일거리가 없는 동안에 도적질을 하면서 생계를 유지하는 용병대도 많지. 어차피 전쟁터에서 용병들이란 도적들이지만."

"그렇게 위험한 사람들인가요?"

"우리 같은 경우에는 본의 아니게 싸웠지만 되도록 도망치는 게 현명하지. 우리 쪽에서도 꽤 많이 죽었지만 저쪽도 알짜배기 소수 정예로 가지치기가 되었을 거야. 아마 제3열들만 남아서 우릴 쫓고 있겠지."

그녀는 무기에 대해서도 무지했지만, 근본적으로 전쟁 그 자체에 무지했다. 기사와 용병의 차이점도 정의할 자신이 없었다. 그녀는 그런 모든 것들이 철저히 남자들의 세계라고 생각했고, 에피를 보기 전까지는 여자 용병이 존재할 거라고는 상상조차 해본 적이 없었다.

그녀는 얌전히 입을 다물고 파일런의 설명을 기다렸다. 파일런은 치마폭에 두 손을 가지런히 모으고 앉아 있는 그녀를 보면서 헛웃음을 지었다.

"용병들은 통상적으로 3열 횡대를 기본 전투 대형으로 세우지. 제1열은 초보 용병이거나 나이가 어린 용병들, 그리고 신뢰하기 힘든 용병들을 세워. 제2열은 선두 열에서 전투를 경험하고도 살아남은 자들, 보통은 5번 정도 전투에서도 살아남은 자들로 구성되지. 전장에서 제2열에 서 있다는 것은 일단 그 직업이 적성에 맞거나 애송이가 아니라는 의미라네. 2열에 서 있을 수 있을 정도로 살아남았다면 앞으로도 계속 살아남을 수 있는 인간이라는 셈이지. 보통은 선두 열에 서서 전투를 치르는 동안에 관을 묻거든. 그리고 제3열에 서는 놈들은 아주 노련한 베테랑들이지. 그들은 어떻게 전투를 해야 하는지 알고 있어. 어지간해서는 죽는 일도 없다고 할 정도야. 현실적으로 전투는 이 마지막 열을 데리고 하는 거나 다름없다네. 누구의 3열이 더 노련한가가 전투의 승패를 가늠하지. 그리고 존재해서는 곤란한 4열이 있지."

그녀는 전쟁과 무기에 대해서 무지했지만, 기본적으로 남의 설명을 요점만 간추려 알아듣는 능력이 있었고, 그것을 바탕으로 사고를 회전시키는 방법을 알고 있었다.

"조금 전에 3열이 기본이라고 하셨습니다."

"흠, 그렇지. 존재하지 않는 4열, 혹은 존재해서는 곤란한 4열이 있지. 이 지옥의 줄에서 전쟁을 하는 인간들은 예전에 인간이길 포기해 버린 놈들이야. 이들에게는 전투 진형이 전혀 의미가 없어. 그저 스스로의 쾌락을 위한 사냥감을 찾아 전장을 누비지. 전투 중에 정신이 나가서 아군까지 죽이는 놈들이 태반이야. 그저 사람을 죽이는 순간의 짧고 아쉬운 쾌감에 탐닉하는 놈들이지. 돈만 준다면 자기 아내까지 즐기면서 죽일 수 있는 놈들이야. 존재하지 않는, 죽음의 줄에 서 있는 놈들이라는 의미지."

"그런 사람들이 우리를 추적하고 있다는 거군요."

"되도록 몸을 피하는 게 좋아. 정면으로 충돌한다면 우리 일행도 절반 이상이 죽어 나갈 테니까. 그런 건 별로 달갑지 않아."

"저 같은 짐까지 있으니 더 힘들겠죠?"

레미는 무덤덤한 얼굴로 지극히 무미건조하게 말했다. 침묵이 흐르는 동안에 파일런은 물끄러미 찻잔을 내려다보면서 향기를 음미했다.

"우리는 현상금 사냥꾼이 아닐세. 도적 토벌군은 더욱 아니고. 그저 평범한 여행자들이라네."

"제가 여행을 결정했기 때문에 이런 지경에 빠진 거죠? 여행을 결정하지 않았다면 죽는 사람도 없었고, 위험에 빠지는 일도 없었고……."

그녀는 말꼬리를 흐리며 입을 다물었다. 그동안 파일런은 자세를 고쳐 앉고서 밤하늘을 올려다보았다.

"한번 검을 쥔 자는 영원히 되돌아가지 못하지. 전장의 법칙이야."

"네?"

그의 목소리는 무겁지만 조용했고, 여느 때처럼 좀처럼 숨겨진 감정을 읽기 힘들었다. 그저 아무런 의미 없이 평탄한 단어의 나열같은 목소리였다.

"검을 쥔다는 것은 강가에 서 있게 된다는 의미야. 강물 앞에 서서 자신들이 떠나온 들판을 노려보지. 그리고 그곳에 버려두고 온 많은 것들을 회상하지. 사랑하는 여자, 한때의 치기 어렸던 꿈, 따스한 오후에 즐기던 낮잠, 단란한 가정, 자랑스러웠던 하루. 하지만 검을 쥐게 되면 그것들을 모두 포기하고 강을 건너야 한다네. 섣불리 강을 건너는 자들은 거친 급류에 휘말려 잊혀져 버리지. 감상적이고 지극히 인간적인 자들은 보통 강물에 익사해 버려. 그리고 더러운 자들만 강을 건너기 시작하지."

심연처럼 차갑고 세월처럼 거친 강이 흐른다. 등 뒤에 버려진 들판에는 소중했던 모든 것들이 남겨진다. 이따금 누군가는 자신에 손에 들려진 무거운 검을 버리고 들판으로 되돌아가기를 희망한다.

혹자는 서둘러 강을 건널 희열에 미소 짓는다. 어느 순간에 강을 건너야 하는지 아는 사람은 아무도 없었다. 본인 스스로 그것을 깨달을 수 있는 자는 없다. 단지 주변에 휩쓸려 함께 강을 건널 뿐이다.

감상에 젖은 자들은 급류에 휘말려 사라지고 잊혀진다. 아무도 그것을 슬퍼하지 않는다. 모두들 스스로의 강물에 두 발을 담그고 있었고, 강물에 들어선 순간 힘겨운 현실은 모두에게 진지해질 것을 명령한다. 그 명령은 죽음의 선고와도 같이 한없이 근원적이고 절대적인 명령이었다.

많은 이들이 그렇게 강물 속에서 사라진다. 자신의 오른쪽, 혹은 왼쪽에 자신보다 앞서 강물을 건너던 자들이기도 했고, 때로는 자신보다 늦게 강물로 들어선 인간일 수도 있다. 사람들은 자신의 주변에 서 있던 자들이 급류 속으로 사라지는 것을 인내해야 한다.

강물은 침묵했지만 진지했다. 강물은 현실이다. 강물의 급류는 그 안에 서 있는 자들의 두 다리에 무게를 부여했고, 그 무게를 견디지 못하는 자들은 사라진다. 저마다 자신에게 지워진 무게를 견디며 묵묵히 전진해야 했다. 모두들 알고 있지만 말하지 않는다. 이 급류를 거슬러 되돌아갈 수 있는 인간은 없다는 사실을.

급류에 몸을 맡긴 사람은 되돌아가지 못한다. 마치 강물이 바다에서 수원지로 되돌아가지 못하는 것처럼. 강물로 들어선 자들은 결코 뒤돌아서지 못한다. 셀 수 없이 많은 자들이 나란히, 혹은 앞서거나 뒷서거니 강물을 건넌다. 그들은 한결같이 함께 존재했고, 오로지 그 자신만이 존재했다. 그들은 전체 속에서 고독했고, 고독 속에서 전체를 이룬다. 강을 건너 강변으로 올라온 자들은 자신들이 건너온 저 너머를 바라본다. 이제는 과거가 되어버린 것들이 강 건너 저편 들판에 남겨져 있다.

순수한 만큼 한없이 나약한 인간들이 자신들이 떠나온 들판에 대해서 향수를 품는다. 개중에는 목숨 걸고 건너온 강물로 다시 뛰어드는 자들도 있다. 그리고 그들은 아무도 살아남지 못한다.

강을 건넌 자들은 검을 쥐고 있었고, 그 검은 예리한 검날처럼 그 자신의 몸을 짓누른다. 강을 건넌 자들의 몸에는 강을 건너온 흉터가 낙인이 되어 길게 새겨진다. 그리고 그들의 피는 인간이기를 포기하고 차갑게 식어간다.

그들은 강을 건넜고, 그 대가로 그들은 새로운 대지를 부여받았다. 그들은 아직껏 아무도 밟지 않은 대지 위에 서게 되고 그 땅 위에서 살아갈 것을 강요받는다.

강을 건너온 자들은 알게 된다. 자신들은 새로운 대지에 몸을 눕혀야 한다는 사실을. 그들은 자신들의 과거 속에서 죽음을 맞이하지 못한다. 새롭게 부여된 황무지를 헤매다 그 황무지에서 홀로 외롭게 죽어가야 한다. 그것은 그들의 차가운 현실이자 운명이었다.

선택에 대한 후회는 있을 수 없었고, 먼저 급류에 휩쓸려 사라진 자들에 대한 모독이었다. 타인의 선택으로 강을 건너야 할 때도 있고, 자신의 선택으로 타인이 강을 건너야 할 때도 있다. 하지만 그것을 누구에게 책임을 물을 수 있단 말인가?

"……."

파일런과 레미는 입을 다물고 침묵했다. 파일런이 입을 다물었을 때 차가운 밤하늘의 희미한 별들은 여전히 소리 지르고 있었다.

내가 여기에 존재한다. 나의 존재에 눈길 돌리지 말라.

파일런은 언젠가 읽었던 구절이 생각났다. 한낮의 지옥처럼 뜨거웠던 열기가 차갑게 식어가는 저녁 촛불 아래서 오래된 책장에서는 먼지 냄새가 났고, 두꺼운 덧문 사이로 스며드는 모래 바람이 구성지게 피리를 불던 어느 날이었다.

검은평원에 혼자 설 수 있는 자는 이미 그 자신의 왕이다. 나는 제국의 별을 보았고, 제국을 세우리라.

레미는 뺨을 타고 흐르는 차가운 강물에 몸서리를 쳤다. 강물은 차가운 급류가 되고 소용돌이가 되어 그녀의 뺨을 타고 흘렀다. 그녀는 그 차가운 무게 때문에 입술을 깨물었다. 알고 있었는지도 모른다. 단지 모른 체하고 싶었을 뿐.

되돌아오지 못하는 강은 하나가 아니었다. 벌판을 건너면 또 다른 강이 존재했고, 그 강을 건너면 또 다른 벌판이 존재했다. 강을 건너면 아무것도 되돌릴 수 없었다. 단지 그 새로운 황무지에 뿌리를 내리는 사람과 또 다른 강물을 찾아 건너게 되는 사람만이 존재했다. 모두가 그 사실을 알고 있었지만 또 다른 의미에서 아무도 그것을 알지 못했다. 그저 세월의 깊고 차가운 강을 묵묵히 건널 뿐이다.

'난 몇 번의 강을 건넌 거지? 몇 번이나 타인에게 강을 건너도록 강요한 거지?'

그녀는 축축해진 눈으로 자신의 손을 내려다보았다. 가늘고 길고 굳은살 하나 없는 고운 손이었다. 검 따위는 한 번도 쥐어본 적 없는 손이었다. 그녀는 자신의 손에서 풍기는 비린내에 구역질을 느꼈다. 파일런과 이언이 만들어내던 비린내와 똑같은 비린내가 그녀의 손에 머물고 있었다.

그녀의 손에도 검은 쥐어져 있었다. 그리고 자신보다 더 많은 사람들에게 강을 건널 것을 강요하던 손이었다. 그녀의 검은 파일런의 검보다 월등히 예리했고, 항상 더 많은 사람들의 피를 탐욕스럽게 마셔왔다.

무서웠다. 그녀가 무서워한 것은 그것이었다. 그저 피가 무서웠다. 그래서 그럴 수밖에 없었다고 자신을 합리화시켰다. 강을 건넌 자신에게 자신은 강을 건넌 것이 아니라고, 혹은 남들이 강을 건너기를 강요했고, 자신은 타인에게 강을 건너라고 명령하고 싶지 않았노라고.

하지만 강을 건넌 것은 그 자신 스스로였고, 강을 건너라고, 각자의 현실을 황무지 한켠에 묻어버리고 강을 건너라고 강요하고 명령한 것도 그 자신이었다. 그녀는 단지 그것을 부정하고 싶었다.

자신의 손에 쥐어진 검의 무게에 저릿한 피로를 느꼈다. 그 무게에 질식해 버릴 것만 같았다. 그 무게의 육중한 존재감이 너무나도 싫었다. 그래서 자신에게 수없이 되뇌여 강조했다. 이건 타의에 의해서 건너는 것이라고. 자신은 이 강을 건너고 싶어하지 않았고, 타인에게

건널 것을 강요하지 않았노라고. 자기 자신까지 속여보았다. 하지
만······.

"크흑······."

힘주어 깨물고 있는 입술 사이로 신음을 흘러나왔다. 그녀는 치마
폭을 움켜쥐며 그렇게 울었다. 모닥불 소리보다 작게 숨죽여 그렇게
울었다.

찻잔을 기울이던 파일런은 희미하게 미간을 찌푸렸다. 쓸데없는
말을 떠드는 동안에 차는 싸늘하게 식어 있었다. 잠시 동안 망설이던
그는 차가워진 차를 바닥에 쏟고 뜨거운 차를 다시 잔에 따랐다. 레
미의 존재는 그의 의식 한구석에서 희미하게 지워지기 시작했다. 파
일런은 눈을 감으며 코끝에 감겨드는 쓰고 향긋한 차 향을 만끽하기
시작했다.

어두운 산속에 요정이 살고 있었네.
얼마나 깊은지 모를 산속에 살고 있었네.
요정은 혼자였다네.
어째서 혼자였을까? 어째서 혼자였을까?
어째서 혼자였을까? 어째서 혼자였을까?
그래도 요정은 여전히 혼자였다네.
라라라 라라 라라라 라라라.

어두운 산속에 살던 요정이었네.
아무도 찾아오지 않는 산속에 살고 있었네.
요정은 심심했다네.

어째서 심심했을까? 어째서 심심했을까?
어째서 심심했을까? 어째서 심심했을까?
왜냐하면 요정은 혼자 였기 때문이라네.
라라라 라라 라라라 라라라.

낮게 흘러나오는 노랫소리는 몽환처럼 의식을 헤집었다. 선술집에서 싸구려 곡주에 취해서 목청껏 부르는 노래가 아니었다. 따스한 난로가 바닥에 두툼한 털가죽을 깔고 엄마의 무릎을 베고 잠들며 듣는 노래였다. 엄마의 온기 속에서 불의 정령이 몸을 흔들며 웃는 웃음소리의 환상과 함께 듣게 되는 노래였다. 까무룩 잠이 들 것만 같은 기분 속에서 아득하게 들려오는 엄마의 노랫소리였다.

파일런은 눈을 감은 채 묵묵히 차 향을 음미하며 자신의 세계로 되돌아갔다. 레미는 어린 계집아이처럼 주먹으로 눈물을 훔치며 고개를 돌렸다.

어느새 일어나 불가로 다가온 쇼는 단검으로 모닥불을 휘저으며 노래를 불렀다. 불티들이 그의 손을 휘감다 아쉬운 눈길로 사라졌다.

라라라 라라 라라라 라라라.
요정은 혼자서 놀았다네.
개구리가 하늘을 날았다네.
새들이 강바닥을 헤엄쳤다네.
나무들이 수다를 떨었다네.
바위들이 화를 냈다네.
라라라 라라 라라라 라라라.

요정은 심심했다네.
그래도 심심했다네.
요정은 결심했다네.
마을로 내려갔다네.
혼자 살던 요정 너무 심심했다네.
결국 마을로 내려갔다네.
라라라 라라 라라라 라라라.

하지만 인간들은 너무 무서웠다네.
요정은 겁이 났다네.
요정은 후회했다네.
그렇지만 어떡해? 그렇지만 어떡해?
이미 늦어버린걸? 이미 늦어버린걸?
요정은 그림자를 잃어버렸지.
시장 바닥에서 그림자를 잃어버렸지.
라라라 라라 라라라 라라라.
우하하 라라라 라라라 라라라라라라……

〈6〉

쇼의 노랫소리는 따스하고 조용하면서 애상적이었다. 노랫소리에
잠에서 깨어난 에피가 모포 속에 웅크리고 누운 채 잠에 취해서 노래
를 들었다. 쇼가 허리를 구부리고 모닥불을 단검으로 휘저으며 노래
를 부르는 동안에, 레미는 무릎을 꿇고 앉아 그 위에 턱을 고인 채 노
래에 취했다. 그의 목소리는 사람을 취하게 하는 힘이 있었다. 멜로
디는 정확했고 목소리는 부드러웠다.

그의 노래는 조용하고 부드러웠지만 어딘지 사람을 몽환 속으로
인도하고 있었다. 레미는 질 좋은 와인이 제공하는 기분 좋은 취기
속에서 안개에 잠겨 버린 정원을 걷는 몽환을 경험했다. 노래는 힘이
있었다.

"……"

레이드와 이언은 쇼의 노래에도 깨지 않은 채 모포를 뒤집어쓰고

자고 있었다. 딱딱한 등껍질 속으로 움츠린 거북이처럼 그들은 쇼의 노래를 거부했다.

'여기까지가 한계로군.'

마침내 튜멜이 일어나 앉았다. 이런저런 걱정 때문에 좀처럼 잠을 이루지 못했던 그는 레미와 파일런의 대화를 전부 듣고 있었다. 단지 두 사람에 대한 예의를 지키기 위해서 잠든 척 가만히 있었을 뿐이었다. 더 이상 잠든 체할 필요가 없어진 튜멜은 천천히 일어나 조심스럽게 불가로 다가와 앉았다. 파일런은 묵묵히 그에게 차를 건네주었다.

그동안에도 쇼의 노래는 여전히 이어지고 있었다. 그것은 어떤 동화였다.

사람의 발길이 닿지 않는 깊은 산속에 요정이 살고 있었다. 요정은 혼자였고 심심했다. 요정이 사는 땅으로 들어오는 인간은 아무도 없었다. 요정은 무료함을 달래기 위해서 혼자 놀았고, 혼자 대화했다. 텅 빈 산비탈에서 뛰어놀며 두 사람의 대화를 흉내냈다. 때로는 네 명, 혹은 다섯 명의 흉내를 낼 때도 있었다. 그만큼 요정은 심심하고 무료했다.

요정은 이쪽에 서서 눈물을 흘리며 애원했다. 반대 편에 서면서 이번에는 차갑게 고개를 저었다. 다시 이쪽으로 돌아와 바닥에 엎드리며 자비를 구했고, 다시 저편으로 돌아가 화를 풀지 않았다.

요정은 풀잎에 맺힌 이슬이 햇볕에 반짝일 때부터 하늘 저편이 붉게 출렁거릴 때까지 그렇게 혼자 놀았다. 요정에게는 친구가 없었고 가족도 없었다. 텅 빈 산비탈에는 요정의 보금자리만 있었고, 요정의 목소리는 홀로 맴돌았다.

어느 날 요정은 의문을 품었다. 저 산 아래에는 인간들의 마을이 있었지? 왜 나는 한 번도 저곳으로 내려가 보지 않았을까? 심심했던 요정은 호기심을 주체하지 못하기 시작했다. 그리고 산비탈 아래 마을로 내려가 보기로 결심했다.

인간 세상은 거대하고, 복잡했고, 난폭했다. 요정은 놀란 눈으로 사방을 둘러보았다. 요정은 인간들이 어째서 넓은 땅을 놔두고 집 위에 집을 짓고, 푹신한 풀밭 대신에 딱딱한 돌을 바닥에 깔고 살아가는지 이해하지 못했다. 지금까지 요정의 친구가 되어준 바위도, 나무도, 동물들도 없었다. 그저 무수히 많은 인간들만 존재했다. 요정은 무뚝뚝한 사람들의 발길에 걸려 넘어졌고, 짐마차에 깔려 죽을 뻔했다.

전혀 재미있지 않았다. 잔뜩 지쳐 버린 요정은 자신의 보금자리로 되돌아가기로 마음먹었다. 하지만 요정은 그곳에서 '그림자'를 잃어버렸다. 얼마나 바보 같은 일인가? 요정의 그림자에는 요정의 동심과 마력이 있었다. 동심과 마력을 잃어버린 요정은 더 이상 요정이 아니었다.

그림자를 잃어버린 요정은 자신의 그림자를 찾아 나섰다. 하지만 인간 세상은 너무나 넓었고, 좀처럼 그림자를 찾을 수 없었다. 동신과 마력을 잃어버린 요정은 소년이 되었고, 인간처럼 나이를 먹기 시작했다.

요정이던 소년은 나이를 먹어 청년이 되었고, 누군가와 결혼을 했다. 하지만 여전히 요정이었던 청년은 그림자를 찾았다. 그의 아내는 애써 미소 지으며 그를 만류했지만 그는 만족하지 못했다. 요정이었던 청년이 노인이 되었을 때 한평생 그에게 미소를 지어주던 여자가 죽었다.

그는 처음으로 울었다. 요정은 눈물을 흘리지 않았지만 그는 이제 힘없는 노인이었고, 울었다. 그는 한평생 자신을 보고 미소 지어준 아내가 얼마나 소중했는지 뒤늦게 깨달았다. 그래서 노인은 예전에 잃어버린 '그림자'에 대한 미련을 버렸다. 욕심을 버리고 집으로 되돌아오던 노인은 자신이 오래전에 잃어버린 그림자를 찾아냈다. 그림자는 시장 바닥에 앉아 혼자 놀고 있었다. 요정이었던 노인은 그림자를 알아봤지만, 그림자는 노인을 알아보지 못했다.

'너는 누구야?'

그림자가 물었다.

'나는 너야, 너는 나고. 너는 내 그림자야.'

'하지만 너와 나는 모습이 다른걸?'

'난 늙어버렸거든.'

'어째서 늙은 거야?'

'너를 잃어버리면 난 나이를 먹어.'

'슬퍼? 왜 우는 거야?'

'사랑하던 사람이 죽었거든.'

'그래서 슬퍼?'

'난 몰랐거든. 평생 동안 너를 찾으며 돌아다녔거든.'

'나를 만났잖아?'

'응, 이제는 괜찮을지도 몰라.'

'나를 만나면 슬프지 않은 거야?'

'아니, 여전히 슬퍼. 사랑하는 사람이 죽었으니까.'

'그래서 울고 있는 거야?'

'그동안 나이를 먹었고 외로웠거든. 그리고 그녀가 평생 동안 나를 보며 느꼈던 외로움을 물려받았거든. 이제는 두 사람 분의 외로움을 갖고 살아야 한단다.'

'어째서 외로운 거야?'

'너는 나고, 나는 너인데도 우리는 다른 곳을 보며 살았잖아. 그리고 내가 사랑하는 사람도 나와는 다른 것을 보며 살다 죽었거든. 그래서 외로워.'

'잘 모르겠어.'

'넌 외롭지 않았어?'

'응, 하지만 심심했어. 그림자 놀이를 못했거든. 네가 없으면 난 그림자 놀이를 하지 못하잖아.'

'난 외로웠고, 넌 심심했구나?'

'이젠 그림자 놀이를 할 수 있는 거야?'

'아니, 이제는 너와 하나가 될 수 없어. 넌 요정의 그림자고 난 나이 든 노인이거든.'

'함께 놀지 못하는 거야?'

'응, 미안해.'

'이제는 뭐 할 거야?'

'몰라. 이제는 잠을 자고 싶어. 너무 오랫동안 잠들지 못했어.'

'난 노래를 불러줄게.'

아주 오래전에 요정이었던 노인은 바닥에 누워 잠을 청했고, 요정의 그림자는 노인의 곁에 쪼그리고 앉아서 노래를 불렀다. 너무나 오랫동안 떨어져 살아온 또 다른 자신을 위해서.

노인은 처음으로 미소를 지으며 잠들었고, 죽었다. 그림자는 여전히 죽은 노인의 곁에 앉아서 노래를 불렀다. 이제는 심심하지 않았다.

아무도 쉽게 입을 열지 못했다. 에피는 여전히 모포 속에 누운 채 깜박거리며 졸고 있었고, 레미는 멍한 얼굴로 가만히 있었다. 노래를 마친 쇼는 자신의 배낭으로 걸어가 작은 가죽 물통을 꺼내 왔다.
"오랜만에 노래를 부르니 목이 컬컬하군요. 한잔하실 분?"
아무도 대답하지 않자 쇼는 멋쩍게 웃으며 술을 마셨다.
"어디서 배운 건가, 그 노래?"
"에?"
쇼는 격렬하게 소용돌이치는 알콜의 취기에 몸을 떨면서 힐끔 파일런을 보았다.
"잘 모릅니다. 어릴 때부터 불렀던 노래거든요. 아마 죽은 부모님이나 누군가에게 들었겠죠. 이렇게 끔찍하게 긴 노래를 어떻게 외우고 있는지도 모릅니다."
"그래?"
"솔직히 어릴 때 기억이 별로 없습니다. 정신을 차리고 보니 훌쩍 커버린 자신을 발견했다고나 할까요?"
"그림자를 잃어버린 요정처럼 말이지?"
"하하, 글쎄요. 전 요정이 아닌데요?"
쇼는 킥킥거리며 물통을 기울여 다시 술을 마셨다. 파일런은 물끄러미 쇼를 응시하다가 천천히 무겁게 손을 내밀었다.
잠시 동안 그의 손을 내려다보던 쇼는 피식 웃으면서 술을 건네주었다. 파일런은 잠시 코끝으로 술 냄새를 맡아보았다.

"독은 들어 있지 않은 모양이군."

"들어 있다면 제가 먼저 죽었을 테죠."

"아직은 때가 아닌 모양이지?"

"네?"

"아니… 흠, 좋은 술이야."

파일런은 가만히 온몸을 타고 흐르는 취기를 즐기며 말했다. 어느새 잠들어 버린 레미의 어깨 위에 모포를 덮어준 튜멜은 허리를 펴고 일어섰다.

"잠이 오지 않으니 전 검술 연습이나 하다 자겠습니다."

"무리하지는 말게나. 아침 일찍부터 출발할 거니까."

"네, 알겠습니다."

튜멜은 잠든 사람들을 깨우지 않도록 어둠 저편으로 걸어가 버렸다.

〈 7 〉

    크림발츠의 왕성 '장미여왕 1세(Rossen-Knroigen)'의 서측 별관 3층에 위치한 대연회장 '세나이얀(Senhaiyaan) 홀'에서는 모처럼의 무도회가 열리고 있었다.

    그동안 선대 여왕의 승하와 왕위 계승 내정자였던 고 카시안 왕자의 전사 때문에 왕실 분위기는 침체되어 있었고, 좀처럼 대형 무도회가 열리지 않았다. 별다른 것이 없는 귀족들끼리의 파티에 질려 있던 귀족들은 쌍수를 들어 왕성에서의 무도회를 환영했다.

    귀족들이 주최하는 무도회는 규모나 질적인 면에서 한계가 있었고 단조로웠다. 아무리 부유한 귀족이라고 해도 파티를 열 수 있는 규모는 한계가 있었다. 게다가 귀족들은 체면 문제 때문에 어지간한 일이 아니면 자신보다 지위가 낮은 귀족의 무도회에는 참석을 꺼렸다.

널리고 널린 일개 남작의 가든 파티에 후작 지위를 가진 사람이 참석해서 남작과 준남작들 사이에서 술잔을 기울이는 것은 그다지 유쾌한 일이 아니었다. 귀족들은 파티를 주최하면서 온갖 인맥을 동원해 높은 지위의 귀족들을 초대하기 위해서 발벗고 뛰어 다녔다. 지위가 높은 귀족을 파티에 참가시킬 수 있다는 것은 그 자신의 사회적 영향력을 웅변적으로 보여주는 일이었다.

하지만 그것이 그렇게 호락호락 쉬운 일은 아니었다. 그렇기 때문에 귀족들은 왕성이 주최하는 무도회에 목말라 했다. 왕성 무도회에 참가하는 것은 쉽지 않은 일이었고, 한 번 참가하는 것만으로도 그 자신의 영향력은 무시무시할 정도로 상승했다.

왕성 무도회 초청장을 받는다는 것은 말 그대로 자신이 왕실과 아무리 희미해도 '끈'이 닿아 있다는 것을 의미하기 때문이었다. 서너 번 왕실을 들락거린 남작 앞에서는 백작도 마음껏 소리 지르지 못했다. 왕실 무도회의 이면에는 그런 역학 관계가 내재되어 있었다.

굳건한 대리석 기둥들이 좌우로 늘어선 홀의 천장은 까마득하게 높았다. 왕성 장미여왕 1세의 연회장은 크림발츠 건축 양식의 진수였다. 유리처럼 매끈한 것부터 미끄러지지 않을 거친 표면까지 4단계로 나뉘어진 표면 가공을 거친 대리석 바닥재들은 종이 한 장 비집고 들어가지 못할 정도로 빈틈없이 깔려져 있었다.

겉보기에는 서로 다른 질감의 대리석 바닥재들이 불규칙하게 깔려져 처음 방문한 사람들은 턱을 괴고 의구심을 갖게 만드는 바닥이었지만, 조금 높은 곳에서 이 바닥을 내려다보는 사람이라면 감탄에 앞서서 전율을 느끼게 만들기에 충분했다.

홀 이쪽 끄트머리에서 저쪽 끄트머리에 있는 사람을 구별도 못할 정도로 거대한 홀의 바닥에 깔려진 대리석들은 그 질감의 차이를 이용하여 크림발츠의 왕실 문장을 만들어내고 있었다. 도료를 쓰는 쉬운 방법도 마다하고 대리석 연마의 정도를 달리한 4종류의 바닥 타일만으로 크림발츠 왕실 문장을 바닥에 그려낸 것이다.

바닥에서 뻗어 올라간 기둥들은 상당한 높이에 이르러 말발굽 형태로 굽은 상층 갤러리를 만들어냈다.

이 갤러리는 보통 지위가 낮은 귀족들이나 정식 초대장을 받지 못했지만 무도회 참가가 허락된 귀족들을 위한 공간이었다. 똑같은 음식이 제공되고 무도회 분위기 자체는 공유할 수 있었지만, 그들이 아랫층 메인 홀로 내려가는 것은 허락되지 않았다.

그나마 상부 갤러리에 초대된 손님들은 메인 홀에 모인 사람들 사이로 웅장하게 보이는 왕실 문장을 감상하는 특권은 누릴 수 있었다. 대부분의 귀족들은 무도회 동안에 한 번은 이곳 상부 갤러리로 올라와 난간에 기대 대리석 바닥재들이 만들어내는 그 감탄스러운 결과물을 감상하고 다시 아래층 메인 홀로 내려갔다.

덕분에 지위가 높은 귀족이 올라올 때면 상부 갤러리는 당장 폭발할 듯 술렁거렸다. 지위가 낮거나 연줄이 없는 귀족들은 그때마다 지위가 높은 귀족들에게 달라붙어 얼굴 도장을 찍거나 이런저런 청탁을 부탁했다.

상층 갤러리에서 뻗어 올라간 기둥들은 지붕을 떠받치게 되었고, 복잡한 다면 구조의 지붕은 홀의 중심점 상부를 향해 모여드는 구조였다. 지붕의 첨단과 바닥에 새겨진 왕실 문장의 중심은 정확하게 일치했다. 건축술에는 뒤지지 않는다는 아메린 인들도 세나이얀 홀의 구조만큼은 솔직히 감탄했다.

물론 '미친 크림발츠 놈들은 항상 쓰잘데없는 일에 목숨을 건다'라는 아메린식 논평을 덧붙이기는 했다. 크림발츠 인들이 아메린을 방문하면 약속이나 한 듯이 따라붙는 '먹고 자고 칼 싸움밖에 할 줄 모르는 아메린 놈들은… 운운' 하는 평가와 일맥상통하는 일이었다.

세나이얀 홀의 장관은 그것만이 아니었다. 값비싼 스테인드글라스로 장식된 벽면과 양각으로 조각된 벽면, 그리고 웬만한 4두마차와 크기가 비슷한 초대형 샹들리에도 감탄스러웠다.

세나이얀 홀에는 모두 8개의 샹들리에가 있었고, 웬만한 집안에서 일 년 치 사용할 양초를 한두 시간 동안에 소진시켰다. 각 샹들리에가 매달린 천장에는 샹들리에가 뿜어내는 끔찍한 열기를 배출시키기 위해서 여러 개로 분산된 환기 창들이 있었고, 샹들리에마다 10명의 '샹들리에 보이'가 배치되어 있었다. 몸이 가볍고 작은 소년들로 구성된 샹들리에 보이의 임무는 샹들리에의 엄청난 양초들을 제때 교환하는 임무를 맡고 있었다.

샹들리에에는 엄청난 숫자의 양초들이 타고 있었고, 강철제 본체와 수많은 크리스털 장식들은 벌겋게 달아오른곤 했다. 샹들리에 보이로서의 수명은 보통 3년 정도였다. 3년이면 정상적인 성인이 되기에 불가능할 정도로 온몸에 화상을 입었고, 머리카락 같은 것은 남아나지도 않았다. 무엇보다 운이 나쁜 경우에는 10미터도 넘는 높이에서 바닥에 떨어져 죽는 수도 있었다. 물론 그런 것을 신경 쓰는 귀족들은 아무도 없었다. 무도회는 무도회였다.

"미쳐 버리겠군."

민트 J. 케언 공작은 예의 온화하고 부드러운 미소를 머금고 나지막하게 욕설을 내뱉었다. 밝고 흥겨운 곡이 연주되고 있었고, 홀의 중앙에서는 최대한 멋지게 차려입은 젊은 남녀들이 춤을 추고 있었다. 젊고 건강한 그들의 뺨은 흥분과 최고급 와인 덕분에 발그레하게 물들어 있었다.

케언은 아피아노(Apyano)산 크리스털 와인 잔을 손에 들고서 미소를 입가에 매달았다. 그는 자꾸만 실룩이며 일그러지는 입매를 감추기 위해서 자주 와인 잔을 입가로 가져가고 있었다. 화사한 녹색 드레스를 입은 두 명의 여자들이 케언을 발견하고는 살짝 무릎을 구부려 인사를 하고 지나갔다.

'백작 가문 여자들이군.'

케언은 여자들이 입고 있는 녹색 드레스를 힐끔거리며 생각했다. 한창 유행에 맞춰 어깨와 가슴 언저리를 드러낸 오프 더 숄더(Off the Shoulder)형 드레스를 입은 그녀들은 솜털이 보송보송한 우윳빛 어깨를 완전히 드러내고 있었지만 그에게 아무런 감흥도 불러일으키지 못했다.

그는 오른손으로 자신의 심장을 가리며 고개를 숙이는 정식 예법으로 인사를 받았다. 그는 현재 하이나 11세 여왕의 남편이었고, 칙명관과 섭정관 지위를 겸직하고 있는 크림발츠의 제2인자에 올라 있는 사내였다. 굳이 그녀들에게 예를 취하며 인사할 필요는 없었다.

두 명의 백작 가문 여자들은 케언에게서 인사를 받자 얼굴을 발갛게 붉히며 서둘러 자리를 떠났다. 올해 35살인 그는 하이나 11세 여왕의 남편이었지만, 여전히 귀족 여자들에게는 선망의 대상이었다.

크림발츠에서는 보기 힘든 밝은 모래 빛 머리를 길게 기른 케언은 소탈했고 친절했다. 공작 가문을 의미하는 자주색 예복은 가까이서 보면 깜짝 놀랄 정도로 의외로 수수한 옷감으로 만들어져 있었다. 물론 옷감 자체는 수수할지 몰라도 재단과 바느질 솜씨는 감탄할 만큼 일류 급 장인의 솜씨였다.

'난 말야. 머저리들이 값비싼 천들을 넝마처럼 걸치고 다니는 꼴이 제일 싫어. 얼마나 유명한 장인이, 얼마나 값비싼 옷감으로, 얼마나 많은 시간을 들여 만들었나를 자랑스럽게 떠드는 놈들을 모조리 성벽에 매달아 버리고 싶거든. 얼마나 정성껏 애정을 갖고 만드냐가 더 중요한 거야. 귀족들을 상대로 하는 재단사들은 배가 불러서 성의가 없어.'

케언은 언젠가 비서관에게 그렇게 말했다. 실제로 그는 혼자서 터덜터덜 시내로 나가서 어느 뒷골목의 늙은 재단사에게 자신의 파티용 예복들을 대량 주문했다. 그가 입는 옷들의 대부분은 그 이름없는 늙은 재단사가 만든 옷들이었다. 고급 원단으로 만든 옷이 없는 것은 그 재단사가 그 이상 비싼 옷감은 구할 수 없기 때문이었다.

그렇지만 케언은 싱글싱글 웃으며 만족했다. 그 늙은 장인은 케언이 후하게 쳐준 옷 값에서 정확히 원래 액수만큼만 받았다. 게다가 오히려 그쪽에서 케언에게 이 사실을 비밀로 부칠 것을 다짐했다. 소문이 나면 유행을 쫓는 귀족들이 앞 다투어 자신에게 주문을 할 것이고, 자신은 귀족들의 고급 옷감을 다뤄본 적이 없어서 제 실력을 발휘하지 못할 테고, 주문이 밀리면 옷 하나하나에 쏟는 정성이 덜해질 거라는 것이 이유였다.

케언은 그때부터 그 뒷골목 가게의 단골 손님이 되었다. 아울러 비서관은 크림발츠 칙명관이라는 인간이 허름한 뒷골목을 출입하는 일대 스캔들을 사전 차단하느라 고통받고 있었다.

케언은 누군가 다가서는 느낌을 받고 고개를 돌렸다. 그의 비서관 옌스터 데일 후작은 후작 가문을 의미하는 붉은색 재킷을 입고 있었다. 그는 케언의 오랜 조력자였고 그의 성격과 철학에 전적으로 박수를 보내는 입장이었지만, 케언처럼 뒷골목 장인에게 옷을 부탁하는 인물은 아니었다.

"호오, 이게 몇 년 만이신가, 데일 후작?"

"왜 짜증을 내시는 겁니까, 칙명관님?"

60 평생을 왕실에서 일해 온 데일이었다. 그는 친절한 할아버지 같은 미소로 케언을 대하며 다가섰다. 케언은 대답 대신에 눈짓을 하고는 앞장서서 걸었다.

파티가 벌어지고 있는 세나이얀 홀에는 6개의 오락실과 3개의 남성용 담화실, 그리고 2개의 여성용 담화실이 별도로 준비되어 있었고, 국왕 전용 담화실이 따로 있었다. 국왕 전용 담화실 앞에서 근무 중이던 두 명의 여왕의 창기병 소속 기사들이 허리를 굽히며 예를 취했다.

여왕의 창기병 기사들은 모두 화려한 술이 달린 예복을 착용하고 있었고, 은도금된 예식용 롱 소드로 무장하고 있었다. 국왕 친위대인 여왕의 창기병 제복답게 한 치의 흐트러짐도 없는 복장이었지만 지나치게 화려하지는 않았다.

크림발츠는 군사 강국 아메린과 함께 기사단의 실전 능력을 중요시하는 국가였지 예쁘장하게 치장하는 데는 별로 관심이 없는 국가였다. 여왕의 창기병 예복은 당장 실전을 벌여도 큰 문제는 없을 정도로 실용적이었고, 예식용 롱 소드는 이례적으로 시퍼렇게 날이 세워져 있었다.

창기병단 소속 기사들은 각 출입구마다 배치되어 조각상처럼 미동조차 없었고, 작위를 가진 고급 장교들은 각자의 가문에 맞는 예복을 입고 파티에 참가하며 위장 근무 중이었다. 만의 하나 누군가 파티의 소란스러움을 틈타 국왕 시해를 시도해도 검을 뽑아든 순간에 저지당할 터였다.

창기병단이 무도회장 자체의 안전을 책임지는 동안 외곽 경계는 왕실 근위대가 맡고 있었다. 악명 자체로는 여왕의 창기병에 뒤지지 않는 근위대원들은 예비 병력을 포함한 전원이 왕성 요소요소에 빈틈없이 깔린 상태였다.

왕성에 대한 이런 이원적인 경호 체계는 두 조직 간의 알력을 발생시키는 문제점이 있었으나, 크림발츠의 오랜 전통 중의 하나였다. 대륙을 통틀어 이런 이원 체계를 고수하는 나라는 오직 크림발츠뿐이었다.

아메린의 경우 몇 년 전 발생했던 〈아메린 내전〉 이후 모든 왕실 경호 체계를 일원화시켰다. 아메린 내전 자체가 이원적인 왕실 경호 체계의 허점을 이용했기 때문이었다.

수도 경비를 맡은 아메린 국경수비대 2연대가 수도로 진공한 태양기사단이 아닌, 왕성을 지키는 국왕 친위대에게 검을 겨눈 사건이었다. 형을 몰아내고 새로 등극한 아메린 국왕은 국경수비대 2연대를 영구 해체하고 2연대에게 '청기사단' 이라는 새로운 칭호를 내리고 수도 방어와 국왕 경호를 일원화시켜 버렸다.

"빌어먹을 쓰레기들!"

비서관 데일이 국왕 전용 담화실의 두꺼운 문을 닫기 무섭게 케언이 소리 질렀다. 데일은 눈살을 가볍게 찌푸리며 어린애처럼 혈기 왕성한 케언을 나무랐다.

"언행을 삼가하십시오."

"뭐, 어떤가. 어차피 아무도 듣지 못할 거야. 창기병들이 서슬 시퍼렇게 지키고 있는데 누가 감히 이곳을 엿듣겠나?"

"습관이란 무서운 것입니다."

"왜 피눈물나는 돈을 써가며 이따위 짓을 하는 거지? 국가가 주도해서 먹고 마시는 일을 즐기면 남는 건 텅 빈 금고와 패망뿐이야. 크림발츠가 망하는 꼴을 보고 싶나?"

"이 정도에 금고가 빌 정도로 크림발츠가 가난한 나라는 아닙니다."

"습관이란 무서운 거라며?"

"……."

케언은 방 한가운데 놓여진 테이블에 걸터앉으며 투덜거렸다. 데일은 여전히 출입 문 곁에 선 채로 가만히 서 있었다.

"이번 파티에 소모된 경비가 얼마야?"

"보통 수준입니다."

데일은 이번 파티를 준비하는 데 평소의 6배에 달하는 경비가 소모되었다고는 말하지 않았다. 케언은 칙명관 이전에 뛰어난 기사였기 때문에 심장 질환을 걱정할 필요는 없었다. 하지만 데일은 그의 심장 발작보다는 그 다혈질에 가까운 분노를 걱정하고 있었다. 차라리 그가 심장 질환을 앓는 게 나았다.

그가 처음 칙명관 직위에 올랐을 당시에는 하루에도 몇 번씩 롱 소드를 연장 삼아 테이블이나 의자에 추상적인 조각을 새겨 넣는 일이 벌어졌었다. 데일은 단단하기로 이름난 회의용 테이블이 벽난로용 장작으로 극단적인 용도 변경을 당하는 광경을 수도 없이 목격했다.

'멋지지 않나? 이 테이블의 새로운 용도를 발견했다네.'

한숨을 쉬는 데일에게 겨우 화를 삭인 케언은 멋쩍게 웃으며 그렇게 말하곤 했다.

"왜 우리가 라이어른의 머저리들에게 밥 먹여주는 것도 모자라 이런 파티까지 벌여야 하지? 라이어른은 국고가 남아돌 텐데? 동방 원정도 참가하지 않았잖아?"

"라이어른을 대표하는 특사들에 대한 마땅한 예의입니다. 설마 우리 크림발츠의 사절단이 라이어른을 방문했을 때 귀리 죽만 먹다가 오기를 원하시지는 않겠지요?"

"내 말은 이런 파티가 군이 필요하냐는 말이야. 이건 명백한 국고 낭비야! 나라면 이럴 경비로 기사단이나 배불리 먹이겠어! 아메린이 밀고 들어오면 왈츠를 춰서 막아낼 건가? 아니면 감동적인 연주를 해서? 설마 아메린의 빌어먹을 청기사단이 와인을 대접한다고 회군할 거라는 생각은 아니겠지? 그렇게 생각하는 놈이 있으면 모조리 교수형에 처하겠어!"

"오늘따라 유난히 화를 내십니다."

데일은 여전히 평온한 말투로 대꾸했다. 케언은 무언가 부숴 버릴 것이 없나는 눈초리로 두리번거렸지만 이 방에는 검이라고 이름 붙일 만한 것이 아무것도 없었다. 대신에 케언은 초조한 발걸음으로 방 안을 서성거리기 시작했다.

"맘에 안 들어! 여왕의 명령으로 왕성 내 파티를 금지시켜 버리고 싶어."

"불가능합니다. 고급 귀족들이 반감을 품을 겁니다. 아마도 여왕 폐하께서 자신들을 업신여기기 시작한 거라고 생각할 겁니다. 귀족들이 불평할 꼬투리를 줘서는 곤란합니다. 선대 여왕 폐하와 카시안 루엘 왕자께서 연 이어 승하하신 상황에서는 말입니다. 외람되오나, 아무래도 현재 상황으로는 여왕 폐하의 권력 기반이 취약한 상태입니다."

"그렇겠지. 왕위 계승 내정자인 왕자가 동방 원정에서 덜컥 전사해 버렸으니, 그쪽에 붙어서 살살거리던 놈들에겐 날벼락이겠지. 아첨을 떨어놓았는데 왕위에 오르기도 전에 죽어버리는 게 어땠겠나? 그래서 더 더욱 하이나 11세 여왕이 못마땅하겠지. 시집이나 가고 말아버린 공주가 얼떨결에 왕권을 넘겨받았다고 생각하는 거야. 지금으로써는 우리 쪽 지지 세력이 전무한 상황이야. 카시안 왕자 쪽 아첨꾼들은 어떻게든 현재 상황을 벗어나려고 잔머리를 굴리고 있겠지. 멍청한 자식들! 카시안 녀석이 아첨한다고 들어줄 녀석이라고 생각했다니. 그 녀석은 왕위에 오르면 자신에게 아첨했던 놈들부터 모조리 죽일 생각이었어. 죽다 살아났다는 건 상상도 못하겠지. 머리가 나쁜 놈들은 상상력도 부족하니까."

"게다가 문제는 에피온(Ephion) 후작 쪽도 주의를 해야 한다는 겁니다. 요즘 분위기가 심상치 않습니다."

"뭐? 에피온? 그 망령난 늙은이는 또 뭐야? 정말로 돌아버린 건가?"

"벌써 4대째 여왕 승계가 계속되고 있습니다. 아무리 우리 크림발츠가 유난히 여왕 승계가 많은 국가라고는 해도 이번은 조금 심한 상황입니다.”

“불가항력이잖아? 하이나 10세의 경우에는 선대 국왕의 외동딸이었고, 그 뒤를 이은 세나이얀 7세의 경우에는 오빠인 멜다윈(Meldawin) 왕자가 19살에 병사해서 왕위에 올랐고, 에이샤 6세 여왕의 경우 선대 세나이얀 7세가 장녀였던 에이샤 6세 여왕을 왕위계승자로 못박은 거였고, 이번에는 카시안 왕자가 전사했으니 하이나 11세가 왕위를 계승하는 건 당연한 거 아닌가? 무능해서 폐태자가된 에피온 후작이 새삼 왕권에 욕심을 내는 건가? 조카의 왕권을 노릴 만큼의 머리라도 돌아가나? 그 저능아가? 그만큼의 지능이라도 있다면 모르지만, 그 돌머리가 술 마시고 여자 끼고 자는 것 말고 할 줄 아는 게 뭐 있지? 난 그 녀석이 자기 이름이나 쓸 줄 아는지 의심스러워. 쓸 줄 모른다는 데 내 직위를 걸겠어. 폐태자 주제에 후작의 작위라도 받은 게 기적이고 에이샤 여왕 폐하의 은총이야!”

케언은 한층 짜증스러운 얼굴을 전혀 숨기지 않은 채 말했다. 밖에서 사람들 앞에서는 언제나 싱긋 웃으며 온화한 미소를 머금고 있지만, 비서관과 단둘이 남겨진 상황에서는 좀 달랐다. 데일 후작은 가만히 혀를 차다가 헛기침을 했다.

“문제는 에피온 후작이라기보다는 그를 등에 업고 있는 자들입니다. 아마도 친누나인 에이샤 6세 선대 여왕께서 승하하셨으니, 남동생인 그가 왕권을 이어받는 것이 타당하다는 식으로 충동질을 하는 것 같습니다. 크림발츠의 역사를 바로잡기 위해서.”

데일의 말에 케언은 혀를 빼문 채 입을 벌렸다. 그런 우스꽝스러운 표정도 케언의 조각처럼 잘생긴 얼굴을 망가뜨리지는 못했다. 그는 갑자기 주변을 두리번거리기 시작했고, 비서관 데일은 고개를 절레

절레 저으면서도 적당히 그가 원하는 비위를 맞춰주었다.

"무얼 찾으십니까?"

물론 그는 대답을 이미 알고 있었다.

"종이하고 펜. 미안하지만 글로 써주겠어? 요즘 내가 귀가 이상한 것 같아. 자네의 말이 환청으로 들리는군. 의사 소통이 조금 어려운 것 같아."

물론 데일은 펜과 종이를 찾아 글로 써주지는 않았다. 대신에 쓰게 웃었다. 케언은 종이를 찾는 대신에 이번에는 용도 변경할 만한 가구를 찾기 시작했다.

"거듭 미안하지만 내일 당장 왕성 앞뜰에 교수대를 준비해 주겠나?"

"예?"

"아무래도, 나 목매달아야 할 것 같아. 적당히 대역죄 하나 자네가 붙여서 나 좀 교수형에 처해주겠나? 교수대가 그리워지는군."

"어린애 같은 투정은 그만두십시오. 크림발츠를 책임지신 분이십니다."

"제기랄! 에피온 후작, 그 자식 바보 아냐? 아, 바보였지? 왕위는 자손이 물려받지 형제가 물려받지 못해. 후사가 없는 경우에나 형제가 물려받는 거야. 그래서 하이나 11세 여왕이 여왕으로 즉위한 거고. 카시안 왕자가 죽었다고 외삼촌이 왕권을 넘겨받는 건 대체 어느 나라 법이야!"

케언은 갑자기 흥분해서 소리를 지르며 가구를 걷어차기 시작했다. 데일은 가만히 눈살을 찌푸리며 아까 연회장에서 케언이 술을 마시지 못하게 제지하지 않았던 것을 후회했다. 그는 분명 술이 강했지만, 술에 취해서도 평소의 자제력을 발휘하지는 못했다. 데일은 조금 쌉쌀한 기분으로 준비했던 다음 말을 꺼냈다. 그리고 그 말은 케언을 비틀거리게 하기에 충분했다.

"하지만 만약에 하이나 11세 여왕 폐하께서 승하하신다면 어떨까요? 불의의 사고로 말입니다."

"뭐.라.고?"

"지금 상황에서 여왕 폐하께서 승하하시면 에피온 후작은 남겨진 왕족이 되는 겁니다. 왕권을 승계받는 데 아무런 걸림돌이 없습니다. 칙명관님께서는 직계 왕가가 아니시니까 왕권 승계 대상에서 제외됩니다."

"어차피 난 국왕 따위는 되고 싶지 않으니까 그런 건 상관없어. 하지만 뭐라고? 불의의 사고를 당한다면? 오! 신이시여! 그 빌어먹을 슬라임 녀석이 국왕이 되면 크림발츠는 끝이야. 난 내 손으로 조국을 말아먹고 싶진 않아. 아무한테나 왕권을 넘겨줘도 그 녀석은 곤란해. 그 빌어먹을 자식!"

끝내 화를 참지 못한 케언은 발을 올려두는 낮은 의자를 힘껏 걷어찼다. 의자는 벽까지 날아가 요란한 소리를 내면서 박살났다.

데일 후작은 묵묵히 조용한 표정으로 박수를 쳤다. 케언은 화가 풀리지 않은 얼굴로 씩씩거리며 돌아봤다. 데일 후작은 손자를 꾸짖듯 조용하지만 엄한 말투로 입을 열었다.

"대단한 힘이십니다. 현역 크림발츠 총기사단장감이시군요. 이 기회에 총기사단장까지 겸직하시겠습니까? 칙명관과 섭정관을 겸직하셨으니 한두 개쯤 더 겸직하셔도 표가 안 날 겁니다. 하여간 굉장한 힘이십니다."

"이거 얼마짜리 의자야? 설마 비싼 의자는 아니겠지?"

"칙명관님의 정신 건강을 위해서 대답하지 않겠습니다."

"꽤 비싼 의자였나 보군."

'굉장히 비싼 의자였습니다. 스톨츠산 원목으로 만든 의자니까요.'

하지만 비서관은 노련했기 때문에 그것을 입 밖에 내지는 않았다.

"아, 미안하네. 하지만 화가 안 풀려! 명단 당장 제출해. 내일 아침까지 명단 작성해서 내 책상 위에 갖다 놔!"

"어떤 명단을 말씀하시는 겁니까?"

"그 빌어먹을 슬라임에게 바람 넣는 놈들 모조리! 한 놈도 빼놓지 마! 명단에 올라온 놈들은 모조리 죽여 버리겠어. 그리고 즉시 라일란(Lailan) 신전에 연락해서 가장 솜씨 좋은 암살자 놈들을 최대한 많이 보내달라고 요청해. 이것들이 가만히 놔두니까 뒤에서 잔머리나 굴리고 앉아 있어?!"

"내일 아침까지 작성하겠습니다. 하지만 이제 진정하시는 게 어떻습니까? 신분을 생각하십시오. 후작 파나 왕자 파 귀족들이 본다면 좋은 빌미가 될 겁니다. 성격적으로 문제가 있는 섭정관을 퇴임시키기 위한 좋은 구실이 되겠지요."

"아, 미안하네. 술 때문에 좀 흥분했군. 저번에도 말했지만 난 수단 방법을 가리진 않을 거네. 그 어설픈 영웅 흉내를 즐거워하는 끔찍한 머저리 카시안 왕자와의 약속을 지켜야 하니까. 이건 다 그 몽상가 녀석 때문이야. 내 잘못은 아니야."

이번만큼은 천하의 데일 후작이라고 하더라도 미간을 좁히며 인상을 써야 했다. 역사상 가장 많은 지지를 받았고, 동방 원정에서 전사하는 희생 정신 때문에 고 카시안 왕자는 크림발츠의 새로운 영웅이었다.

아무리 케언이라고 해도 죽은 왕자를 머저리라고 욕하는 것은 극단적인 사형 언도를 받기에 충분했다. 누가 뭐라고 해도 고 카시안 루엘 파반트 왕자는 '크림발츠의 새로운 아침을 여는 자'였다.

"알고 있습니다."

"염병할! 동방 원정으로 박살난 군대를 수습하는 것도 힘든데, 카시안 지지 세력에다 슬라임 세력까지라니… 어? 잠깐!"

갑자기 많아진 업무를 위해서 자리를 뜨려던 데일 후작은 문고리를 잡은 채 어깨 너머로 케언을 돌아보았다. 케언은 곧바로 입을 열지 않고 방 안을 서성거렸다. 데일이 묵묵히 다음 말을 기다리고 있을 때, 케언은 뒷짐을 지고 잔뜩 찡그린 얼굴로 무겁게 물었다.

"그러니까 그 머저리가, 카시안 왕자 녀석이 동방 원정에서 어떻게 죽었다고 했지? 내가 뭔가 빠트린 게 있는 것 같은 기분이야. 동방 원정에 대한 보고서를 모조리 가져와. 뭔가 굉장히 중요한 걸 지나쳐버린 느낌이야. 그게 뭘까?"

〈 8 〉

　라미스 큐린은 세나이얀 홀의 5개 테라스 중 하나로 나가는 출입
문 옆에 얌전히 서서 무도회를 구경했다. 숱이 많은 갈색 머리를 탐
스럽게 틀어 올리고 유행하는 오프 더 숄더가 아닌 스윗 하트(Sweet
Heart) 형태의 수수하고 심플한 드레스를 입고 있었다.

　별다른 장신구도 없었고 전체적으로 유행과는 무관한 드레스였지
만 공작 가문의 짙은 자주색 드레스가 파티장 안에서 눈에 띄는 것은
어쩔 수 없었다.

　덕택에 그녀는 파티장에 들어오자마자 곧바로 한산한 테라스 옆
의 대리석 기둥 그늘에 숨어서 지루한 시간이 지나기를 기다리고 있
었다. 그녀는 술을 별로 좋아하지 않았기 때문에 사과즙을 물에 가볍
게 희석하고 벌꿀을 넣은 주스를 세 잔째 홀짝거렸다.

　빠르고 흥겨운 곡으로 음악이 바뀌면서 무도회장 가운데에는 춤

을 추는 젊은 남녀의 숫자가 많아졌다.

모처럼만의 왕성 무도회였다. 그동안 별로 특별한 것도 없는 귀족 파티에 질려 버린 젊은이들은 저마다 무리해서 몸치장을 하고서 참석했다. 젊은 남자 귀족들은 이 기회에 지위가 높은 귀족들에게 자신의 존재를 각인시키기 위해 안간힘을 썼고, 평소에 점찍어두었던 귀족 가문 영애들을, 혹은 지금부터 자신의 호기심을 채워줄 여자를 찾아다니기에 바빴다.

귀족 가문 영애들도 한껏 차려입은 드레스에 짙은 화장을 했고, 마찬가지로 저택 안에서만 머물던 생활에 진저리를 치며 남자들을 찾아다녔다.

하나 그녀는 그런 시류 어디에도 소속되지 않은 채 묵묵히 구석에서 시간이 지나가길 기다렸다.

"어머, 큐린님이시네요?"

세 명의 여자들은 대리석 기둥 그늘에 숨어 있는 라미스를 우연히 발견한 것처럼 반갑게 말을 걸었다. 라미스는 바보가 아니었고, 아까부터 이들 세 사람이 자신을 찾아 두리번거리는 것을 알고 있었다. 라미스는 인형처럼 무표정한 얼굴로 재빠르게 자신의 기억을 더듬었다.

'붉은 드레스니까 후작 집안이고, 그러면 리리안(Lilian) 후작 영애? 저 재수없는 얼굴을 보니 맞을 거야. 그러면 저 센스없는 녹색 드레스에 붉은 얼굴은 제시(Jersie) 백작 영애, 제시 백작 영애가 있다면 저 못생긴 얼굴의 녹색 드레스는 에린(Erin) 백작 영애일 테지. 근데 이 머저리들이 왜 날 찾아다닌 거지?'

어색하게 인사를 하고 혼자서 빠르게 사고를 회전시키던 라미스는 문득 자신이 대화를 놓쳤다는 것을 깨달았다. 그녀는 아직 케언처럼 능숙하지 못했다.

"실례."

그녀가 빙긋 웃으며 미안한 미소를 짓자, 리리안은 눈살을 찌푸렸다. 하지만 곧바로 다시 그 우아한 표정으로 되돌아갔다. 리리안은 턱을 조금 치켜든 얼굴로 호들갑스럽게 서운한 표정을 지었다. 물론 라미스는 그녀가 정말로 서운해서 그런 표정을 짓는 게 아니라는 걸 알고 있었다.

"어머, 공작 영애께서는 제 말씀을 듣지도 않으시는군요. 물론 저희 집안은 고작 후작 집안밖에는 되지 않지요. 그렇지만 너무 하세요."

"미안해요, 리리안 후작 영애님. 공기가 너무 더워서 좀 어지러웠어요."

'네년들 머리 속에 뭐가 들었는지 궁금했단다. 새대가리 같은 년아.'

라미스는 자신의 생각을 꾹 눌러 숨기며 화사하고 매력적인 미소를 입가에 띠었다. 크림발츠 최고의 미소라고 불리우는 케언 칙명관만큼은 아니지만 그녀의 밝고 화사한 미소도 매력적이었다.

탐스러운 갈색 머리칼은 적당히 볼륨있게 살짝 부풀어 올랐고, 그 끝을 알 수 없는 우물 같은 잿빛 눈동자는 그녀의 아름다움을 강조하고 있었다. 별다른 화장도 하지 않고 장신구도 없었지만, 오히려 그런 모습이 그녀에게 건강하고 순수한 매력을 부여하고 있었다.

"그래요? 전 라미스님이 저를 싫어하는 줄 알았지 뭐예요?"

"아니에요. 제가 리리안님을 얼마나 좋아하는데요."

'미안하지만 그런 삼류 도발에는 안 넘어간단다, 밥벌레 같은 년 아.'

"정말요? 저는 라미스님이 지위가 낮은 가문 사람들과 대화하는걸 싫어하는 줄 알았어요."

라미스는 눈살을 찌푸리는 직접적 반응을 보이지 않았지만 속으로 혀를 차면서 고개를 젓고 싶은 마음을 억눌렀다. 대다수의 귀족 가문 영애들이 자신을 시기한다는 것쯤은 그녀도 알고 있었다.

칙명관이자 섭정관의 지위를 가진 케언 공작을 등에 업고 있었기 때문에 너무나도 당연한 일이었다. 그녀는 귀족 사회에 들어온 지 겨우 1년이었지만, 명석한 머리를 바탕으로 벌써 내부 구조가 어떤 식으로 돌아가는지 파악했다. 그녀에게는 겨우 두 달 동안의 시행착오만으로도 충분했다.

"어머, 그건 뭐예요? 모처럼 이렇게 좋은 샴페인이 있는데 입맛에 맞지 않나 보죠? 좋은 샴페인을 우아하게 마시는 것도 숙녀로서의 교양을 지키기 위해 중요한 일이랍니다. 파티 예절의 일부니까요."

"아니에요. 저는 단지 샴페인이 아니면 잘 마시지 않거든요. 그리고 죄송한데요, 그건 샴페인이 아니에요. 샴페인은 보통 샹파르망(Champagnment) 지역에서 생산되는 와인만을 의미하는 거예요. 근데 이건 상몽트(Sant-Mont) 지역에서 생산되기 때문에 샴페인처럼 거품이 있어도 샴페인이라고는 부르지 못한답니다. 그것도 고급이기는 하지만, 혀끝을 감아도는 맛이 좀 강해서 별로 좋아하지는 않아요."

"이이……"

"하지만 케언님은 오히려 샴페인보다는 상몽트 와인을 좋아하시더군요."

지금껏 공식적인 자리에서 술을 거의 마시지 않았던 라미스를 좆비란내 나는 애송이라고 비꼬려고 말을 꺼냈던 리리안은 얼굴을 붉히며 입을 다물었다. 그나마 자제력을 잃고 소리 지르려는 순간에 라미스가 케언을 들먹였기 때문에 간신히 자제할 수 있었다.

　리리안은 모르고 있었지만 케언은 아무리 질이 좋아도 상몽트는 입에도 대지 않았다. 단지 라미스는 상대가 화를 내려는 기미가 보이는 순간에 화를 내지 못하도록 대화의 수위를 조절하기 위해서 케언을 걸고 넘어간 것에 불과했다. 이쯤에서 필요하다고 생각한 라미스는 한 손으로 입을 가리며 수줍게 웃었다. 리리안으로서는 입술을 꾹 누르며 참는 수밖에 없었다.

　"어머, 라미스님은 술에 대해서 해박하신가 봐요? 언제 그렇게 술을 드셔보셨나요?"

　"한번씩 맛을 본 적은 있지만 술을 좋아하지는 않아요. 단지 멋진 문장이 맘에 들어서 술에 대해서 공부를 한 적이 있었던 거랍니다. 혹시 이 문장 아세요? Nar dah, hul gotte sahgten. tjdas waar foe gotte div gejt, dur duiten tjdas."

　"……?!"

　이번에는 세 여자들 모두 입을 벌리며 멍한 표정을 지을 수밖에 없었다. 라미스의 입에서 흘러나온 마지막 문장은 저지 미노트 어였다. 그녀의 저지 미노트 어는 발음과 억양이 어쩔 수 없이 조금 틀렸지만 막힘없이 자연스러웠다. 저지 미노트 어 교수가 들었다면 무릎을 치면서 감탄할 만큼 교양에 넘치는 발음이었다.

　그녀는 수줍게 웃으며 한없이 부끄럽다는 표정으로 고개를 숙였다. 그녀가 케언에게서 확실하게 배운 것 중 하나는 완벽한 표정 관리였다.

리리안은 수치심과 분노로 얼굴이 붉게 달아오른 채 묵묵히 씩씩거리고 있었다. 그녀는 라미스가 수줍은 듯 어깨를 움츠리는 행동까지 가증스럽고 미웠다. 단지 그것을 입 밖으로 소리 내어 떠들 수는 없었다. 리리안은 그것이 그녀가 원하는 의도라는 것쯤은 알고 있었다.

'죽었다 깨어나도 모르겠지? 네년들이 저지 미노트 어 문법 책 따위는 한 번도 펼쳐 본 적이 없다는 걸 알고 있단다. 그 시간에 거울을 들여다보면서 그 못생긴 얼굴로 멍청한 표정이나 짓고 있었겠지. 근데 내가 맞게는 말한 건가? 뭐, 아무도 못 알아들었을 텐데 상관없겠지.'

라미스는 속으로 킥킥거리며 터져 나오려는 웃음을 참으면서 수줍고 조금은 바보스러운 얼굴로 계속해서 입을 열었다.

"그러니까… 해석하자면 '그래서 신께서 이르셨으니, 여기 이것은 신의 선물이니 너희가 그것을 즐길지어다'. 헤롤리우스의 희극을 읽다 보니 너무 아름다운 문장이라 암기해 두고 있었어요. 이 아름다운 운율을 중앙어로 마땅히 번역할 수 없다는 것이 아쉽지요."

'헤롤리우스!'

리리안은 당황스러운 기분을 억누르기 위해서 무심코 입술을 깨물었다. 그녀도 헤롤리우스라는 이름 정도는 들어서 알고 있었다. 그녀는 혹시나 그의 저작이 중앙어로 번역된 책이 있던가 더듬어 보았지만 결과는 비참했다.

언젠가 어쩔 수 없이 배우기를 시도한 저지 미노트 어 문법 시간에 얼핏 들은 적이 있었지만, 너무나 어렵고 지겨워서 단 3일 만에 저지 미노트 어 배우기를 때려치운 그녀였다.

리리안은 자신도 못 읽는 헤롤리우스를 라미스가 읽고서 인용까지 한다고 생각하니 피가 꺼꾸로 솟는 느낌을 받았다. 하지만 그녀로서는 반박할 수 있는 것이 아무것도 없었다.

'더럽고 천박한 계집애가 인형처럼 생글거리며 잘난 척하다니… 케언 공작님의 후광을 빼면 정작 아무것도 잘난 게 없는 주제에. 저 문장도 케언님이 가르쳐 주신 게 틀림없어. 저런 천박한 계집애가 그런 걸 읽을 수 있을 리가 없어. 태생이 천박한 자들은 아무리 공부를 시켜도 선천적으로 무식하기 때문에 어쩔 수 없다고 했어. 저 계집이라고 별다를 게 없어.'

리리안은 그 멋진 민트 J. 케언 공작이 라미스처럼 더럽고 천박한 계집애가 요사스럽게 꼬리 치는 걸 받아주는 속내를 알 수가 없어서 속상했다. 라미스가 마녀의 미약이라도 먹이지 않았다면 따스하면서도 냉정한 케언 공작이 아직까지 라미스가 얼마나 무식하고 더러운 계집애인지 모를 리가 없다고 생각했다.

그녀는 기생충처럼 케언에게 빌붙어 있는 라미스가 죽이고 싶도록 미웠다. 물론 그녀는 모르고 있었다. 케언이 라미스의 후견인이 된 것은 그녀의 미모가 아니라 그녀의 명석한 두뇌와 빠른 눈썰미 때문이라는 사실을. 케언은 아름다운 여자에게는 전혀 관심이 없었다.

"책을 많이 읽으시나 봐요? 요즘은 어떤 책을 읽고 계시죠?"

리리안은 애써 미소를 지으며 물었다. 그녀의 미소는 어딘지 부자연스러웠다. 라미스는 케언의 버릇처럼 어깨를 으쓱해 보였다.

까다로운 법도에는 어긋나지만 무례하기보다는 자유 분방해 보이는 제스처였다. 순간 리리안은 핏대가 보일 정도로 발끈했다. 언젠가 딱 한 번 보았던 케언 특유의 몸짓을 그녀가 그대로 흉내 내고 있다는 것을 깨달았기 때문이다.

"글쎄요. 사실은 요즘 신학에 대해서 배워볼까 생각하고 있답니다. 역사서를 읽다 보니 신학에 대한 이해가 부족하지 않나 싶은 생각이 들었거든요. 우연히 깨달은 사실인데 대륙의 고대사와 창세기의 많은 부분이 공통적으로 맞물려 들어가지만, 일부는 조금 다른 관점이 보이더군요. 리리안님도 잘 아시다시피 신학과 역사학이 분리된 것은 하페우스 3세력 373년을 전후해서죠. 373년을 기점으로 하이파 제국은 그동안의 영화를 뒤로한 채 북 하이파와 서 하이파로 분열되죠. 363년부터 벌어졌던 '10년 전쟁'의 결과로 말이에요. 표면적인 원인은 성서인 레비로스(Revyloth)의 해석을 둘러싼 알레우스(Alleus) 학파와 지드(Jidd) 학파의 대립에 황제의 정통성 문제가 맞물린 사건 때문이지만, 실직적으로 보자면 신학과 역사학의 분리라고보는 것이 타당해요. 왜냐하면 그때부터 서 하이파에서는 황제라는호칭을 사용했고, 북 하이파에서는 법황이라는 호칭을 사용했죠. 왕권과 신권의 분리라는 의미죠. 역사학의 출발점은 이렇게 신학이 기존 학문에서 분리되어야 한다는 것은 아시죠?"

'물론 모를 테지.'

라미스는 숨을 돌리기 위해서 들고 있던 잔을 조금 기울였다. 그녀의 말은 한 치의 망설임도 없이 기다렸다는 듯이 끝없이 쏟아져 나왔다.

"북 하이파의 법황은 그해, 아피아노의 수도 아피아노아(Apyanoa)를 신의 아들인 '히리얼(Hyrial)'과 14천사가 지상으로 내려온 '강림지'로 선언했죠. 고대력 1년은 히리얼께서 강림지로 내려오신 그해를 기점으로 삼고 있어요. 이건 물론 아시죠? 신학 측에서 보면 히리

얼께서 14천사를 이끌고 지상으로 내려와 아피아노아에 인류 최초의 도시를 건설했다고 하지요. 하지만 고고학에서 보자면 아피아노아는 이미 그 이전부터 도시 국가 형태로 존재하고 있었다고 해요. 물론 근대적 의미의 국가라고 보기는 힘들어요. 아직 절대 권력자의 권력 집중이 발생하기 이전이니까요. 이때부터 종교계와 역사학계가 첨예하게 대립하게 되죠."

리리안을 비롯한 세 여자는 멍한 표정으로 라미스의 설명을 듣고 있었다. 그녀들은 라미스의 설명 중에 한 줄도 이해할 수가 없었다. 그녀들은 폭포수처럼 쏟아지는 라미스의 설명 중에서 히리얼과 14천사나, 혹은 아피아노 같은 지명을 제외하고는 아무것도 이해하지 못했다.

'17살짜리 계집애가 지금 무슨 이야기를 하는 거야? 저걸 알고서 말하는 거야? 불가능해. 천박한 출신인데 그런 머리를 가졌을 수가 없어. 있을 수 없는 일이야!'

리리안도 예전에 이름 난 가정교사들로부터 역사학이나 신학을 조금 배운 적은 있었다. 하지만 그녀는 지나치게 공부하는 것은 여성의 교양이나 품위에 어긋나는 짓이라고 생각했다. 물론 그녀의 집안에서도 마찬가지였다. 우아한 몸가짐과 아름다운 외모를 가꾸는 것이 지식을 쌓는 것보다 중요하다고 믿었다.

그녀는 도대체 왜 라미스가 이런 지식을 갖추고 있는지 이해할 수가 없었다. 단지 한 가지 확실한 것은 그녀가 태연스럽게 내뱉는 말들을 전혀 이해하지 못하는 자신을 인정할 수 없다는 것이었다.

올해 17살이면 라미스는 그녀보다 8살이나 연하라는 의미였다. 그녀는 라미스가 태생이 천박하기 때문에 지능도 낮은 저급한 인간인 주제에 운이 좋아서 자주색 드레스도 입고 케언 공작이 하는 말을 고스란히 앵무새처럼 되풀이하고 있는 것이라고 생각했다.

'천박하니까 머리가 나쁘면 얌전히 바닥 걸레질이나 하란 말이야! 재수없게 잘난 척하지 말고. 넌 우리와 같은 인간이 아니잖아?!'

리리안은 부들부들 경련을 일으키는 뺨을 지그시 손끝으로 누르며 말을 삼켰다.

"어머, 학자라도 되고 싶으신가요, 라미스님?"

"호호, 학자라뇨? 저처럼 둔하고 머리 나쁜 여자가 그럴 능력이 있겠어요?"

여기서 리리안은 실제로 '바로 그거야! 그러니까 더러운 옷을 입고 걸레질이나 하란 말야! 가증스럽게 굴지 말고! 넌 귀족이 아니야!' 라고 소리 지를 뻔했다.

"저는 단지 장래에 제 부군이 되실 분에게 폐가 되지 않을 정도로 교양을 쌓고 싶은 거예요."

"어머, 겸손하시네요? 그럼 다른 것도 흥미가 있으신가요? 이를테면 군사학 같은 분야는 어떨까요? 혹시 기사님과 결혼하실지도 모르잖아요?"

리리안은 드디어 라미스의 콧대를 눌러줄 약점을 잡았다는 즐거움에 빠져서 물었다. 라미스는 난처하고 수줍은 얼굴로 어깨를 움츠렸다. 짜릿한 승리감과 도취감에 빠진 리리안은 눈을 가늘게 뜨면서 병아리를 노리는 독수리처럼 라미스를 내려다보았다.

'흥! 너도 여자인데 군사학에 대해서 뭘 알겠니?'

"군사학은 잘 몰라요. 예전에 로맨스를 읽다가 기사의 모습이 너무 멋져서 군사학에 관련된 책들을 조금 읽어봤는데 너무 어려웠어

요. 역시 남자들은 대단하지 뭐예요. 예를 들어 하페우스 3세력 790
년에 있었던 제3차 동방 원정에 대한 책을 읽으면 도통 이해를 못하
겠는 구석이 많아요. 아! 3차 동방 원정은 아시죠? 대륙의 동방 원정
대가 최초로 완승을 거두지 못한 전쟁이에요."

'뭐, 뭐야?! 이 계집애?!'

지금껏 무심하게 자신들의 대화에 열중하던 몇몇 사내들을 호기
심 어린 눈으로 그녀들을 돌아보았다. 그들은 시끄러운 음악 속에서
'동방 원정'이라는 단어를 확실하게 알아들었다. 아무리 생각해도
곱게 자란 귀족 집안 영애들의 환담 속에서 나올 단어는 아니었다.

사내들은 미소를 지으며 그녀들의 대화에 끼어들었다. 라미스는
수줍게 고개를 돌리며 부끄러운 표정을 지었다. 남자들은 예의 바르
게 자신들의 소개를 했고, 여자들도 못내 예절에 맞춰 자신들을 소개
했다.

라미스가 자신의 소개를 했을 때 남자들의 얼굴에는 '호오?!' 하
는 감정이 스쳐 지나갔다. 케언을 모르는 사람이 있을 수 없었고, 당
연히 라미스는 귀족 사내들의 호기심을 한 몸에 받았다.

라미스가 대화를 주도하기 시작했을 때부터 전의를 상실한 두 여
자들은 물론, 리리안조차도 남자들에게는 아무런 관심도 끌지 못했
다. 시선은 모두 라미스에게만 집중되었고, 그것은 리리안의 자존심
에 깊은 상처를 입혔다.

"역시 칙명관님의 영애는 다르시군요. 이거 숙녀 분들의 대화에
동방 원정에 관한 말이 오가길래 이렇게 무례를 저지릅니다. 자고로
신사란 함부로 숙녀 분들의 대화를 엿듣지 않는 법인데."

몸집이 크고 뚱뚱한 사내는 와인에 취해 벌겋게 달아오른 얼굴을

찡그리듯 웃으며 말했다. 원래부터 웃는 모습이 찡그린 모습인것 같다는 생각을 하던 라미스는 적당히 기회를 봐서 다시 수줍게 웃었다.

라미스는 눈매가 날카로운 사내가 자신을 주시한다는 느낌에 긴장하고 있었다. 눈썰미가 빠른 사람이라면 조심해야 했다. 그것은 케언의 충고였다. 케언은 그녀에게 그녀 자신이 아직 표정 관리와 대화 방법이 서툴기 때문에 조심하며 말했다.

"그래서 3차 동방 원정에 대해서 어떻게 생각하시죠, 공작 영애님?"

라미스는 입을 가리며 수줍게 미소를 지었다. 그리고 또박또박한 목소리로 입을 열었다.

"제3차 동방 원정은 3세력 790년에 있었죠. 참전국은 우리 크림발츠와 폴리안, 라이어른 맹약국, 베일, 그리고 스톨츠였죠. 맞나요? 제가 머리가 나빠서 잘 모른답니다. 틀린 게 있으면 수정해 주세요. 음, 이 원정은 대륙의 동방 원정대가 최초로 '승리하지 못한' 원정이었어요. 발발 원인은 동방 제국 발헤니아 측에서 교역로인 '아피아노 가도'를 봉쇄한 것이 이유였는데, 이 과정에서 발헤니아에서 교역 중이던 동방 상단들이 발헤니아에 억류되었죠. 이미 두 차례에 걸쳐 승리를 거둔 동방 원정대는 아무런 망설임도 없이 그해 11월 출진을 했어요. 이전까지 두 번이나 승리를 했기 때문에 이번에도 승리를 의심치 않았던 거죠."

"맞는 말이야. 승리에 대한 자신감과 승리에 대한 맹신은 엄연히 다른 거니까."

눈매가 날카로운 사내는 한결 누그러진 표정으로 대답했다. 이제 대화는 그녀와 그 사내 두 사람이 주도권을 잡고 있었다.

"하지만 왜 11월에 출진을 결정했는데도 반대 의견이 없었는지는 경험없는 아녀자인 저로서는 의문이에요."

"승리에 대한 맹신이 있었으니까. 시기가 아주 나빴지. 휴농기였기 때문에 군사를 모으고 병참용 식량을 조달하기는 좋았지만, 그 계절에 장거리 원정은 불리했지. 겨울철에 군대 이동을 결정한 멍청한 지휘관이 어떻게 생겼는지 보고 싶을 정도야."

"네, 그해는 유난히 추운 겨울이었고, 눈이 많이 내렸어요. 그래서 병참을 맡은 지원 부대의 이동 속도가 너무 느렸어요. 폭설 때문에 무거운 짐수레들이 곧잘 묶여 버렸거든요. 보급 물자들이 워낙 많았기 때문에 보급 부대의 단위 중량이 너무 무거웠던 것도 원인이라고 생각해요. 단위 보급 부대가 수송해야 하는 물자가 너무 많았던 셈이죠. 무거운 짐수레가 눈에 빠져 버리면 보급 물자들을 모두 내리고 짐수레를 눈에서 끌어내야 했어요. 그리고 다시 수레에 보급 물자를 싣고. 이런 식으로 했으니 그렇지 않아도 다른 전쟁에 비해서 병참선이 긴 상황에서 보급 부대들이 지연되었고, 그것은 원정대 전체 기동력을 약화시키는 결과를 초래하게 되었죠. 제가 생각하는 두 번째 실수는 병참 부대가 낙오된 상황에서 개전했다는 사실이에요. 아무리 지형적 이점을 선점한 상황이라도, 보급 부대를 기다렸어야 옳거든요. 미천한 제 생각이지만, 진군 속도를 희생했어도 병참을 기다렸어야 옳았죠. 장거리 원정에서는 병참이 승패의 요건이 되니까요. 이런 명언도 있잖아요? 무능한 장군은 검으로 승리하나……."

"유능한 장군은 병참으로 승리한다. 역시 케언 공작님의 영애는 다르군. 어떤 저서를 읽으셨는지?"

"숙녀가 전술학 책을 읽는 것도 허물이 되기 때문에 별로 많이 읽지는 못했답니다. 주로 읽은 책이라고 해봐야 '제3차 동방 원정 전사'와 '야전에서의 병력 운용학', '전술학 개괄' 정도의 책에 불과한걸요. 예절에 어긋난다고 하실지 몰라도 케언 공작님의 기사단 장교 분들과도 몇 번 이야기를 나눠봤어요."

"내 부하들이 아가씨의 절반 정도만 따라가는 머리를 가졌으면 좋겠군."

눈매가 날카로운 사내는 처음으로 미소까지 지으며 말했다.

리리안은 믿을 수가 없었다. 무식하고 앞뒤 가릴 줄 모른다는 평가 덕분에 귀족 영애들 사교 모임에서 항상 따돌림을 받는 라미스가 아니었던가. 그녀는 지금 상황을 절대로 받아들일 수가 없었다. 그녀는 무너지는 자존심 때문에 상처를 받으면서도 자리에 남아서 가증스러운 계집애가 남자들에게 꼬리 치는 광경을 봐두리라 고집 부리고 있었다.

"하지만 그럴 경우에 제가 보기에는 경무장 보병들 특유의 빠른 기동력과 민첩성을 적극적으로 이용해야 한다고 생각해요. 방어력이나 전투 능력은 뒤질지 몰라도 그들도 엄연한 군대가 아니었던가요? 궁사대에서 충분한 화력 지원을 해주고 그동안 중무장 보병들이 전선 중앙에서 교착 상태로 만들면 가능할 거라고 생각해요."

"물론 아가씨 의견에 공감하지만, 그런 방법을 쓴다면 전선 좌익에 배치한 중무장 기병들이 제 능력을 발휘하기 힘들어지네. 중무장 기병들 특유의 위력적인 돌격력은 앞쪽에 아군이 없어야 한다는 전제 조건이 있어야 하지. 뒤엉켜 싸우는 아군 중무장 보병과 적을 한꺼번에 밟아버리겠다는 작전은 곤란하지 않을까? 말들은 절대로 사람들의 머리 위로 날아다니지 못한다네."

"어머! 그걸 잊었네요. 그러면 일단 중무장 기병대를 원래 위치에서 미리 다른 위치로 이동시켜 둬야 하는군요. 어떻게 하면 그 문제를 해결할 수 있을까요?"

인정해야 했다. 리리안은 자신이 이 대화에 어떤 방법으로도 참여할 수 없다는 사실을 인정해야 했다. 그녀는 자존심에 심각한 상처를 입은 채 입술을 깨물고 있을 수밖에 없었다.

시간이 지날수록 라미스의 주변으로 사내들이 모여들었다. 이제 겨우 17살인데도 그녀는 대화의 한가운데 서서 주변에 모여든 모든 사내들을 상대로 전혀 어눌함없이 자연스럽게 대화를 리드하고 있었다.

아무리 질투심과 상처 입은 자존심을 가진 리리안이라고 해도, 라미스가 젊은 사내와 문학을 이야기하다가 곧바로 40대 사내와 스톨츠와 아피아노가 대립하고 있는 국제적이고 정치적인 이슈를 가지고 토론하는 모습엔 질려 버렸다.

그녀는 자신이 라미스처럼 그렇게 대화를 이끌어 나갈 수 없다는 것을 알고 있었다. 그녀는 대화에 철저하게 소외되어 있었고, 아무도 자신을 봐주지 않았다. 아무도 그녀에게 관심을 가져 주지 않았다. 그녀가 이곳에 서 있다는 것을 이렇게 많은 남자들 중 누구도 깨닫지 못하고 있었다. 리리안은 그것이 분했다.

"저는 그만 가보겠어요! 라미스님!"

"어머, 왜요? 리리안 후작 영애님?"

라미스는 정말 놀라고 이유를 모른다는 표정으로 입을 다물었다. 리리안의 앙칼진 고함 소리보다 라미스가 입을 다물었다는 데 놀란 귀족들의 시선이 리리안에게 쏠렸다. 그녀는 태연한 표정을 지으려고 했지만 딱딱하게 굳어서 경련하는 표정을 숨기지 못했다.

한참 동안 허공에 손짓을 해가며 무언가를 설명하던 사내는 미간을 잔뜩 지푸리고는 그녀를 보고 있었다. '어디서 굴러먹던 계집인데 이 중요한 순간에 훼방이냐?'라고 씌여진 사내의 표정에서 깊은 경멸감을 읽은 리리안은 한층 더 깊은 나락으로 떨어지는 고통을 경험했다. 사람들의 시선은 차츰 그녀가 입고 있는 붉은 드레스에 집중되고 있었다.

　"후작 가문씩이나 되는 집안의 여자가 몸가짐하고는……."

　몰려 서 있는 사내들의 무리 중에서 누군가 혀를 차면서 중얼거렸다. 리리안은 무릎이 풀려 주저앉아 버릴 듯한 현기증을 느꼈다. 그녀에게 그 목소리는 똑똑히 들렸다. 하지만 모든 것이 이미 늦어버렸다.

　리리안은 더 이상 남자들의 차가운 시선을 견디지 못하고 돌아섰다. 오래지도 않았다. 조금 전까지만 해도 자신을 바라보던 남자들의 눈은 전혀 달랐다. 자신은 우아하고 아름다웠고, 남자들은 머뭇거리며 그녀에게 함께 춤출 것을 원했다. 하지만 단지 라미스에게 모멸감을 주기 위해서 말을 걸었는데, 지금은 그 모멸감이 모두 자신에게 쏟아져 버렸다.

　감정을 이기지 못한 리리안은 서둘러 세나이얀 홀을 빠져나가기 위해서 발걸음을 놀렸다. 그녀가 몇 걸음 떼기도 전에 뒤통수로 후작 집안 영애의 예절 교육이 엉망이라는 비난이 비수가 되어 날아왔다. 몸가짐이나 예절이 평민들과 하등 다를 게 없다라는 평가까지 멋대로 내려졌다.

　'아니야! 아니란 말이야! 이게 아니야!'

　리리안은 눈앞이 흐려지면서 바닥이 휘청이는 걸 느꼈다.

　어째서? 그녀는 반문했다. 어째서 남자들은 라미스가 천박하고,

무식하고, 못생긴 여자라는 것을 깨닫지 못할까? 왜 그것을 아무도 모르고 있을까? 리리안은 그녀가 혹시 마녀의 사생아가 아닐까 의심했다. 그렇지 않다면, 마법이라도 쓰지 않는 거라면 어째서 아무도 그 뻔한 사실을 모른다는 것인가?

하지만 그런 생각으로도 그녀의 마음은 나아지지 않았다. 단지 앞으로 1년 이상은 두 번 다시 무도회를 나오지 못할 것이라는 사실이 그녀에게 큰 상처로 남았다. 귀족 가문의 젊은 남자들 사이로 이 소문이 퍼진다면, 요즘 들어오기 시작하는 혼담도 파기될 확률이 높았다.

리리안은 갑자기 싸늘한 느낌을 받으며 뒤돌아섰다. 소란스러운 무도회 분위기에 묻혀서 라미스의 모습은 더 이상 보이지 않았다.

'어머, 왜요? 리리안 후작 영애님?'

생각해 보니 라미스는 일부러 남자들이 들으라는 듯이 그녀의 이름을 언급했다. 후작 가문을 통틀어 리리안이라는 이름을 쓰는 사람은 자신밖에 없었다. 리리안은 현기증을 느끼며 대리석 기둥에 기대섰다.

알고 있었나? 알고서 일부러 사람들 앞에서 그녀의 이름을 불렀던 것일까? 리리안은 싸늘한 한기를 느꼈다. 그녀는 그제야 자신이 아주 지독한 방식으로 당했다는 것을 깨달았다. 그녀는 공개적으로 낙인 찍혀 버린 것이다.

"크흑!"

리리안은 북받치는 서러움을 이기지 못하고 울기 시작했다.

"리리안님이 저에게 화가 나신 것 같아요. 함께 이야기하다가 여러분들과의 대화에 정신이 팔려서 그만 소홀히 했지 뭐예요. 저 너무 무례했죠?"

라미스는 잔뜩 풀이 죽은 표정으로 고개를 숙였다. 몇몇 사내들은 그녀가 원래 리리안과 이야기하고 있었다는 것을 기억해 냈다. 사내들은 무례하고 경멸적인 눈초리를 받는데도 오히려 상대를 걱정하는 라미스의 모습에 감탄했다. 젊은 귀족들 중에서는 벌써부터 그녀를 다음번 저택 파티에 초대할 손님 명단의 제일 첫부분에 올려두고 있었다.

'총명하고, 아름답고, 예절 바르고, 겸손하기까지 하다.'

사내들은 어째서 이전까지 라미스 큐린이라는 존재가 자신의 주의를 끌지 못했는지 의아하게 생각했다. 하지만 그들은 답을 구하지 못했다. 파티가 한두 번 벌어진 것도 아닐 텐데, 그리고 거의 매번이라고 할 만큼 자주 그가 라미스를 데리고 참석했을 텐데 어째서 그전에는 아무런 인상도 받지 못했을까? 사내들은 의아한 기분에 젖어 그녀의 매력적인 잿빛 눈동자를 응시했다.

'카리스마를 발휘하는 것은 어려운 거야. 우선 경쟁 상대와 함께 있을 때 대중의 관심을 최대한 자신에게 끌어모아 독점하는 게 중요해. 경쟁 상대의 빛에 눌리면 곤란해. 그리고 그러기 위해서는 개개인의 반응을 모두 인식하면서 그것들을 하나의 커다란 흐름으로 이해하는 것이 중요하지.'

그녀는 케언이 자신에게 해준 말을 기억하면서 수줍게 웃었다. 그녀의 잿빛 눈동자는 정말로 아름다웠다.

〈 9 〉

　세찬 비가 쏟아져 내렸다. 폭우 속에 잠긴 지평선은 흐릿하게 흔들거렸다. 금방이라도 어디에선가 거친 급류가 흘러와 모든 것을 쓸어가 버릴 것만 같은 분위기였다. 세찬 빗소리에 갇혀서 소리조차 축축하고 무거워졌다.

　검은평원을 주파하는 데 성공한 튜멜 일행은 버려진 농가의 허술한 오두막에서 비를 피하고 있었다. 낮인데도 차가운 비 때문에 어찌할 수 없을 정도로 추웠다. 그나마 버려진 농가 오두막의 흙바닥 위에 피워둔 모닥불이 그럭저럭 오두막 안은 덥혀주었다.

　꽤 오래전에 버려진 듯 허물어진 천장 한쪽으로는 잿빛 하늘이 보이고, 지붕이 거의 남아 있지 않아서 여기저기서 비가 샜다. 하지만 그것만으로도 충분히 훌륭한 피난처 구실은 하고 있었다.

　"오전 내내 이렇게 묶여 있다니……."

튜멜은 출입 문 너머로 쏟아지는 빗줄기 때문에 혀를 찼다. 당연하게 출입 문 따위는 예전에 날아가 버려 그곳은 벽 한쪽에 직사각형으로 휑하니 뚫린 공간에 불과했다. 그는 경첩 흔적만 남아 있는 문턱 근처에 서서 밖을 내다보고 있었다.

비에 젖었던 하드레더를 벗어 기름 칠을 하던 파일런이 힐끔 고개를 들었다. 그는 여전히 고집스럽게 갑옷을 갖춰 입고 있는 튜멜의 뒷모습을 보면서 피식 웃었다. 예전에 피네벡에서 맨몸으로 도적들을 상대한 경험을 한 이후로 튜멜은 절대로 갑옷을 벗지 않았다. 잘 때도 갑옷을 입고 잠들었고, 하루 종일 그 무겁고 철그럭거리는 갑옷을 입고 생활했다.

"걱정하지 말게나. 이런 빗속에서는 녀석들도 움직이지 못해. 말을 타는 건 고사하고 마땅히 비를 피할 곳도 못 찾아 고생할 거야."

"어쨌거나 벗어났으니 하는 말인데 검은평원은 정말 끔찍하더군요."

"며칠 동안 말을 달려도 주변 풍경이 아무것도 변하지 않지. 마치 영원히 제자리 걸음을 하고 있는 것처럼 느껴질 테니 경험이 없는 사람은 끔찍할 거야. 저주라도 걸려서 혼자서 뱅글뱅글 돌고 있다는 느낌마저 들 정도니까."

튜멜은 갑옷을 손질하면서 무심하게 내뱉은 그 말에 진심으로 공감했다. 입 밖으로 꺼낸 적은 없었지만 그 자신도 그렇게 생각했었다. 그는 그 무서운 착각에 어깨를 움츠렸다.

"휴우……."

레미는 아무도 모르게 한숨을 쉬었다. 모닥불 가까이 다가앉아서 책을 펼쳐 들고 있었지만 전혀 눈에 들어오지 않았다. 그녀는 자신이 오전 내내 같은 페이지를 붙잡고 있다는 것을 알고 있었지만 그렇다고 덮을 기분도 나지 않았다. 저마다 자신만의 방법으로 시간을 보내는 데 익숙했지만 그녀는 뭘 해야 할지 감도 잡히지 않았다. 그저 혼자서 멍하니 앉아 있기 싫어서 책을 펼쳐 들고 있을 뿐이었다. 문득 레미는 사람들의 머리 숫자만큼 널려 있는 무기들 속에서 혼자 책을 들고 있는 자신이 우스워 보였다. 이상한 대조였다.

'뭐 하고 있는 걸까, 나는……'

그녀는 모닥불 건너편에서 자고 있는 이언을 보면서 생각에 잠겼다. 이언은 마차 지붕에서 끌어내려 옮겨둔 짐 더미 위에서 편하게 잠들어 있었다. 누적된 피로에는 그도 어쩔 수 없는지 아까 잠 든 이래로 한 번도 깨지 않았다. 그녀는 어딘지 소란스러운 오두막 분위기 속에서도 잠을 자고 있는 그가 감탄스러웠다.

"내가 이긴 것 같군. 왕과 기사, 광대, 그리고 마법사야. 나보다 높은 패를 가진 사람?"

"빌어먹을, 광대가 어째서 거기 있는 거야?"

"레이드! 속임수 쓴 거 아니지?"

레이드는 여유만만한 웃음을 지으며 패를 모포 위에 깔았고, 쇼와 에피는 동시에 신음을 흘렸다. 벌써 지쳐 버릴 법도 한데 그들은 용케 카드 놀이에 몰두하고 있었다. 물끄러미 그 모습을 구경하던 레미는 피식 웃었다. 레이드가 도박하는 것을 싫어하던 에피였지만, 쇼가 레이드와 마주 앉아서 카드 패를 나누자 볼이 부운 얼굴로 엉덩이를 붙이고 끼어들었다.

서너 번의 패가 돌고 나서 가장 흥분해서 소리 지르며 판에 열중하는 사람은 에피였다. 그 모습을 지켜보던 레미는 피식 웃고 말았다.

그녀는 에피가 함께하자고 손짓을 하는 데도 정색을 하면서 고개를 저었다. 함께 놀고 싶다는 마음이 없는 것은 아니었지만 그녀는 카드의 룰도 몰랐고, 카드를 읽을 줄도 몰랐다.

그녀가 알고 있는 사회적 관습에 의하면 카드 놀이는 남자들만의 전유물이었다. 귀족 사회에서 여자가 카드를 만지는 것은 도덕적 타락을 의미했다. 그녀는 그런 선입견을 두려워하지는 않았지만, 그런다고 모르던 카드를 읽을 수 있게 되는 것은 아니었다. 그래서 그녀는 에피가 카드 놀이를 할 줄 안다는 사실에 순수하게 감탄했다.

그동안 레이드는 싱글싱글 웃는 특유의 웃음을 입가에 떠올리며 초콜릿을 홀짝거렸다. 여유만만한 표정이 맴도는 그의 얼굴을 봐야 하는 쇼와 에피는 입술을 깨물며 참고 있었다. 그들은 좀처럼 레이드를 꺾지 못해서 열이 바짝 오른 상태였다. 쇼는 잔뜩 화가 난 얼굴로 카드를 내던져 버렸다.

"빌어먹을! 27전 26패라니. 어디 가서 하이 스카우터라고 하지 말아야지."

"나보단 좀 낫네. 난 27전 27패야. 근데 그거랑 하이 스카우터랑 무슨 상관이야?"

"머리 좀 굴려봐. 중앙산맥이 좀 높냐? 그 험한 산속에서 뭐 하면서 시간을 보냈겠냐? 당연히 틈만 나면 카드 놀이나 하고 앉아 있지. 가끔은 나무토막을 조각하는 변태들도 있지만."

"그래, 나 못 배워서 머리 나빠. 근데 그게 왜 변태야?"

"내가 속한 하이 스카우터 막사에서 가장 가까운 마을을 가려면 꼬박 일주일 동안 산을 타야 해. 한 달 동안 외부인을 한 번도 못 보는 게 보통이야. 워낙 험한 데다 위험한 게 중앙산맥이니까. 여자? 반

년쯤 하이 스카웃에 있으면 여자가 어떻게 생긴 인간인지 까먹어. 한 1년쯤 하이 스카웃에 있던 인간에게 여자란 머리에 이렇게 뿔 달린 존재라고 말해 주면 고개를 끄덕거리며 진지하게 들을걸? 그래서 여자가 어떻게 생겼는지 잊어먹지 않겠다는 굳고 강인한 신념으로 여자 모습을 조각하는 놈들이 많아. 뭐, 당연히 여자의 나체 조각상들뿐이지. 그중에서 켈리라는 놈이 가장 변태였어. 도끼로 통나무 하나를 찍어 오더니 실물 크기의 팔등신 미녀를 조각하더군. 그거 보고서 미치는 줄 알았다."

쇼는 미간을 찌푸리며 고개를 저었다. 레이드는 그의 말을 들으면서 능숙하게 카드를 섞고 있었다. 쇼는 잠시 동안 말을 끊으며 행여 레이드가 속임수를 쓰지 않는지 노려보았다. 하지만 워낙 빠른 손놀림 덕분에 전혀 알 수가 없었다. 쇼는 에피의 재촉에 다시 입을 열었지만 눈은 여전히 레이드의 손을 향해 있었다.

"헤에~ 대단하네? 근데 예뻤어, 그 조각상?"

"그게 바로 문제야. 돌아버릴 정도로 그 조각상이 예쁘다는 게 문제야. 허구한 날 먹고 자고 하는 짓이 칼질이라 칼 다루는 솜씨들은 다들 초일류 급이거든. 젠장맞을 정도로 예쁘더군. 바로 그게 문제야. 그건 실제 여자가 아니라 조각이니까. 켈리 녀석은 그 조각상에 이름까지 붙이고서 자기 침대에 눕혀두고 다니고 밤이면 그걸 끌어안고 자더군. 그것도 모자라 혼자 있으면 조각상을 보면서 뭐라고 중얼중얼거려. 아주 끔찍하게 미쳐 버렸지. 용병들이 피 냄새에 환장한 미치광이들이라면, 하이 스카우터들은 보통 다양하고 독특한 방법으로, 다양한 목적을 위해 개성적으로 특이하게 미쳐 버린 놈들이지. 성깔 더럽기로 유명한 고산 표범을 애완용 고양이처럼 기르는 넋 나간 녀석도 있었을 정도니까."

"응? 고산 표범은 뭐야?"

"그런 게 있어. 아주 끔찍한 맹수야. 단검 따위로는 상대하지도 못하는 놈이야. 엄청나게 빠르고 멀리 뛰어. 마차 정도쯤은 우습게 뛰어넘을걸? 게다가 힘이라도 약하면 다행이게? 녀석이 앞발로 가볍게, 아주 가볍게 스윽 할퀴면 목뼈가 부러지고 뱃속에 든 내장은 모조리 주르륵 흘러나와 버리지. 뭐, 숫소 목뼈를 부러뜨리는 놈이니 말 다했지. 너라면 그런 걸 애완 동물로 키우고 싶냐?"

"애완 동물의 간식으로 인생을 마감하고 싶지는 않아. 당연히 싫지."

"그런 걸 키우는 놈도 있었어. 아마 레이샤라고 이름 붙였지 싶은데, 동료 하나가 그 녀석에게 팔꿈치까지 뜯어 먹힐 뻔했지. 그렇지만 가장 이상한 놈은 역시 세얀이라는 놈이야. 그놈은 확실하게 돌아버린 놈이지. 다시 말해서 진정한 장인 정신을 가진 하이 스카우터야."

"뭐, 산악대원이 열렬한 독서가라는 건 좀 그렇지만 뭐가 어때서?"

쇼는 새로운 카드를 받아 들면서 잔뜩 인상을 구겼다. 에피는 자신의 카드 패를 건성으로 보면서 발끝으로 쇼의 발목을 툭툭 건드리며 대답을 재촉했고, 쇼의 심기를 얼마간 더 긁어놓았다. 레이드는 콧노래를 흥얼거리며 빠르게 카드를 나눴다.

"니미! 이게 왜 여기 들어와? 광대나 마법사 좀 보내봐. 아! 어디까지 이야기했지? 맞아. 책 읽는 거였지? 물론 나도 독서가 위대한 인류의 정서와 찬란한 문명 발달에 지대한 공헌을 하는 거룩한 행위라는 건 인정해. 문제는 책의 종류야."

"알 만해. 도색 소설쯤 되는 거지? '성벽 위에서의 뜨거운 하룻밤'이나 '탑 속에 갇힌 여자들의 비밀' 같은 거지?"

"잘도 그런 책들을 읽다니. 그리고 보니 '성벽 위에서의 뜨거운 하룻밤'은 정말 멋진 책이었지. 하여간 그 확실하게 미친 하이 스카우터가 3년 동안 반복해서 읽은 책이 뭐냐면…….."

"뭔데 그렇게 뜸을 들여?"

"해양학 입문과 범선의 구조학."

에피는 멍한 표정으로 쇼를 바라보았다. 잠시 동안 이해하지 못했던 에피는 곧바로 허리를 꺾으며 웃기 시작했다. 레이드 역시도 패를 들여다보다 말고 푸하하 웃음을 터뜨렸다. 상식적으로 생각해서 베일의 하이 스카우터와 해양학 입문은 그 접점을 찾기 힘들었다. 쇼는 머리를 긁으며 전혀 마음에 들지 않는 불리한 카드 패를 노려보며 고민했다.

'빌어먹을! 이번 판도 승산이 없어. 근데 이 미친 부녀들은 왜 정신 사납게 웃는 거야?'

"그, 그 사람 이름이 뭐라고?"

"세얀, 세얀 아폭슨(Steyan Afoxon). 해양학에 대해서 정통한 하이 스카우터. 경력 12년의 고참이지. 12년이면 사람이 미쳐 버리기엔 아주 충분한 시간이야."

"혹시 그 사람 항구 출신이야?"

"바보냐? 베일에는 바다가 없어. 중앙산맥을 넘어 여기 라이어른으로 오거나 크림발츠를 가로질러야 하잖아? 대륙 한가운데 있는 산악 국가에 바다가 어디 있냐?"

"그럼 왜 그런 책을 읽는 거래?"

"내가 말했지? 하이 스카우터 10명 중 8명은 미친 놈이고 나머지 2명은 아주 확실하게 미친 놈이라고. 내가 오죽하면 하이 스카우터를 관두고 라이어른까지 건너왔겠냐? 레이드, 당신 차례야."

쇼는 가장 쓸모없는 패를 버리고 새 카드를 받으며 짜증스럽게 말했다. 레이드는 간신히 웃음을 참으면서 자신의 패를 확인했다. 에피도 간신히 웃음을 멈추고 레이드의 패를 훔쳐보려고 했지만 노련한 도박꾼인 레이드는 쉽사리 패를 보이지 않았다.

"쇼의 취미는 뭐야? 도색 소설 읽기?"

"날 뭘로 보는 거냐? 죽을래? 난 좀 더 근사한 취미가 있어."

"뭔데?"

"독약 수집 및 제조."

"푸헉!"

무심하게 초콜릿을 마시던 레이드는 입 안에 든 것을 뿜어내면서 기침했다. 에피는 눈살을 잔뜩 찌푸린 얼굴로 그에게 잔소리를 했다.

"설마… 여기에 독을 타진 않았겠지?"

"당연하지. 뭐, 가끔은 혼자서 요리를 하다가 양념 통과 독약 통을 혼동한 적은 있었지만."

"잘도 살아남았네?"

"독약에는 내성이 있거든. 예전에는 식사할 때 극소량씩 독약을 넣어 먹는 훈련을 했어. 차츰 양을 늘려 나가면 나중에는 아주 심각한 극약들을 제외하고는 내성이 생겨 버려. 그러고 보니 언젠가 내가 식사 당번을 했을 때 동료 대원들 전부가 일주일 동안 혼수 상태에 빠진 적이 있었지. 딴생각을 하다가 마비 독과 소스를 혼동했거든.

어떤 식물의 뿌리에서 즙을 짜내서 만드는 건데 브라운 소스랑 색깔이 비슷해. 찻숟가락 하나 정도 분량이면 고통도 없이 개복 수술을 할 수 있을 거야."

"난 네 녀석이 만든 저녁은 먹지 않겠어!"

레이드와 쇼, 에피가 떠드는 동안에 묵묵히 안내를 하던 튜멜이 미간을 좁히며 그들을 노려보았지만 이내 체념 어린 표정으로 고개를 돌려 비가 내리는 바깥 풍경으로 되돌아갔다.

"뭐 하러 위험하게 그런 짓을 하는 거야?"

"재미있잖아? 식물 독, 동물 독, 화학 독. 세상에는 제법 많은 독약들이 있지. 덕분에 별로 지루하지는 않게 보냈어."

"혹시 다른 취미는 없어?"

"함정 설치도 취미라면 취미겠군. 그냥 취미로 만들어본 건데 지나가던 상인이 빠져 죽어버렸지. 그래서 우리 대장이 대로변에 함정 설치를 금지시켜 버렸어."

"사람들 다니는 대로변에 무슨 생각으로 함정 따위를 설치한 거야? 확실히 하이 스카우터들은 미친 집단이야."

레이드는 고개를 저으며 한숨을 쉬었다. 쇼는 싱글거리며 새로운 카드를 받았다. 그 순간, 누군가 오두막 안으로 뛰어들면서 노도 같은 고함을 질렀다.

"이 빌어먹을 자식들! 다 죽여 버릴 테다!"

〈 10 〉

　레미는 자신의 동료들이 능력있는 존재들이라는 사실을 새삼 실감했다. 그녀가 고함 소리에 놀라 고개를 들었을 땐 동료들은 이미 전투 태세를 마치고 있었다.

　화들짝 놀라 고개를 드는 아주 짧은 찰나의 순간인데도 불구하고. 물론 튜멜은 그녀와 마찬가지로 미처 상황을 파악하지 못하고 멍하니 고개를 빼 들고 있었다.

　레미는 자신의 앞으로 방패처럼 막아선 파일런 디르거의 모습을 올려다보았다. 하드레더 흉갑을 걸친 파일런은 왼팔로 자신의 심장을 방어하면서 비스듬히 검을 들고 있었다. 화살이 날아온다면 곧바로 쳐낼 준비가 끝난 상태였다.

　모닥불 곁에서 카드 놀이에 열중하던 세 사람들도 왼손에 카드 패를 움켜쥐고서 한 손엔 각자의 무기를 들고 있었다. 그들은 고함 소리가 들리는 순간에 곧바로 몸을 굴려 최대한 앉아 있던 자리에서 벗어나면서 튕겨져 일어섰다.

다행히 화살은 날아오지 않았고, 그들은 왼손에는 카드, 오른손에는 검을 든 자세로 서 있었다. 기습을 당했을 때 우선 자신이 머물던 위치에서부터 최대한 벗어난다는 철칙은 용병대나 하이 스카웃 사이에 별다른 차이가 없었다. 적을 확인하는 것은 그 다음 단계였다.

쇼는 자신이 집어 들다가 바닥에 내버린 카드 패를 곁눈질로 힐끔거리다 혀를 찼다. 기다리던 광대 카드였지만 이미 무용지물이 되었다. 세 사람은 각자 서로 다른 방향의 창문을 노리고 서 있었다. 누군가 창문을 타넘고 들어왔다면 일격에 상대의 숨통을 끊어놓을 준비가 끝난 상태였다.

그들은 각자의 등 뒤를 서로에게 맡긴 채 사전에 아무런 조율도 없이 전방위 방어진을 만들어냈다. 잠들어 있던 이언도 그들과 별반 다르지 않았다. 이언은 짐 더미 위에서 튕겨져 일어나 직각으로 꺾어진 방 모서리에 등을 붙이고 서 있었다. 잠 기운이 말끔히 가셔진 이언은 빙하처럼 차가운 눈으로 방 안을 빠르게 살폈다.

"누, 누, 누구냐?! 가, 감히!"

간신히 상황을 파악한 튜멜은 롱 소드를 뽑아 들면서 소리쳤다. 놀라움과 긴장 때문에 그의 목소리는 형편없이 갈라져 있었다. 문짝이 떨어진 출입구에 누군가 서 있었다.

'노인?'

튜멜 일행은 당황한 얼굴로 노인을 바라보았다.

노인은 눈을 부릅뜨고 모두를 쏘아보고 있었다. 반쯤 벗겨진 흰머리는 엉망으로 뒤엉킨 채 어깨 위로 늘어져 있었고, 덤불 숲처럼 치

명적으로 엉켜 버린 수염은 가슴 언저리까지 흘러내리고 있었다. 주름이 가득한 그의 얼굴은 지저분했고, 잔뜩 찡그려져 있었다. 닥치는 대로 주워 입은 것이 분명한 옷차림은 더럽고 여기저기 찢어져 있었으며, 허리에는 혁대 대신에 노끈이 질끈 동여매어져 있었다. 비를 피하려는 의도로 보이는 풀 넝쿨로 만든 관을 쓴 그의 몰골은 형편없었고 남루했다.

튜멜은 쓰린 속을 부여잡으며 고민을 하기 시작했다. 그는 지금같은 상황에서 뭐라고 해야 할런지 짐작조차 할 수 없었다. 그가 마땅한 말을 찾기 위해 고민하는 동안에 노인의 등 뒤에서 또 다른 목소리가 들려왔다.

"아이고~ 아저씨, 같이 가요! 가련하고 불쌍한 나를 두고 가지 말아요!"

이상한 억양으로 소리치던 사내는 노인을 따라 들어오다가 집 안의 상황을 발견하고 멈칫했다. 그도 노인과 별반 다르지 않은 몰골이었다. 노인과 사내의 차이점은 나이가 다르다는 것뿐, 어디서 닥치는 대로 주워 입은 옷차림의 남루함은 똑같았다. 다만 사내의 경우에는 모자 챙에 구슬이 달린 유치한 모자를 쓰고 있었고 절반쯤 깨어져 나간 유리 구슬이 박힌 지팡이를 들고 있었다.

"광대? 이런 곳에 광대가?"

튜멜은 사내가 들고 있던 광대의 지팡이를 발견하고는 어이가 없어졌다. 대도시도 아니고 시골 변방에 허술한 옷차림의 광대가 돌아다니는 광경은 흔치 않았다.

파일런은 혀를 차면서 검을 집어넣었다.

'늙었군. 살기가 있는지 없는지도 구분하지 못하다니.'

파일런은 쓰게 웃으며 묵묵히 모닥불 곁으로 되돌아갔다. 그동안 이언은 벌써 모포를 뒤집어쓰고 재차 잠을 청하고 있었다.

"뭐냐, 너희들은?"

튜멜은 얼마간 정상으로 되돌아온 목소리로 물었다. 그는 여전히 경계를 풀지 않고 검을 겨누어 들고 있었다. 젊은 광대는 튜멜이 검을 겨누고 있는데도 별로 불안한 기색이 없었다. 그는 오두막 안을 천천히 둘러보고는 히죽 웃었다. 그가 광대 특유의 묘한 억양으로 지극히 광대적인 수다를 떨기 시작했을 때, 모두들 멍한 표정을 지어야 했다.

"저희는 가련하고 불쌍한 나그네입죠. 아참! 사람들은 모두 나그네지? 나도 나그네, 당신도 나그네, 그리고 저 사람도 나그네, 이사람도 나그네, 그 사람도 나그네. 노래를 불러드릴깝쇼? 광대는 노래를 잘해요."

젊은 광대는 익살스럽게 웃으며 비에 젖은 몸을 털면서 노래했다.

나그네들은 외롭다네.
아침에 응애~ 하고 태어나
저녁의 휴식을 기다리며
하루 종일 걷기만 한다네.
태어나는 건 운명의 의지
죽어버리는 건 자연의 의지
나그네는 그래서 외롭다네.

"하여간, 그러니까 비를 피할 지붕 한 조각만 줘요. 안 주면 지붕을 들고 도망가 버릴 거야. 보셨죠? 광대들은 성격이 나빠요."

광대는 특유의 익살스러운 말투로 또한 주변 사람들의 감정은 고려하지 않는다는 지극히 광대적인 태도로 혼자서 수다를 떨고 노래를 불렀다. 한창 나이의 젊은 남자가 어린애처럼 앵앵거리며 바보 짓을 하는 데 익숙치 않은 튜멜 일행은 잠시 동안 얼이 빠져 멀거니 서 있었다. 튜멜은 지끈거리는 머리 때문에 손끝으로 관자놀이를 누르며 검을 집어넣었다.

'이번엔 광대냐? 다음번에는 악마가 찾아와도 놀라지 않겠어.'

"너희들은 누구냐고 물었다."

튜멜은 젊은 사내 녀석이 어린애처럼 조잘거리는 행동에 짜증스러워 제지하다가 문득 어떤 생각이 났다. 그는 갑자기 내부에서 울컥 솟아오르는 분노를 느꼈다.

"어째서 만나는 인간들마다 내 말을 무시하지? 남작 가문이 그렇게 우습게 보이나? 응?!"

튜멜은 치밀어 오르는 울화에 어금니를 빠드득 갈면서 소리쳤다. 혀를 차면서 등을 돌리던 일행은 움찔 놀라며 그를 돌아봐야 했다. 그들은 전혀 이해가 가지 않는 얼굴로 젊은 귀족을 바라보았다.

'잘 있다가 이건 또 왜 신경질이야?'

일행이 그런 얼굴로 튜멜을 보는 동안에 광대가 다시 히죽 웃었다.

"에구, 엄마야! 아니, 아빠야! 왜 그러는 거예요, 아저씨?"

광대는 또다시 노래를 흥얼거리기 시작했다.

화가 나셨네.

귀여운 도련님이 화가 나셨네.

'이놈들! 냉큼 대답하지 못하느냐?!'
계란 같은 도련님이 호통쳤지.
아무도 무서워하지 않는다네.

'어이 계란이 뭐가 무서워?'
계란 같은 도련님 얼굴에 금이 갔다네.
쩌억쩍, 쫘자작.
화가 나서 깨져 버린 도련님 얼굴에서
노란 병아리가 삐약삐약
와하하, 세상은 그래서 즐거운 것.

튜멜은 광대들에게 익숙하지 않았다. 원래 광대는 사람들을 웃게 만들기 위해서 살아가는 존재였고, 여럿이 모인 자리에서 광대는 눈치 빠르게 누군가를 지목해 그 사람을 바보로 만들어 다른 사람들을 웃겼다. 바보로 지목된 사람도 처음엔 발끈해도 결국은 체면도 있고, 원래 광대란 그런 존재이기 때문에 그냥 넘어갔다. 그러면 광대는 알아서 또 다른 사람을 지목해 바보로 만들었다.

광대들의 그런 속성을 몰랐고, 알고 있어도 예절을 중요시하는 튜멜은 그런 행동에 납득하지 못했다. 그는 광대의 익살에 발끈해 버렸다.

"이 썩을 놈의 바보 광대 녀석! 그게 귀족에게 보이는 예절이냐? 입을 찢어버리겠어!"

"장족의 발전이야. 이젠 욕까지 하는군."

모포를 뒤집어쓰고 누웠던 이언이 꿈지럭거리며 혀를 찼다. 테일부룩 영지에서 튜멜의 몸가짐을 떠올린 레미는 한숨을 쉬면서도 고개를 끄덕일 수밖에 없었다. 불그락푸르락 얼굴을 붉히며 흥분하던 튜멜은 못내 불안한 레미가 제지하고 나서야 이성을 되찾고 입을 다물었다. 여전히 화가 풀리지 않은 그는 이빨 가는 소리가 들릴 정도로 빠드득 어금니를 깨물었다.

"여기 이 가련하게 늙은 아저씨는 이름도 잊어먹었지 뭐야? 나이가 들어서 머리가 이상해진 거야. 젊어서도 머리가 이상했지만 이제는 노망이 들어서 이름도 모르지. 쥐 오줌만큼 있던 지혜는 말라비틀어졌네. 가련한 아저씨를 따라다니는 나는 충직한 바보 광대. 누구보다 착하고 충성스러운 바보 광대 와이슨(Wyson). 바보 광대가 뭐냐고? 광대는 두 가지. 바보 광대랑 천재 광대가 있지. 바보 광대는 입버릇이 나빠. 참말을 해야 할 때 참말을 하고, 거짓말을 해야 할 때 거짓말을 하지. 천재 광대는 입버릇이 좋아. 참말을 해야 할 때 거짓말을 하고, 거짓말을 해야 할 때 거짓말을 해. 나는 바보 광대 와이슨이라네."

수다를 떠는 것에 있어서 에피는 일행 중에 가장 수다스러웠다. 거기다 쇼의 입담도 에피에게 전혀 뒤지지 않았다. 하지만 바보 광대 와이슨의 끝없이 쏟아지는 말의 홍수 앞에서 두 사람은 멍하니 보고 있어야 했다.

그는 흥얼거리는 듯한 독특한 말투로 끊임없이 수다를 떨었다. 주변 사람들 모두의 정신을 쏙 빼놓기 알맞은 수다였다. 그의 앞뒤없는 장광설 앞에서 튜멜 일행은 황당한 얼굴을 감추지 못했다.

"천재 광대는 그래서 귀여움을 받아. 좋은 음식에 비단 옷을 입고 침대에서 뒹굴지. 얼마나 좋아? 사람이란 자고로 입버릇이 좋아야 하거든. 미인에겐 미인이라고, 추녀에게도 미인이라고 하지. 그게 천재 광대야. 바보 광대는 뭐게? 바보 광대는 진실만을 얘기하지. 어이, 도련님. 이마가 금이 가고 있어! 병아리가 삐약삐약! 옆에 있는 무서운 아저씨, 째려보지 말아요. 바보 광대는 심장이 약하답니다. 덜컹! 심장이 멎어버리면? 보나마나 무덤행. 세상에서 가장 튼튼한 집은 무덤이라네. 그거 알아요? 대리석으로 지은 대성당은 무너져도 흙으로 덮은 무덤은 무너지지 않아. 바보 광대는 언제나 혼난다네. 구둣발에 채이고, 맨발에 채이고, 족발에 채이고, 아! 족발은 아닌가? 버릇 나쁜 강아지는 맞아야 한다지? 버릇 나쁜 광대는 어때야 하는데? 이렇게 들판에 쫓겨나 비를 맞지. 굶주리고 지친 바보 광대는 그래도 떠들거든. 광대의 심장은 멎어도 광대의 입술은 멎지 않는다네. 우히히!"

바보 광대 와이슨은 오두막 안을 뛰어다니며 덩실덩실 춤까지 추면서 낄낄거렸다. 레이드와 에피, 쇼는 왼손에 여전히 카드 패를 쥔 채로 멍청히 서 있었다. 튜멜은 잔뜩 질려 버린 얼굴로 이언에게 도움을 청했다.

"광대란 게 원래 이런 거냐?"

"원래 그러기는 하는데 저놈은 정말 지독하군."

이언은 피곤한 얼굴로 하품을 했다. 쇼는 자신의 턱을 만져 보면서 중얼거렸다.

"나도 어디서 말로는 지지 않는다고 생각했는데… 저 친구, 허파가 여섯 개쯤 되는 거 아냐?"

"나 광대를 처음 보는데, 저런 게 광대라는 인종이야?"

에피도 놀라기는 매한가지였다. 바보 광대 와이슨의 수다에도 침착한 것은 레미와 파일런뿐이었다. 파일런은 지독하게 무관심한 얼굴로 묵묵히 자신의 검을 손질했고, 모닥불 곁에 얌전히 앉은 레미는 조용히 미소를 지으며 와이슨을 바라보았다.

그녀는 오히려 즐겁게 광대의 말장난을 즐기고 있었다. 모처럼 그녀의 얼굴에 따스한 미소가 머물렀다.

"흥! 다들 광대 한번 만나지 못한 촌놈들이었냐? 광대란 놈들은 원래 사람들을 열받게 만들어서 웃기는 거야. 덩달아 촌스럽게 화를 내서 어쩌자는 거냐?"

"어쩐지 시끄러."

"어랏? 그러면 곤란해. 광대는 웃겨야 해. 사람들은 웃어야 행복하니까. 그래서 광대는 바보 짓을 하지. 두들겨 맞기도 해. 어이, 거기 젊은 부부. 광대를 만났으니 행복해야지?"

쇼는 반사적으로 검을 뽑아 들었다. 쇼는 검을 비스듬히 수평으로 들었고, 곧바로 광대의 허리를 양단해 버릴 준비를 끝냈다. 대륙 어디에서도 흔히 쓰이는 준비 자세가 아니었다. 어딘지 변칙적인 자세였지만 쉽게 막을 수 있는 솜씨가 아니라는 것은 모두가 공감했다.

"죽여 버린다! 누가 남편이라는 거냐?!"

"헤에? 아저씨, 바보네? 부부란 남편이 있어야 부부잖아? 남편이 없으면 마누라도 없지. 그럼 부부가 아니지. 여자가 남편이 되고 남자가 마누라가 되어도 좋아. 그러면 침대 위에서는 여자가 위로 올라갈 테지? 킥킥, 어쨌거나 그래도 남편이 있어야 부부가 되는 법이야. 그럼 아저씨는 밑에 깔리고 싶어? 그럼 마누라잖아? 우하하! 인생은 이래서 즐거워."

"너, 자살하고 싶은 거냐? 죽을래? 계속 그렇게 나불대면 진짜로 죽여 버린다."

쇼는 눈을 가늘게 뜨면서 검 손잡이를 옆구리에 붙이고 수평으로 풀스윙을 할 준비 자세를 잡았다. 튜멜 일행은 불편한 눈으로 쇼를 보고 있었다. 그들은 한 번도 쇼가 검을 사용하는 광경을 보지는 못했지만, 적어도 튜멜보다는 월등하게 나을 거라는 것을 믿어 의심치 않았다. 그 증거로 수평으로 들려진 그의 롱 소드 검끝은 한 치의 흔들림도 없었다.

"모두들 그만 해요. 비에 많이 젖은 것 같은데 이리 와서 불 좀 쬐게 해주죠? 너무 과민하게 그럴 필요는 없잖아요? 원래 광대들의 말투는 그런 거예요."

레미는 모처럼 즐거운지 밝게 웃으며 노인과 광대를 손짓해 불렀다. 그녀는 전혀 당황하지 않았고 친근감있는 눈으로 광대를 보고 있었다. 쇼도 레미가 그렇게 나오자 잠시 동안 물끄러미 그녀를 보다가 포기하고 검을 집어넣었다.

'혹시 몰락했지만 예전에 지위가 높은 귀족이었을지도 모르지. 광대와 함께 있었다면.'

튜멜은 여전히 광대의 익살에 화가 났지만 복잡한 생각을 접으며 체념했다. 대도시에서 광대는 흔했지만 유독 귀족들과의 교류가 없었던 튜멜로서는 실제로 광대를 만난 것은 지금이 처음이었다.

그동안 혼자 소외된 노인은 허공을 올려다보면서 뭐라고 중얼거리고 있었다. 광대는 여전히 히죽 웃으면서 노인의 소매를 잡아 불가로 이끌었다.

"아저씨, 늙은 아저씨. 이리 와서 불을 쬐요. 비 맞고 다니기에 아저씨는 너무 늙었어. 이런 비는 코흘리개 애들도 맞지 않을 거야."

에피는 수다스러운 와이슨의 말투가 낯설어 애매한 얼굴로 차를 끓이기 시작했다. 노인은 여전히 초점없는 시선을 모닥불로 향한 채 뭐라고 중얼거렸지만 아무도 알아듣지는 못했다.

'실성한 노인에 수다쟁이 광대라. 웃음도 나오지 않는군.'

튜멜은 새로 끓인 뜨거운 차가 담겨진 찻잔을 만지작거리며 생각했다. 그때 노인이 갑자기 에피를 노려보기 시작했다. 시선을 받은 에피는 두 손으로 뜨거운 찻잔을 감싸 쥐고서 차를 홀짝거리면서 노인을 마주 보았다. 모두의 시선이 노인과 에피 사이를 바쁘게 오갔다. 그녀는 입술을 오무려 차를 식히면서 의아한 표정을 지었다.

갑자기 노인이 소리를 질렀다.

"어머니! 오랜만이시군요. 제가 죽을 때가 된 겁니까?"

텅!

에피가 들고 있던 여행용으로 만들어진 청동제 물 컵이 바닥을 뒹굴었다. 믿을 수 없는 황당한 상황에 빠진 그녀는 뜨거운 찻잔을 들고 있던 자세로 딱딱하게 굳어 있었다. 나직한 신음이 모두의 입에서 새어 나왔다.

"그랬었군……."

"처녀가 아니었어?"

레이드와 쇼가 차례로 신음처럼 내뱉었다. 성격이 다른데도 두 사람은 의외로 호흡이 잘 맞는 구석이 있었다. 이언과 파일런은 노인의 발언에 전혀 놀라지 않은 얼굴로 묵묵히 차를 마셨지만 다른 사람들은 그런 여유를 부리지 못했다.

잠시 동안 멍청히 입을 벌리고 있던 에피는 가까스로 정신을 차렸고, 곧바로 레이드를 무섭게 노려보았다.

"뭐? 그랬었군? 니가 그러고도 내 아빠냐? 딸이 이런 처참한 소리를 듣는데 고작 그딴 소리가 나오는 거야?! 죽여 버릴 거야!"

"이 노인네 머리가 조금……."

튜멜은 갈피를 잡지 못하는 복잡한 표정으로 말꼬리를 흐렸다. 빤히 그를 보고 있던 광대는 히죽 웃었다.

"그럼요. 머리가 조금 불편하지요. 쉽게 말해서 핑! 돌아버렸어. 이 아저씨는 돌아버렸지. 돌아버렸다는 미쳐 버렸다를 돌려서 말하는 거야. 돌려 말해서 돌아버렸어. 안 돌려 말하면 안 돌았냐고? 아니, 그러면 미쳐 버린 거지. 랄랄라……."

'제기랄! 또 시작이군, 저 망할 광대 녀석.'

튜멜은 한숨을 쉬었다.

"누가 미쳤다는 거냐? 차라리 미쳐 버렸으면! 이 한심한 처지를 잊을 수 있도록 미쳐 버린다면! 난 비를 더 맞아야겠다."

"아저씨! 이런 비는 개도 맞지 않을 거야. 하늘에 구멍이 뚫렸어. 우르릉! 꽝! 쏴아아! 주룩주룩! 찍찍! 콧물이 찍! 앉아서 불이나 쬐요. 아저씨는 늙었어. 비를 맞으면 콧물이 찍!"

"허어! 얼마나 한심한 처지인가? 이런 바보 광대나 내 곁에 머물고 있다니. 목숨이 다하는 순간까지 충성을 바치겠다던 그 뻔뻔스러운 자들은 어디 있단 말인가? 그런 거짓 맹세에 내가 놀아나다니. 얼마나 부끄러운 일인가? 아아! 인간이란 얼마나 우매하단 말인가? 그 알량한 헛바닥에 놀아나다니! 내 머리는 어째서 이 어깨 위에 붙어 있단 말인가?"

"정말 어깨가 불쌍해. 아저씨 같은 돌머리를 얹고 다니면 어깨는

얼마나 힘들까? 한때는 지혜롭고 용맹하신 분이었을지 몰라도 이제
는 죄없는 어깨만 고생시키는 정신 나간 아저씨라네. 이봐요, 아저
씨. 어깨 좀 그만 괴롭혀요.”

“닥쳐! 바보 광대 녀석! 네놈의 말버릇은 예전부터 맘에 들지 않았
어!”

노인이 제정신인지 실성한 건지 짐작조차 하기 힘들다고 느낀 일
행은 입을 다물었다. 실성한 노인과 수다스러운 광대의 대화는 보통
사람들이 끼어들 여지가 없었다.

‘정말 점점 더 심각한 인간들만 꼬여들어. 왜 일이 이렇게 돌아가
는 거지?’

튜멜은 한 손으로 이마를 짚으며 잔뜩 찡그린 얼굴을 좀처럼 펴지
못했다. 레미는 차를 마시면서도 차분하고 흐트러짐없는 태도로 묵
묵히 그들의 대화를 듣고 있었다. 그녀와는 달리 신경을 끄고 카드
놀이로 되돌아가려던 3인조는 좀처럼 카드 패에 집중하는 것이 여의
치 않아서 불편한 얼굴이었다.

“……”

가장 먼저 파일런이 눈을 가늘게 뜨면서 고개를 들었다. 그는 클레
이모어를 뽑아 들고서 모닥불빛에 꼼꼼하게 검날에 이빨이 빠진 부
분이 있는가를 살폈다. 레미가 의아한 얼굴로 입을 열려고 하는 순
간, 이언과 쇼의 얼굴도 차갑게 식었다. 에피는 바보 광대 와이슨의
옆구리를 걷어차며 손가락을 세워 입술로 가져갔다. 그녀의 눈에는
더 이상 장난기가 남아 있지 않았고, 용병 특유의 살기등등한 눈빛에
눌린 광대는 입을 다물었다.

“응?”

그제야 갑자기 조용해진 분위기를 눈치 챈 튜멜은 어리둥절한 눈으로 입을 열려고 했다. 하지만 누구도 대답할 필요가 없었다. 대답은 밖에서 들려왔다.

"여기 숨어 있는 거 다 알고 있어! 더 이상 도망은 못 간다!"

Chapter 4

Complications

〈 1 〉

　루퍼스 에드메이드(Lufus Admaide)는 묵묵히 창밖을 바라보았다.
잘 정돈된 숲과 내성벽으로 둘러싸인 귀족들의 저택들이 흩어져 있
었고, 내성벽 너머로 수도 하리야나(Hariyana) 시가지가 부옇게 떠올
랐다.

　그는 묵묵히 입을 다물고 서서 수도 시가지 너머로 있을 외성벽의
자취를 찾아보려고 했지만 수도는 그렇게 작은 도시가 아니었다.

　조금 뜨거워진 햇살이 침묵의 틈새를 비집고 쏟아져 내려 옅은 갈
색으로 그을린 그의 얼굴 위에 따스하게 머물렀다. 단정하게 정돈된
짧은 머리칼 아래 드러난 시원스런 이마 한켠에는 무언가에 찢겨진
흉터가 있었지만, 특별히 그의 인상을 험악스럽게 보이게 하지는 않
았다. 절제된 무언가가 그의 주변을 맴돌고 있었기 때문에 그 흉터는
자연스럽게 그 분위기에 녹아 들어가 쉽사리 눈에 띄지 않았다.

에드메이드는 올해 45살이었다. 그는 눈을 가늘게 뜨고서 왕성 경계 망루에 게양된 크림발츠 국기를 보고 있었다. 자유를 의미하는 짙푸른 청색 바탕에 참됨을 의미하는 흰 색 띠 무늬가 수평으로 가로지르고 명예를 의미하는 붉은 띠가 밴드 시니스터(Bend Sinister) 형태의 대각선으로 가로지른 모습을 가진 국기였다.

국왕이 지금 왕성에 머물고 있음의 의미로 게양된 왕실 깃발과 함께 바람에 가볍게 흔들리는 국기를 보고 있는 그는 가슴 언저리가 은근히 뜨거워지는 느낌을 받았다.

'우리는 이곳에 이 깃발을 세움으로써 새로운 시간을 부여받았다. 그것은 우리가 앞으로 걸어가야 한다는 것을 의미한다.'

건국 시조 세나이얀 2세 여왕은 그녀를 따르는 수많은 기사들과 건국 영웅인 마법사 이트니엘(Ietniel)과 함께 이 땅에 저 깃발을 세우며 그렇게 선언했었다. '2월의 기적' 이라고 불리워지는 전투에서 승리한 직후였다.

그녀는 자기 스스로 이곳 하리야나 언덕 위에 크림발츠 국기를 꽂으며 자신을 따르는 기사들에게 그렇게 소리쳤다고 한다. 세나이얀 가문이 이끄는 다섯 지방 대영주들의 동맹을 상징하던 깃발이 크림발츠의 국기가 되는 순간이었다.

에드메이드는 천천히 고개를 돌렸다. 올해 35살이라는 사내가 넓은 장미목 테이블에 홀로 앉아 있었다. 모래 빛 머리에 녹색 눈동자를 가진 사내는 같은 남자가 보기에도 감탄할 만한 아름다움을 소유하고 있었다.

"전 이곳이 마음에 듭니다. 그렇지 않습니까?"

사내는 부드럽고 따스한 미소를 머금은 얼굴로 말했다. 에드메이드는 대답하지 않았다.

본성 4층에 위치한 국왕 도서관은 조용했다. 대륙 전체를 통틀어서 왕성에 이런 규모의 도서관을 갖고 있는 국가는 없었다. 출판 산업은 남부의 대규모 밀 밭과 함께 크림발츠를 상징하는 양대 산업이었다.

대륙에서 최초의 금속 활자를 발명한 것도 크림발츠 인이었고, 북부 중앙산맥에 인접한 지역에 위치한 대규모 산림을 기반으로 제지, 인쇄 문화를 발전시킨 것도 크림발츠 인이었다. 평민들에게조차 간단한 이야기 책이 보급된 나라는 크림발츠밖에 없었다.

물론 그런 혜택을 받는 평민들은 대도시에 살면서 상업이나 수공업에 기반을 둔 물질적 혜택을 받는 소수의 평민들뿐이었지만 말이다.

"역시 소문대로 에드메이드 경은 뼈 속까지 무인이신 것 같습니다. 이런 것에는 흥미가 있지 않으신 겁니까?"

"저는 기사입니다. 기사의 명예란 검을 쥐고 있는 것이지 책을 들고 있는 것이 아닙니다, 케언 칙명관님."

케언은 에드메이드의 말에 싱긋 웃으며 읽고 있던 책을 덮었다. 그는 에드메이드를 기다리면서 이곳에서 독서에 열중하고 있었다. 에드메이드가 들어왔을 때 두 사람은 가볍게 목례를 했고, 케언은 읽던 책으로 돌아가 에드메이드는 곧바로 창가로 걸어가 지금까지 침묵을 지켰다.

겉보기에는 평화로운 침묵이었지만 두 사람 사이에서 팽팽하게 당겨진 긴장과 탐색의 끈은 언제 끊어질지 모르는 위태로운 균형을 유지하고 있었다. 에드메이드는 테이블 위에 올려진 책을 힐끔거렸지만 책의 제목에는 아무런 관심이 없었다.

"저는 왕성 안에서 이곳이 제일 마음에 듭니다. 인류가 만들어낸 모든 위대한 것들이 이곳에 정리되어 있으니까요. 이런 위대한 보물에 관심을 갖고 있는 귀족들이 드물다는 사실에 저는 안타까움을 금하지 못하겠습니다. 하지만……."

케언은 말을 끊고서 힐끔 주변을 둘러보았다. 도서관에는 넓고 튼튼한 20여 개의 독서용 테이블이 있었고, 우측으로는 끝도 보이지 않을 서가들이 줄을 잇고 있었다. 서가에 정리된 책들은 겉보기에도 먼지가 없었고, 부지런하고 성실한 사람들의 손길에 의해서 구석구석 관리되고 있음이 확연하게 드러났다. 케언은 싱긋 웃으며 어깨를 으쓱했다.

"하지만 그 덕택에 이곳은 왕성에서 가장 조용한 곳이지요."

"확실히 비밀 결사들이 사용하기에 적당한 장소로군요."

에드메이드는 조금 무뚝뚝한 말투로 대꾸했다. 자신을 칙명관의 집무실이 아닌 이곳으로 불러냈다는 것은 이것이 비공식 접촉이라는 것을 의미했다. 그리고 그것은 에드메이드 자신이 서 있는 위치에서는 절대로 바람직하지 않은 행동이었다. 케언은 다시 한 번 미소를 지었다.

"제가 보내드린 서류는 읽어보셨습니까?"

'단도직입적이군.'

에드메이드는 무표정한 얼굴로 가만히 있었다. 케언은 천천히 일어나 에드메이드가 서 있던 창가로 걸어왔다. 케언은 가벼운 셔츠 차림이었다. 조끼나 겉옷을 착용하지 않은, 분명 무례한 차림이었지만 그런 느낌을 받긴 힘들었다. 오히려 그런 까다로운 격식과 적당히 타

협한 자유스러움 때문에 그의 모습은 활동적이고 호탕하다는 느낌을 주고 있었다.

사실 에드메이드도 그가 조끼도 착용하지 않은 무례한 차림으로 나타났음에도 별로 기분이 나쁘다고 느끼지 못했다. 다만 지나치게 자유 분방한 건 아닌가 하는 짧은 생각이 들었을 뿐이었다.

짧은 순간에 에드메이드는 무례할 수도 있는 상황을 무례하지 않게 느끼게 하는 것도 그의 능력 중 하나라고 판단했다.

"그런 서류를 제게 보낸 심중이 무엇인지 질문을 드려도 되겠습니까?"

"오해하지는 마십시오. 저는 여왕 폐하의 무한한 은혜에 힘입어 보잘것없는 능력에도 불구하고 이 자리에 있습니다만, 감히 보다 높은 자리를 넘보는 불경스러운 생각은 없습니다."

개국 공신 가문의 귀족들과 크고 작은 유력 가문의 귀족들이 모인 '귀족원'의 회의에 참가할 수 있으며 '권고'라고 불리우는 일종의 간접 입법권이 있고, 내정부와 외정부로 대표되는 왕실 행정회의인 '집무 회의'를 소집 · 해산할 권한을 가진 행정권의 최고 실권자. 또한 친히 여왕에게서 왕권의 권위를 부여받은 자. 칙명관과 섭정관이라는 얼핏 평범해 보이는 두 개의 칭호가 케언에게 부여하는 힘의 위력은 그러했다. 이 나라에서 보다 높은 자리는 오직 하나, '국왕' 뿐이었다.

에드메이드는 희미하게 눈살을 찌푸렸다. 현재 케언이 갖지 못한 권한은 오직 하나였다. 총기사단장이 갖고 있는 중앙 기사단에 대한 군수권과 에드메이드 자신이 갖고 있는 국왕 친위대 여왕의 창기병에 대한 지휘권이었다.

전통적으로 크림발츠는 행정 실무를 맡은 칙명관에게 군사력을 쥐어주지 않았다. 보통 칙명관이라는 직책은 국왕이 소유하는 것이 관례였고, 건국 이래 칙명관이라는 직책을 받은 자는 손에 꼽을 수 있었다.

아메린의 경우에는 칙명관의 권한이 대폭 축소된 형태로 행정권의 실무 책임자라는 성격이 강하기 때문에 항상 칙명관이 임명되었고, 총기사단장의 역할을 겸직했다.

하지만 크림발츠가 아메린과 가장 큰 차이점을 보이는 것은 아메린이 '일원화와 통일성'에 중점을 둔 반면, 크림발츠는 '이원화와 분산'에 중점을 두었다는 것이다.

대표적인 것이 왕성 경비 체계가 크림발츠에서는 '여왕의 창기병'과 '왕실 근위대'로 양분되어 있다는 것이다.

아메린에 비해서 권력 중추에서 벌어지는 권력 투쟁이 잦은 크림발츠에서는 권력을 특정 귀족에게 집중시키는 것을 꺼려했다. 어쩌면 그렇게 분산된 권력끼리 은밀히 결탁함으로써 왕실에 대한 반란이 잦은 것이라는 의견도 있었지만, 권력의 분산은 크림발츠의 오랜 전통이었다. 애초부터 크림발츠는 비슷한 세력을 가진 다섯 지역 영주들의 결탁으로 세워진 국가였다.

그리고 크림발츠에서는 왕권만큼이나 위력적인 칙명관의 권력을 경계하기 때문에 칙명관에게 절대로 군수권을 부여하지 않았다. 힘으로 지방 영주들을 정복하고 제국에 맞서 무장 독립한 아메린과는 달리, 크림발츠는 세나이얀 가문을 중심으로 지방 영주들의 동맹이었고, 건국 이후 그들 지방 영주들이 권력을 나누어 가졌던 전통 때문이었다.

건국 초기의 크림발츠는 다섯 개 지방 영주들이 왕권, 칙명관으로 대표되는 행정권, 귀족원, 군수권으로 권력이 사분화되어 있었다. 독립 운동에 참여한 유력한 다섯 가문 중에서 북부 산림 지대의 영주만이 가장 권력 기반이 취약해 권력을 부여받지 못했었다.

물론 왕권이 강화된 지금의 크림발츠에서 귀족원을 제외한 나머지 권력들은 왕권에 예속된 상태였다. 그중에서도 크림발츠 국왕 친위대 여왕의 창기병은 오직 국왕이나 여왕의 명령에만 움직였다. 크림발츠의 모든 군수권을 가진 총기사단장도 친위대인 여왕의 창기병에 대한 명령권은 없었다.

에드메이드는 무표정했지만 잔뜩 긴장한 얼굴로 좀처럼 경계를 풀지 않았다. 행정 최고 권력자가 자신과 비공식 접촉을 원한다는 것은 아무리 생각해도 바람직하지 못했다.

9개 정규 연대와 '슬픔의 기사단'이라는 이름을 가진 1개 비정규 연대, 도합 10개 연대 병력의 통수권자인 총기사단장과 3개 연대 규모의 국왕 친위대 여왕의 창기병 기사단장이 갖고 있는 힘의 의미는 달랐다. 대륙의 5대 최강 기사단 중 하나인 여왕의 창기병이라고 해도 10개 연대 병력을 소유한 정규군과 단신으로 맞서지는 못한다.

만약 10개 정규 연대들과 정면으로 격돌한다면 여왕의 창기병 3개 연대는 전멸을 피할 수 없다. 물론 그동안 최소한 5개 이상의 연대들이 괴멸되는 것 또한 피할 수는 없을 것이다.

여왕의 창기병이 가진 진정한 위력은 그들이 '오직' 국왕의 명령에만 움직인다는 사실이다. 다시 말하면 그들은 국왕의 검이었고, 그 검은 오직 국왕의 손에만 쥐어질 수 있었다.

"저희 창기병들에게는 '아이델(Eidel)의 서약'이라는 것이 존재합니다. 아십니까?"

에드메이드는 창밖을 보면서 무심하게 질문했다. 어느새 창가로 걸어온 케언은 에드메이드와 나란히 서서 창밖을 내다보았다.

그는 문득 신선한 우유를 넣은 차를 마시고 싶다는 생각이 들었다. 왕성 도서관에서는 값비싼 책들을 보호한다는 이유로 모든 종류의 음식물들 반입이 금지되어 있었다. 물론 케언 정도의 지위를 가진 자가 원한다면 아무도 이의를 제기하지 않을 테지만, 그에게는 그런 특별 대우에 희열을 느끼는 저급하고 천박한 취미는 없었다. 그는 대신에 미소를 지으며 역시 무심한 말투로 대꾸했다.

"물론 잘 알고 있습니다. 제가 알고 있는 것이라고 해봐야 세상 사람들이 떠드는 시원찮은 헛소리에 불과하겠지요. 지금 저는 칙명관이지 여왕의 창기병이 아니니까 그 서약의 의미를 진정으로 이해하는 것이 불가능하다는 것을 압니다."

"그런 말씀을 하신다는 것은 역시 정확하게 이해하신다는 반증인 것 같습니다. 그 내용에 대하여 질문해도 될까요?"

에드메이드는 조용하고 엄숙한 얼굴로 케언을 바라보았다. 케언은 긴장할 수밖에 없었다. 아이델의 서약은 그들의 명예이자 생명이었고, 그것은 무엇과도 바꿀 수 없는 성질의 것이었다. 만의 하나 자신이 그것에 대한 모욕을 한다면 루퍼스 에드메이드 여왕의 창기병 기사단장은 칙명관인 자신의 목을 벨 수도 있었다.

"아이델 서약은 흐음… 그러니까, 하페우스 3세력 660년 11월 2일인가요? 제가 기억력이 나빠서 확신하지 못하겠습니다."

"네, 맞습니다."

'역시 치밀한 남자로군. 고위 귀족들 중에 이렇게 정확한 날짜를 아는 사내가 있었던가? 여왕의 창기병이 가진 힘을 노리는 자는 많아도 아이넬의 서약을 정확히 알고 있는 자는 드물지. 위험한 사내야. 저건 겸손이 아니야.'

에드메이드는 돈을 주고 기사단장 자리에 오른 인물이 아니었다. 여왕의 창기병 기사단장이라는 직책은 귀족 지위나 재력과는 아무런 상관이 없었다. 철저하게 내부 승진을 원칙으로 하고 있었고, 대대로 창기병 장교 출신 가문의 후계자라고 해도 특혜는 있을 수 없었다.

'실질강건'을 기치로 내세운 집요한 실력 우대 정책이 창기병단의 전통을 만들고 있었다. 때문에 그는 케언이 종종 습관적으로 구사하는 미묘한 사회적 줄타기를 정확히 읽어냈다.

"크림발츠 역사상 가장 불미스러웠던 사건이었죠. 쥬니렌 3세(Jueniren 3th) 여왕 폐하의 남동생인 엘시 에시언 파반트(Elti Ethian Fahrwand) 왕자가 3세력 660년 10월에 반란을 일으켰으니까요. 제2차 동방 원정에서 승리를 거두고 귀국한 그가 동방 원정대를 이끌고 '장미여왕 1세'의 뜰을 더럽혔죠. 원정 기사단 총사령관이자 여왕의 남동생인 왕자가 내성을 지나 개선 행진을 하다가 반란을 일으킬 거라고는 아무도 상상하지 못하지 않았습니까? 왕실 모독에 해당될지 모름에도 사견을 붙이자면, 그 사건은 전술적으로는 모범 답안이었지만, 전략적으로는 멍청한 답안이었습니다."

에드메이드는 자신도 모르게 미간을 찡그렸다. 케언의 말투도 사견이라는 의견도 둘 다 마음에 들지 않았던 것이다. 물론 에드메이드는 기사였고, 군인이었다. 그는 개선 행진이 전술적 입장에서 가져다주는 이점을 알고 있었다. 개선 행진식에서는 공개적으로 전원 무장이 가능했고, 대규모 병력이 아무런 의심도 없이 국왕에게 접근할 수 있다.

왕실 근위대가 3개 연대 24,000명에 달하는 동방 원정대이자 반란군에게 전멸당한 시간은 불과 10분이었다. 그리고 왕성 근위대 1개 연대 8,000명이 일방적인 학살을 당하는 동안 여왕은 왕성을 탈출했다. 왕실 근위대 병사들은 승산없는 싸움 속에서 한결같이 목숨을 버림으로써 그들의 전통을 지켰다. 살아남은 자는 아무도 없었다.

"그 사견은 마음속 깊은 곳에 묻어두고 잊어버리시죠. 소인의 충직한 충고입니다, 민트 J. 케언 칙명관 각하."

케언은 싱긋 웃었다. 에드메이드의 조용하고 분명한 말투는 경고였다. '그 따위 소리를 한 번만 더 내뱉으면 죽여 버리겠다'. 그의 말에는 그런 의미를 내포하고 있었다. 케언은 여왕의 창기병들은 절대로 농담을 하지 않는다는 것을 알고 있었다.

"공교롭게도 선대 쥬니렌 여왕 폐하를 구출한 기사는 스톨츠 출신의 기사였습니다. 페차 카이슨(Fecha Kaison) 자작이었죠. 스톨츠의 저 유명한 '호수의 근위대' 출신인 기사였죠. 호수의 근위대 출신임에도 그는 외국인이었고, 아직 젊었기 때문에 내성을 수비하는 중앙 기사단 1연대 소속의 어느 이름없는 독립 대장에 불과했습니다. 어째서 나름대로 긍지가 높은 호수의 근위대 장교가 먼 크림발츠까지 와서 왕실 근위대에 몸담고 있었는지는 지금도 알려지지 않았습니다. 어쨌거나 그는 자신의 휘하 480명의 병력만을 이끌고 쥬니렌 여왕 폐하를 모시고 수도를 탈출했습니다. 여왕 폐하께서는 크림발츠 육군 대위 계급장을 가진, 외국인 출신의 독립대 대장이 바친 헌신으로 남동생의 검에 목숨을 잃는 불행을 피할 수 있었습니다."

케언은 눈을 가늘게 뜨면서 창밖을 내다보고 있었다. 에드메이드는 놀라고 있었다.

'이 남자… 어떻게 이렇게 자세히 알고 있지?'

너무나도 유명한 이야기는 사람들의 입을 건너가면서 조금씩 그 정확성을 잃어간다. 하지만 너무 유명했기 때문에 그것은 아무런 문제가 되지 못하게 된다. 결국에는 너무나 유명했지만 아무도 그 뒤에 가려진 자세한 사실은 알지 못하는 걸로 귀착된다. 그럼에도 여전히 그 유명함을 잃지 않는다.

하지만 케언은 그런 공식을 뛰어넘어 상세하게 사실을 알고 있었다. 에드메이드는 긴장했다. 등줄기를 타고 흐르는 익숙한 느낌. 그것은 전장의 흥분이었다. 두 사람이 무심하게 290년 전 이야기를 하는 동안 조용하던 도서관은 전장으로 변해 있었다.

루퍼스 에드메이드 기사단장과 민트 케언 칙명관은 본심이라는 알몸 위에 예절이라는 갑옷을 걸치고, 신분이라는 방패와 진심이라는 검을 들고 싸우고 있었다. 에드메이드는 무표정한 얼굴로 긴장했고, 케언은 미소를 지으며 심리적인 줄다리기를 하고 있었다.

"카이슨 자작은 크림발츠 남부에 위치한 자신의 영지를 기반으로 여왕 폐하의 수호를 선언했습니다. 카이슨 자작은 자신들의 친우들을 소집했고, 그들은 각자가 지닌 지위를 버리고 검을 들고 자작의 영지 델라아(Del-raa)로 모여들었습니다. 그 결과 14인의 기사들이 쥬니렌 여왕 폐하의 발 아래 무릎을 꿇게 됩니다. 그때가 11월 2일, 반란 28일째였습니다. 그곳에서 카이슨 자작과 14인의 기사들은 쥬니렌 여왕의 기사가 될 것임을 맹세했고, 그 맹세가 바로 아이델의 서약입니다. 안나 아이델 파반트(Anna Eidel Fahrwand)는 쥬니렌 여왕 폐하의 이름이죠. 자작임에도 외국인이라는 이유로 정당한 대우를 받지 못하던 지방 영주의 초라한 홀에서 쥬니렌 여왕 폐하는 초췌해진 모습으로, 하지만 여왕으로서의 빛은 조금도 잃지 않은 채 미소를 지으며 서약을 수락합니다. 그의 앞에는 초라한 지위를 가지고 있던, 하지만 뜨거운 심장을 가졌던 15인의 기사들이 무릎을 꿇고 있었습니다."

케언은 잠시 동안 말을 끊고 있었다.

뜨거웠다. 뜨거운 무언가가 가슴 깊은 곳에서 꿈틀거렸고 어느 순간 형언하기 어려운 감정으로 솟구쳐 올라왔다. 그 감정은 용암처럼 뜨거웠고 급류처럼 격렬했다. 에드메이드는 자신도 모르게 왼손으로 검자루를 으스러지도록 움켜쥐고 있었다.

기사들은 전통적으로 유난히 뜨거운 피를 가지고 있었다. 그 뜨거운 피는 끔찍한 전장 속에서도 공포에 짓눌리지 않도록 자신을 달구고 넘치도록 끓어올랐다. 그리고 어느 불운한 순간에 검을 놓고 생을 마칠 때까지 격렬하게 끓어올랐다.

기사들의 생은 짧았고, 그 짧은 시간 동안 그들은 평생보다 긴 시간을 끓어오르며 자신을 불태웠다. 죽이는 자는 죽임을 당한다. 기사들이란 그런 법칙 속에서 피로 물든 손을 가져야 했고, 때문에 명예라는 것을 만들어냈다. 기사의 명예란 기사들을 위한 진혼곡이었다. 살인이라는 죄를 씻기 위한 진혼곡이었다.

에드메이드는 40대에 들어선 자신은 더 이상 뜨거운 피를 갖지 못한다고 생각했다. 기사단장이 된 이후로 그는 전장의 공포를 이겨내기 위해 자신의 피를 데울 필요가 없었고, 반대로 피가 뜨거워진 기사들을 위한 차가운 피를 가져야 했다. 하지만 그는 자신보다 10년이나 젊은 사내의 말에 뜨거워지고 있었다.

케언도 칙명관이기 이전에 이름난 기사였지만, 여왕의 창기병은 아니었다. 그럼에도 불구하고 그는 너무나 자세히, 이상하리만치 자세히 알고 있었다.

에드메이드는 케언을 바라보았다. 그는 웃고 있었다. 희미한 미소가 입가에 머물고 있었고, 가늘게 뜬 눈은 환상을 보고 있는 듯한 표정이었다. 그런 얼굴을 보고 있는 동안에 에드메이드는 자신의 기억을 빠르게 뒤지며 이 사내가 어떻게 그런 모든 것을 알고 있는지 자문해 보았다.

에드메이드는 혹시 그가 여왕의 창기병에서 복무한 경험이 있는지 기억을 더듬었다. 하지만 그의 지위를 견주어본다면 그는 최소한 영관 급 장교로 창기병단에 복무했을 터였고, 그랬다면 참모부 출신인 자신이 모를 이유가 없었다.

케언의 나이로 보아서 그가 과거에 창기병에 복무했다면 자신이 참모부 소속 장교로 근무하던 시절에 즈음 할 것이다. 에드메이드는 복잡한 기분으로 묵묵히 그의 말을 기다렸다. 케언은 꿈꾸는 듯한 말투로 힘들게 말을 이었다.

"그리고 그 순간, 여왕의 창기병이 탄생하게 되었습니다."

〈 2 〉

　숨 막히도록 힘겨운 침묵이 계속되었다. 두 사람 모두 그 침묵을
깰 필요성을 느끼지 못한 채 각자의 곳을 바라보았다. 끝내 그 소중
한 침묵을 깬 것은 케언이었다.

　"여왕의 창기병, 정식 명칭으로는 '아이델 서약을 수호하며 크림
발츠의 빛을 위한 쥬니렌 3세 여왕의 창기병' 이라고 불러야 하지 않
습니까? 뭐, 이름으로 쓰기에는 조금 길군요. 아무튼 여왕의 창기병
들에게 여왕 폐하는 조금 독특한 의미를 지니고 있지 않습니까?"

　"무얼 말씀하시는 겁니까?"

　"여왕의 창기병들이 유난히 더욱 용맹한 것은 여왕께서 왕위에 오
르실 때입니다. 그리고 여왕의 창기병 소속 기사들 전원은 평생동안
독신으로 지내죠. 크림발츠가 여왕의 왕위 계승이 많다지만 그래도
여왕이 왕위를 계승한 것은 몇 번에 불과합니다. 그런데 어째서 국왕

의 창기병이라고 하지 않는 것일까요? 역시 창기병들이 충성을 바치는 존재는 여왕이어야 하는 거겠죠."

"다른 곳에서 그런 말은 꺼내지 마시기 바랍니다. 칙명관의 지위에 계시더라도 검을 겨누는 것은 여왕의 창기병입니다. 여왕의 창기병이 상대한 최초의 적은 이 나라의 왕자였습니다."

'따라서 칙명관 따위 권력은 우리에게는 눈에도 안 보인다.'

에드메이드의 말은 그런 은유를 담고 있었다.

"아아, 저는 당신들이 여왕 폐하께 감히 사심을 품는다고 말한 의미가 아니었습니다. 제가 높이 사고 싶은 것은 오히려 그 점입니다. 당신들에게 여왕 폐하라는 존재는 단순히 주군 이상의 의미겠지요? 그 옛날 페차 카이슨 자작과 14인의 기사들이 그랬던 것 처럼."

"아이델의 서약이 가진 의미를 잘 아시리라 믿습니다."

"몇백 행에 달하는 긴 선언문을 간단하게 요약하자면 여왕, 혹은 국왕 폐하께 절대적인 충성. 오직 주군의 명령에만 움직이며, 주군에게 해가 된다고 판단되는 존재는 여왕의 창기병 전체의 적이다. 상대가 왕자이든 야르 산맥 언저리의 식인종들이든. 그저 검을 겨눌 적에 불과하다. 맞습니까? 처음부터 이 나라 왕자와 싸우기 위해서 모인 군대이기 때문에 두려워하는 것은 아무것도 없다."

"맞습니다, 말투가 너무 직설적이고 노골적인 점만 제외하면."

"저는 은유로 말하는 것에 서툴거든요. 직설적으로 오해를 없애는 주의입니다."

"당신이 여왕 폐하의 부군이라는 것을 지위 삼아 여왕의 창기병을 원한다 해도 저희는 당신의 권력을 강화하기 위한 사병이 될 생각은 없습니다. 당신이 여왕 폐하께 위해가 되는 존재라고 판단되면 저희는 당신에게 검을 겨눌 것입니다."

"알고 있습니다. 제가 에드메이드 경을 만나고자 한 것은 다른 이유에서입니다. 바로 여왕 폐하에 관련된 일입니다. 혹시 아십니까? 요즘 수도에 불쾌한 분위기가 흐르더군요."

"직설적을 좋아하신다고 말씀하셨습니다. 요점만 말씀하십시오."

케언은 한숨을 쉬고는 싱긋 웃었다. 그리고는 창밖을 보면서 심드렁하게 말하고 말았다.

"요즘 여왕 폐하의 자리를 탐내는 벌레들이 너무 많습니다. 저는 조만간 그들을 청소할 생각에 있습니다."

"그래서 여왕의 창기병 힘이 필요하다 이겁니까? 저희 창기병단을 너무 쉽게 보시는군요."

"아뇨, 그 반대입니다."

"네?"

"앞으로 한동안은 수도가 제법 시끄러워질 것입니다. 그래서 여왕의 창기병이 지금처럼만 가만히 있어 달라 부탁드리려고 했던 겁니다. 뭐, 귀하를 만나고 보니 그런 부탁은 필요없을 것 같습니다. 에드메이드 경께서는 이미 훌륭한 여왕의 창기병이시고, 그렇다면 무엇이 여왕 폐하께 이로운 것인지 현명하게 판단하실거라고 믿습니다. 덕택에 마음이 든든해집니다. 저도 이제부터는 신념을 갖고 여왕 폐하께 헌신할 수 있겠습니다."

케언의 얼굴에는 가식이 없었다. 마치 투명한 껍질을 벗겨내듯 그의 얼굴은 무언가 이질적인 모습으로 변했고, 평소와는 확연하게 달랐다. 에드메이드는 의아한 얼굴로 고개를 갸웃거렸다.

"적어도 에드메이드 경, 당신 같은 분이 계시는 동안에는 적어도 슬라임과 그 패거리들이나, 혹은 영웅교에 빠진 광신도들의 사탕발림에 여왕의 창기병이 움직일 가능성이 전혀 없다는 결론을 내렸습니다. 제 판단이 옳기를 바랍니다만."

에드메이드는 황당한 표정을 감추지 못했다. 크림발츠의 제2인자이고, 현재로써는 실질적으로 크림발츠를 대표하는 남자의 입에서 나올 만한 어휘들이 아니었다. 자유 분방한 것도 좋지만, 원래부터 존재하던 명예와 권위를 실추시키는 정도가 되어서는 곤란하다. 지금 케언의 말투는 시장터를 어슬렁거리는 건달들의 말투와 비슷했다.

"슬라임과 그 패거리들은 누구를 지칭하는 겁니까? 그리고 영웅교의 광신도들이라면, 혹시 그 영웅이라는 존재가……?"

"네, 고 카시안 루엘 파반트 왕자입니다. 왕자 전하께서는 그럴 의도가 없으셨겠지만 그분을 따르는 광신도들이 그분을 영웅이자 새로운 국왕 폐하로 숭배하고 있었습니다."

"그 사실은 이미 알고 있었습니다. 저희의 새로운 주군이 되실 분이었으니까요. 저희와 운명을 달리하셔서 지금의 저희들은 하이나 여왕 폐하를 모시고 있습니다만."

"유감스럽게도 그분께서 반대를 무릅쓰고 친히 5차 동방 원정군 총사령관으로 출전하셨고, 냉혹한 운명의 굴레 때문에 생을 달리 하셨습니다. 인자하신 국왕이 될 분이셨는데."

"아! 죄, 죄송합니다. 칙명관님께도 역시 특별한 의미를 가지신 분이셨죠? 미처 기억하지 못한 소신을 용서하십시오."

에드메이드의 태도는 어느 순간 달라져 있었다. 처음 이 도서관을 들어왔을 때의 모습은 이미 말끔하게 사라져 있었다.

'바보 녀석, 네가 그러고도 창기병이냐? 이 남자야말로…….'

에드메이드의 생각은 거기에서 끊어졌다. 케언이 한숨이 섞인 말을 내뱉기 시작했기 때문이다. 그는 더 이상 케언을 상대로 탐색전을 벌이지 않았다.

"양해를 구하고 싶습니다만, 허락해 주시겠습니까? 왕자께서는 저의……."

"알고 있습니다. 그리고 보니 이 도서관은 칙명관님의 말씀처럼 정말 비밀 결사들의 모임에 쓰기 적당하군요."

에드메이드는 웃었다. 이 도서관에서 케언은 벌써 여러 번 지나치게 직설적인 말을 했다. 도서관이 아니었고 공식적인 만남이었다면 여왕의 창기병 소속의 일개 병사까지 케언의 칙명관 지위를 무시하고 검을 뽑아 들 만한 말들이었다. 하지만 에드메이드는 케언이 어떤 존재인지 알고 있었다.

"카시안 왕자는 정말 특별한 존재였습니다. 미천한 저에게 우정을 아낌없이 나눠준 친구였고, 또한 저 같은 존재가 여왕 폐하의 부군이 된 것도 그분의 은혜 덕택이었습니다. 저에게 아주 특별한 존재였죠. 그리고 당연히 하이나 11세 여왕 폐하께도 친오라버니 이상의 특별한 존재였고. 이런 말을 하기엔 무엄하지만 그분 주변에 날파리처럼 모여든 귀족들에게도 어쨌거나 특별한 존재였습니다. 그리고 무엇보다도 제가 생각하기에 여왕의 창기병에게는 좀 더 다른 의미의 특별한 존재였죠."

케언은 조금 쓸쓸하게 웃으며 에드메이드를 바라보았다. 그도 웃을 수밖에 없었다.

"파반트라는 성을 가지신 분이 최초로 여왕의 창기병에 몸담으신 대사건이니까요. 3년 간 여왕의 창기병으로 계셨습니다. 저희가 선대 에이샤 6세 폐하를 모실 때였습니다. 카시안 왕자께서는 앞으로 저희가 모실 주군이 되실 분이시면서도 당시 저희가 모시고 있는 주군인 에이샤 여왕 폐하를 위한 창기병이 되셨습니다. 파반트 성을 가지신 직계 왕족께서 창기병이 될 수 없다는 조항이 없었기 때문에 저희로서는 그분을 받아들일 수밖에 없었습니다. 그분은 왕위 계승 내정자로 확정되실 때까지 창기병에 몸담고 계셨습니다. 왕위 계승 내정이 된 이상, 그분은 저희 주군이 되실 분이시니 더 이상 창기병에 머무실 수가 없었습니다."

"그리고 카시안 왕자는 아주 독특한 퇴임 연설을 하지 않았습니까? 저는 카시안 왕자에게 직접 들은 것이 전부입니다만."

케언의 말에 에드메이드는 쓴웃음을 지었다. 여왕의 창기병들이 도열한 가운데 서 있던 카시안 왕자의 모습이 떠올랐다.

"…그대들의 미래에 변함없는 영광과 긍지의 깃발이 햇살처럼 눈부시기를 기원하면서 본인의 퇴임사는 이만 줄일까 합니다… 만, 유감스럽게 제법 많은 사람들이 알고 있듯 난 이런 식으로 말하는 거 좋아하지 않아요."

장장 1시간에 걸쳐 별로 힘들이지 않고서 길고 지루한 퇴임사를 마치던 카시안 왕자는 말을 끊으며 갑자기 장난스럽게 웃었다. 여왕의 창기병들은 별로 놀라지 않았다. 왕자의 신분으로 여왕의 창기병 기사단장을 찾아가 기사대장 자리 하나만 빌려달라고 했던 기행을 경험한 이후였기 때문이었다.

사실 그 상황은 부탁이 아니었다. 단지 손에 검을 들지 않았을 따름이었지 완벽하게 협박에 가까웠다. 그렇게 해서 얻어낸 지위가 기사대장이었다. 왕자의 신분으로 고작 2,000명을 이끄는 기사대장 자리를 받아들고는 입이 찢어져라 실실 웃고 다닌 왕자는 수도 내에서 유명했다.

자유 분방함이 지나쳐 예절에 대한 개념이 전무한 왕자를 위해서 왕실 예법관은 일주일 단위로 왕실 예절 규범의 수위를 무리하게 낮추는 수정 작업을 해야 했다. 그들의 피눈물 나는 노력 덕분에 카시안 왕자는 간신히 폐태자가 되지 않았다. 그런 기질은 기사대장 자리를 반납하는 퇴임식에서도 드러났다.

카시안 왕자는 씨익 웃으며 지금까지 자신이 읽어 내려가던 퇴임식 원고를 모두가 보는 앞에서 찢어버렸다. 매력적이고 화사한 미소를 입가에 장난스럽게 내걸고 있던 왕자는 찢겨진 원고를 꽃잎처럼 주변으로 뿌려 버렸다.

"모두 비밀로 해주길. 안 그러면 4일 동안 밤새워 이 원고를 써준 왕실 예법관과 내 비서관이 심장 마비로 죽을지도 모르거든. 하지만 난 솔직히 이런 류의, 미의식이 철저하게 결여되고 조악한 어휘 선별력과 유머 감각이 턱없이 부족하고, 주제 전달이 불명확할 정도로 난해하고, 담겨진 내용이 끔찍하기 짝이 없는 불행으로 가득 찬 퇴임사를 하고 싶지는 않아. 너무하잖아? 장장 1시간에 걸쳐서 인내하며 듣고 있는 자네들이 존경스러워. 난 1시간 동안 이걸 읽으면서 속으로 5분 단위로 미쳐 버릴 뻔했어. 자네들은 역시 괴물이야!"

카시안 왕자는 모두가 보는 앞에서 미친 듯이 웃기 시작했다. 창기병의 문장이 붙은 연단을 두 손으로 움켜쥐고 허리를 꺾으며 웃는 그에게서 왕실의 권위와 위엄은 어디에도 찾아볼 수가 없었다. 몇몇 여왕의 창기병 소속 병사들이 무심코 피식 웃었고, 잡아먹을 듯이 쩨려

보는 깐깐한 직속 상관의 눈초리에 찔끔했다.

"우하하하! 난 이 말을 꼭 하고 싶었다네! 자네들은 괴물이라고! 그리고 난 이제 확신할 수 있네. 자네들은 절대로 배신하지 않으며, 어떤 극한 상황 속에서도 인내하는 존재들이라는 것을. 배신하지 않고 언제나 도움을 요청할 수 있는 존재들, 바로 자네들이네. 3년이란 기간 동안이지만, 자네들과 함께할 수 있어서 정말 즐거웠다네. 쥬니렌 여왕께 그랬던 것처럼 앞으로도 영원히 그러하길 비네. 아! 그리고 지금 생각난 건데 이런 조악한 연설을 1시간 동안 했는데도 불구하고 아직까지 나를 암살하기 위한 화살이 날아오지 않은 걸 보니, 자네들의 그 단순 무식한 인내력은 인정하네. 배신을 안 하는 게 아니라 못하는 거 아닌가? 우핫핫! 이 바보 멍청이들!"

카시안 왕자는 자신의 일생 동안 마지막으로 입게 된 창기병 제복 차림으로 단상에 서서 그렇게 말하며 웃었다.

"벙어리들이라 대꾸도 못하지? 그렇지 않나?"

카시안 왕자는 여전히 유쾌하게 웃으면서 단상을 무절제하게 두드리고 있었다.

"조금만 더 연설해 보시죠! 충분한 화살이 날아갈 겁니다, 카시안 님!"

"제1돌격대 단상을 향해 돌격 준비되었습니다! 목표 카시안 왕자!"

"궁사대 저격 준비 완료! 목표는 카시안 왕자의 못생긴 이마!"

기어코 누군가 단상에서 웃고 있는 카시안을 향해 소리쳤다. 그것을 신호로 모든 여왕의 창기병들이 웃기 시작했다. 보수적인 선임 장교들이 화를 내면서 부하들을 진정시키려고 했지만, 이내 그들도 소리를 지르며 박수를 치고 말았다. 카시안이란 이름의 전염병은 삽시간에 창기병들을 잠식해 버렸다.

"야이! 빌어먹을 자식들아! 내 이마가 뭐가 못생겼어?! 가진 건 힘밖에 없는 네놈들보다는 내가 훨씬 잘생겼어! 그리고 여기서 왕족보다 돈 많은 녀석 나와봐!"

발끈한 카시안 왕자는 찰랑거리는 머리칼을 한 손으로 걸어 올리며 소리쳤다. 3년이라는 시간이 흘렀다. 왕족이라는 이유로, 언젠가 자신들이 충성을 바쳐야 한다는 이유 때문에 그를 어려워하던 창기병 병사들은 더 이상 없었다.

병사들이 마시는 싸구려 술에 취해 인사불성 상태에서 일개 병사와 난투극까지 벌인 왕자는 파반트 왕실 가문 가계에서 한 명도 없었다. 아무도 화를 벌컥내는 왕위 계승 내정자를 두려워하지 않았다. 카시안 루엘 파반트 왕자는 씩씩거리며 연단에 서서 모두를 노려보았다.

촤악!

갑자기 웃음이 일시에 멎었다. 그리고 그들은 볼 수 있었다. 그들의 긍지만큼 한 점 구김없이 손질된 창기병 제복을 입고 있는 왕자의 모습을. 왕위 계승 내정자인 카시안 루엘 파반트 왕자는 뒤꿈치를 붙이고 허리를 당당하게 편 자세로 서서 오른손으로 모두에게 경례를 붙였다. 단정한 눈썹에 닿은 오른손은 곧게 펴져 있었고, 완벽하게 흐트러짐없는 동작이었다.

그는 곧바로 왕위에 오를 국왕 후계자가 아닌, 여왕의 창기병 독립대 소령으로 모두에게 경례를 하고 있었다. 창기병 병사들에게 각인된 모습은 카시안 왕자가 아니라 카시안 루엘 소령이었다.

촤악! 촤악! 척!!

완벽하게 통일된 호흡이었다. 누구도 구령을 붙이지 않았다. 아니, 구령 따위는 애초부터 필요도 없었다. 그 많은 병사들이 하나가 되어 움직였다. 웃는 동안에 흐트러졌던 대열은 한순간에 정렬되었고, 동시에 병사들의 손이 올라왔다.

카시안 루엘 소령과 여왕의 창기병 병사들은 서로 다른 위치에서 서로를 마주 보고 경례를 하고 있었다. 그들의 긍지와 그들의 의지는 하나가 되었고, 강철보다 단단한 현실이 되어 이곳을 지배했다. 누구도 웃지 않았고, 누구도 손끝 하나 움직이지 않았다. 영원처럼 긴 시간이 흐르고 카시안 루엘 파반트 왕자는 천천히 손을 내렸다. 그는 이제 더 이상 루엘 소령이 아니었다. 그는 조용하게 입을 열었다.

"존경한다. 진심으로 그대들을 존경하고 있다. 내 전우들이여, 그럼 안녕히."

카시안 왕자는 그렇게 등을 돌렸다. 여왕의 창기병 병사들은 누구도 움직이지 않았다. '그'가 걸어나가고 한참 동안 텅 빈 연단을 바라보고 있었다.

카시안 왕자는 그 후 두 번 다시 창기병 연대를 방문하지 않았고, 창기병 병사들은 그날 이후로 더 이상 카시안 왕자를 볼 수 없었다. 정기적인 왕성 근무에 나선 병사들 중 몇몇은 우연히 복도에서 그를 마주칠 수 있었다.

병사, 혹은 장교들은 왕실 복도에서 그에게 농담을 걸지 않았다. 시선조차 마주치지 않고 허공을 보며 경례를 붙였다. 카시안 왕자도 그들에게 '수고한다'라는 말 한마디 걸지 않았다. 예의 무언가 생각에 빠져 살짝 찌푸린 얼굴로 무심히 그들을 지나쳤다.

카시안 왕자와 창기병 병사들 사이에서는 더 이상 의례적인 인사가 필요없었다. 그 후 여러 해가 지났고, 카시안 왕자는 동방 원정 총사령관으로 참전, 전장에서 인생을 마감했다.

"문제는 그런 특별한 분 곁에 꼬여 있는 구더기들이죠."

케언의 말에 에드메이드는 다시 현실로 되돌아왔다. 에드메이드는 되돌아온 현실의 차가운 무게 때문에 몸을 흠칫 움츠렸다.

"그래서 정확하게 원하시는 게 무엇입니까?"

"그냥 가만히 계십시오. 저는 수도에 벌레들이 꼬이는 것을 보지 못해서 모조리 청소할 생각입니다. 제가 왕권을 노리기 위해 그러는 것이 아니라고 미리 양해를 드리는 겁니다. 물론, 에드메이드 경께서 판단하시기에 제가 왕권 찬탈을 위해 반대 파들을 몰아내고 있는 것이라면 저를 향해 검을 드셔도 불평하지는 않겠습니다."

"저희는 오직 여왕 폐하의 명령에만, 여왕 폐하를 위해서만 움직입니다. 저희가 자의로 움직이는 것은 여왕 폐하께 위해가 되는 일이 발생했을 때뿐입니다. 그 판단 기준을 저희에게 강요하지는 마시기 바랍니다. 저희는 누구의 명령도 받지 않습니다."

에드메이드의 말에 케언은 씨익 웃었다. 에드메이드는 한결 부드러워진 표정으로 말하고 있었다. 그는 어깨를 펴고 미소를 지었다.

"그럼, 저는 직무가 있어서 이만 실례하겠습니다."

에드메이드는 천천히 도서관 출입 문 쪽으로 걸어나갔다. 케언은 창틀에 비스듬히 기댄 채 팔짱을 끼고 있었다. 창밖을 바라보는 그의 표정은 그 속내를 짐작하기 힘들었다. 단지 무언가 골똘히 생각하는 얼굴이었다. 눈부신 햇살이 사정없이 눈가로 쏟아져 내려도 케언은 좀처럼 움직이지 않았다.

　조금 피곤해진 기분으로 도서관을 나서려던 에드메이드는 문득 자신이 한 가지를 빼먹었다는 것을 기억해 냈다. 그것은 대수롭지 않은 것이었지만 개인적인 호기심은 어쩌지 못했다. 결국 에드메이드는 호기심을 이기지 못하고 고개를 돌렸다. 케언은 그가 걸음을 멈추자 가볍게 고개를 기울이며 에드메이드의 질문을 기다렸다. 그는 가볍게 심호흡을 하고 케언에게 지나가듯 말을 걸었다.

　"그런데… 그 슬라임 같은 사람은 누구를 말합니까?"

〈 3 〉

비는 여전히 세차게 내리고 있었다. 레미는 밖으로 나간 동료들이
지금껏 비를 맞고 있다는 사실을 걱정했다. 그녀는 걱정스러운 눈으
로 힐끔 모닥불 너머를 바라보았다.

노인은 여전히 발버둥치며 야수처럼 으르렁거렸다. 광대 와이슨
이 온몸으로 그를 끌어안고 한 손으로 입을 막고 있지 않았다면 당장
이라도 고함을 지르며 날뛸 기세였다. 출입구가 떨어져 나간 오두막
이라 빗소리에 섞여 불편하게 오가는 대화가 고스란히 들려왔다.

"네놈들은 누구냐?"

튜멜의 목소리였다. 목이 쉰 듯한 거슬리는 쇳소리를 내는 목소리
가 대답했다.

"미친 늙은이 하나가 이리로 들어가는 걸 봤다. 쓸데없는 일에 신
경 쓰지 말고 저리 비켜!"

튜멜은 자신의 어금니가 빠직 소리를 내면서 금이 가버린 건 아닌가 고민했다. 워낙 힘주어 깨물고 있던 탓에 턱이 시큰거릴 정도였다.

'이 녀석들도 내 말을 무시하는군. 예절이 부족해. 정말 부족해!'

튜멜은 미간을 잔뜩 좁힌 표정으로 이를 갈고 있었다. 그가 그런 문제로 짜증을 내고 있는 동안에 다른 동료들도 사람이 얼마나 인상을 찡그릴 수 있는지를 보여주고 있었다. 하지만 그들이 짜증을 내는 이유는 상대가 무례해서가 아니라 단지 지독히도 퍼붓는 빗줄기 때문이었다.

'이런 남부 지방에서 웬 망할 놈의 비가 이렇게 쏟아져!'

상대는 모르고 있었지만 그들 자신은 튜멜 일행의 관심사에서 일찌감치 벗어나 있었다.

튜멜을 중심으로 왼편에 파일런과 레이드가 서 있었고, 오른편엔 쇼와 에피가 서 있었다. 이언은 오두막의 썩은 처마 밑에 바짝 붙어서 있었기 때문에 비를 맞지 않았다. 그는 절반쯤 무너진 회벽에 등을 기대고 멀거니 서 있었다.

동료들은 그런 이언의 태도에 불만이 많았지만 어쩔 수 없이 비를 맞으며 화를 삭이고 있었다. 차가운 빗줄기는 모든 것을 적셨고, 싸늘한 빗물이 목덜미로 스며들자 모두들 신경이 날카로워졌다.

"누구냐고 물었잖아?! 어째서 모두들 내 질문을 무시하는 거지?!"

"우리가 누군지 몰라서 묻냐? 너, 바보냐?"

빗물 때문에 발목까지 빠지는 진창으로 변한 앞마당 저편에서 누군가 대꾸했다. 그들은 모두 무릎까지 내려오는 체인 메일을 입고 회색 서코트에 비를 막기 위한 망토까지 두르고 있었다. 전형적인 기사단 복장의 사내들은 모두 8명이었다. 전원 할버드로 무장하고 있었고, 지휘자인 듯한 사내만 롱 소드를 차고 있었다. 누가 봐도 엄연한 기사단으로 보였다.

"어이, 바보 남작, 질문이 하나 있는데."

"내 이름은 튜멜이다. 너, 그렇게 머리가 나쁜가? 매번 가르쳐 줘야 하나!"

어깨 너머로 돌아보는 튜멜에게 상당히 짜증스러운 미소를 짓던 이언은 길게 하품을 했다.

"근데 발트하임의 문장이 붉은 방패에 하얀 십자가 아냐?"

"그런데?"

"저놈들, 자주색 방패에 파란 십자가인데?"

"뭐? 그런 말도… 어?"

코웃음을 치며 고개를 되돌리던 튜멜은 말을 멈췄다. 비에 젖어 칙칙하게 변한 서코트에는 당연히 소속을 나타내는 문장이 붙어 있었다. 비 때문에 색깔이 축축하게 변해 있었지만 식별하는 데 문제는 없었다.

자주색 방패에 파란 십자가 문장이었다. 두 마리의 사자 머리 독수리가 방패 문양을 받치고 있었고, 모토가 들어가야 하는 아랫부분에 검과 창이 교차했다. 검과 창의 교차는 중앙 기사단을 의미했다. 방패 윗부분 크라운에는 게일의 상징인 밀이삭이 새겨져 있었다. 의심할 여지가 없는 게일의 국가 문장이었다.

튜멜은 나직히 신음을 흘렸다.

"게, 게일의 중앙 기사단? 네놈들, 남의 나라에서 뭘 하는 거냐? 그것도 이렇게 깊숙이. 맹약 기사단 소속도 아닌 놈들이 어떻게 국경을 넘은 거냐? 맹약의 파기는 맹약국 전체를 적으로 돌리는 행위다. 여기서 뭘 하는 거냐!"

"알아서 뭐 하려고?"

허리에 차고 있던 롱 소드 손잡이를 만지작거려 튜멜 일행을 자극시키던 사내가 느물거리는 말투로 대답했다.

"이, 이건 구, 국경 침범이다!"

"알지. 그리고 해결책도 알고 있지."

"뭐? 해결책?"

"너희를 모두 죽여 버리면 끝나잖아? 간단한 문제야. 노인만 보내주면 넘어가려고 했는데, 꽤나 시끄러운 친구군."

튜멜은 왠지 자신이 서글퍼지는 느낌을 받았다. 미처 분노할 틈도 없었다. 그들의 서코트를 보면 그들이 일개 병사 급이라는 것을 알 수 있었다. 그리고 튜멜 자신은 엄연히 발트하임의 남작 가문이었다.

라이어른을 구성하는 6개 국가들은 서로 평등했고, 귀족 가문은 타국에서도 같은 대우를 받았다. 발트하임의 남작은 게일의 남작이기도 하다는 의미였다. 더군다나 이곳은 엄연히 발트하임의 영토였다. 일개 사병이 남작 가문에게 도전하고 있었다. 무엇보다 튜멜은 발트하임 동쪽에 있는 게일의 사병들이 발트하임 서부 지역을 활보하고 있다는 사실에 의아함을 느끼고 있었다.

'이 녀석들이 여기까지 오는 동안 발트하임의 기사단은 뭘 하고 있었지? 가만, 그러고 보니 우리가 여행하는 동안에······.'

"빗속에서 자기 그림자나 보고 짖어대는 자들이 입 냄새는 정말 고약하군요. 냄새 때문에 머리가 너무 아파요."

모두의 시선이 오두막 출입구 쪽으로 쏠렸다. 그리고 그곳에 서 있는 존재를 확인했다. 레미는 자연스러운 자세로 서 있었다. 그다지 평화적이지 못한 여행 동안 그녀의 얼굴은 조금 그늘져 있었다. 하지만 그녀는 여전히 무언가 표현하기 힘든 기운을 가지고 있었다. 그녀는 가볍게 팔짱을 끼며 눈을 가늘게 떴고, 입꼬리를 조금 치켜올려 미소 비슷한 표정을 만들어냈다.

"아, 아낙스 양? 위, 위험합니다. 안에 계십시오."

"어이, 노처녀. 좀 전에 무슨 의미냐?"

"그렇게 부르지 말랬다. 비가 와서 있지도 않은 그림자가 무서워 짖어대는 강아지 같다는 의미야. 저분들이 딱 그런 것 같아."

레미는 여전히 턱을 조금 들고 가늘게 뜬 눈으로 게일의 기사단 병사들을 보고 있었다. 그들은 잠시 동안 아무런 말도 하지 못한채 레미를 바라보았다. 그리고 리더가 되는 사내가 힘겹게 입을 열었다.

"여자? 넌 또 누구냐? 뭐 하는 년이냐!"

순간적으로 튜멜의 이마에 핏대가 솟았다.

"레미 아낙스라고 해요. 뭐 하는 년은 아닌 것 같군요."

"우리 게일의 기사단은 용맹한 만큼 거칠지. 귀족 여자라고 해서 이런 곳에서 신사다운 행동을 보여주지는 못해."

"신사다운 행동을 보여주지 못하는 것이 아니라, 원래 신사가 아니라서 신사다운 행동을 모르는 거겠죠."

레미는 낮지만 힘이 실린 목소리로 되받아쳤다. 게일의 병사들이 얼빠진 눈으로 입을 다물고 있는 동안 이언이 가볍게 휘파람을 불었다. 그녀는 천천히 고개를 돌려 처마 밑에 서 있는 그를 마주 보았다. 이언은 여전히 웃고 있었다.

"축하해. 예전의 말투로 되돌아갔군. 넌 역시 그렇게 비꼬는 말투가 어울려. 사춘기 계집아이처럼 삐뚤어진 대답을 해야 너답지."

"적당하지?"

"뭐가?"

"이 정도로 세찬 비라면 네 얼빠진 머리 속을 적당히 씻어낼 수 있을 것 같은데?"

"칭찬 고마워."

"별로."

비를 맞지 않는 입장에서 그런 대화를 하고 있는 두 사람과는 달리 나머지 일행들은 얼음처럼 차가운 비를 맞고 있었다. 파일런을 제외한 나머지 일행들은 그것 때문에 불편해진 심기가 얼굴에 그대로 드러났다. 졸지에 바보 취급당한 게일의 병사들도 마찬가지였다.

"어차피 죽일 거였지만 죽지 못해 안달이군. 입만 나불대는 놈들은 별 볼일 없지."

게일의 병사 중 리더인 사내가 롱 소드를 뽑아 들면서 비웃었다. 튜멜 일행의 시선은 다시 앞으로 되돌아갔고, 비에 젖어 신경이 예민해진 쇼가 기어코 짜증을 터뜨렸다.

"그거 알아? 입을 나불대도 별 볼일 있는 존재도 있다는 거? 게다가 우리보다는 네놈들이 더 주절거렸어, 이 머저리 자식아."

쇼는 이언에게 지지 않을 만큼 사람을 불편하게 만드는 법을 알고 있었다. 게일의 병사들은 울컥하는 얼굴로 비에 젖은 할버드 창대를 고쳐 잡았다. 쇼는 이빨를 모두 드러내는 표정으로 웃었다. 그가 말문을 열었는데 에피가 침묵을 지킬 이유가 없었다.

"옷이 젖어서 짜증나는데 왜 우리가 저런 얼간이들을 상대해야 하는 거야?"

"이 천박한 계집이 어디서?!"

"웃기지 마! 이 얼빠진 개구리 같은 애송이 녀석아! 그 나이 처먹도록 어디서 굴러다니던 놈인지는 모르겠지만 칼질 하나 똑바로 못 배운 주제에 어디서 주절거려! 특히 너! 왼쪽에서 두 번째! 그래, 너! 그 할버드 똑바로 못 잡아? 그게 빗자루냐? 네놈들같이 젓내 나는 애송이들은 전쟁터에 놔두면 하품 한번 하는 시간이면 서너 토막으로 잘려 나갈걸? 지옥이 뭔지도 모르는 주제에 나이 좀 먹었다고 깝쭉거리지 마. 눈에 거슬려!"

에피는 얼굴을 타고 흐르는 빗물을 훔치며 짜증이 가득한 말투로 말했다. 확실하게 어려 보이는 그녀가 특유의 수다를 쏟아내자 모두들 얼빠진 표정으로 입을 벌리고 있었다. 그나마 평소의 그녀가 어떤 여자인지 알고 있는 일행들은 그저 고개를 젓고 말았다.

"넌 뭐 하는 계집이냐?!"

롱 소드를 쓰는 리더가 가까스로 이성을 회복하고 물었다. 에피는 웃었다.

"나? 내 이름은 에피. 일명 피를 부르는 남풍이라는 회색남풍 용병대에서 태어났고 거기서 자랐지. 7살때 처음으로 사람을 찔러봤고, 13살 때 처음으로 사람을 죽였어. 그리고 22살이 되도록 전쟁터 시체들을 깔고 앉아서 밥을 먹었고, 잠 자는 시간만 빼면 항상 사람을 죽이며 살아왔어. 어디 뒷골목에서 굴러먹던 놈들인지는 모르겠지만, 네놈들이 상상도 못하는 얼간이 같은 전쟁터를 경험했어. 뒷골목에서 사람 한두 번 찔러보고 군인 흉내를 내는 것 같은데, 갑옷만 걸친다고 다 군인으로 보이는 줄 알아? 너! 그 할버드 똑바로 못 들어?! 세상 어느 군대에서 그렇게 가르치던? 응? 재수가 없으려니까 별 양아

치들이 다 귀찮게 굴어!"

에피는 확실히 욕구 불만에 시달리는 얼굴이었다. 햇볕에 갈색으로 그을린 뺨은 잔뜩 부풀어 올랐고, 그녀의 카랑카랑한 특유의 목소리에는 짜증이 배어 있었다. 튜멜은 어떻게든 상황을 해결해야 하는 필요성을 의무감처럼 느끼며 입을 열었다.

"나는 테일부룩 영지의 케이시 튜멜 남작이다. 네놈들은 지금 발트하임의 남작 가문에게 도전하겠다는 거냐?"

"뭘로 네가 남작인지 알지?"

"뭐?!"

튜멜은 무심코 자신의 복장을 살펴보았다. 그는 튜멜 남작 가문의 문장이 그려진 서코트를 입고 있지 않았다. 그저 기사들이 수련 기간 동안에 입는 평범한 서코트를 입고 있었다. 비에 젖은 그의 서코트는 어딘지 궁상스러운 몰골로 늘어져 있었다. 그는 허탈한 얼굴로 맥 빠지는 소리로 웃었다.

"예절이 부족해."

"유언은 끝난 것 같으니까 시작하지."

비를 맞으며 한없이 수다가 계속되려는 기미가 보이자 파일런은 조용히 검을 뽑아 들었다. 그의 클레이모어는 빗속에서도 섬뜩한 소리를 내면서 뽑혀져 나왔다. 그의 행동은 끝없이 계속되던 수다에 쐐기를 박는 행동이었다.

파일런은 눈을 가늘게 뜨면서 검을 세워 들었다. 검을 들고 마주서 있는 이상 이곳은 전장이었고, 그렇기 때문에 신성한 성지였다. 인생이라는 거대한 시간을 아우르는 두 개의 이정표, 삶과 죽음이 명확한 대비를 이루는 곳이었다. 적어도 파일런의 가치관으로는 그렸다.

"크, 클레이모어? 고지대 기사?! 제기랄!"

할버드를 들고 있던 병사들은 어리둥절해하면서 이해를 못했지만, 롱 소드를 들고 있던 사내는 조금 달랐다. 그는 클레이모어 특유의 형태를 구별했다. 물론 실물로 보는 것은 처음이었다. 만약에 적이 클레이모어를 들고 있다면 일찌감치 도망가던가 묘자리를 봐두라는 말을 기억해 낸 사내는 침을 삼켰다. 도망치기는 이미 늦었고, 묘자리를 봐둘 시간이었다. 그는 절망적인 기분을 맛보며 롱 소드를 똑바로 들었다.

클레이모어는 중앙산맥의 고지대 출신 기사들만의 전유물이었다. 그것은 그들 모두의 자존심을 상징하는 검이었고, 그들만의 신성한 영역이었다. 그들은 모두가 각국에서 뛰어난 기사들이었고, 저지대 기사가 아무리 우수해도 클레이모어를 쓰는 것을 용납하지 않았다. 때문에 클레이모어는 대륙 어디에서나 진짜 우수한 기사의 상징과도 같은 것이었다.

은퇴 기사 파일런 디르거는 빗속에서 흠뻑 젖은 모습으로 클레이모어를 비스듬히 내린 자세로 묵묵히 서 있었다. 그것을 신호로 모두들 무기를 뽑아 들었다.

에피는 표준적인 롱 소드보다 얇은 검신을 가진 롱 소드를 빗물에 미끄러지지 않도록 단단히 움켜잡았다. 쇼는 롱 소드를 손바닥 안에서 빙글 돌리는 장난을 쳤지만 아무도 감탄하지 않았다.

"난 머리 나쁜 남자들처럼 칼 들고 설치는 게 싫어."

"간만에 롱 소드로 싸워보는데 괜찮을까?"

에피의 투덜거림을 무시한 채 혼자 중얼거리던 쇼는 고개를 갸우

뚱했다. 그리고는 검을 옆으로, 수평으로 들고서는 변칙적인 자세를 잡았다.

"튜멜 가문에 대한 모욕, 발트하임에 대한 무단 침범, 아낙스 양에 대한 무례, 노인에 대한 공경심 부족, 그리고 예절 부족. 구제 불능인 녀석들이군."

가장 늦게 롱 소드를 뽑던 튜멜이 허탈하게 웃으며 말했다. 너무나 어이가 없어서 화를 낼 기운도 없는 그였다.

"바보 남작, 항상 하는 말인데, 그런 거창한 명제가 꼭 있어야 하나? 어차피 그래 봐야 사람 죽이는 일인데."

"닥쳐! 난 너와는 다르다."

파일런은 튜멜과 이언의 말씨름에 한숨을 쉬었다.

'내가 세월에 뒤처지는 건가? 그럴 만큼 오래 살아오긴 했지. 나도 이제는 정말 늙었군.'

파일런은 그런 생각을 하면서 낡아버린 자신의 클레이모어를 힐끔거렸다. 가드와 폼멜이 부서져 나간 낡은 클레이모어는 비에 젖어 있었다. 마치 파일런 그 자신처럼.

"튜멜 남작과 레이드는 뒤에 남도록. 이언은 빠져나온 쥐새끼들이 아니면 가만히 있게나. 검은 검으로 상대하는 법이야."

"뭘로 싸우던 이기면 족한 거 아닙니까?"

이언이 머리를 긁으며 물었다. 파일런은 고개를 돌렸고 희미하게 웃었다.

"그건 자네들 사고방식이지, 내 방식은 아니야."

"흥! 그렇겠죠."

이언은 레미를 오두막 안으로 되돌려 보내면서 싸늘하게 웃었다.

그의 입가에 매달려 있는 미소는 결코 호의적인 미소가 아니었다.

"감상적인 정면 승부를 고집하는 지휘관은 부하를 헛되게 죽게 만들 뿐이죠. 언젠가의 그때처럼."

이언의 희미한 중얼거림을 들은 사람은 없었다. 빗소리를 뚫고 고함 소리가 날아들었다.

"돌격! 게일기사단의 명예를!!"

"잡소리하네! 젖내 나는 애송이들!"

"병신들!"

모두가 질퍽거리는 진흙탕을 박차고 내닫기 시작했다.

〈 4 〉

튜멜은 손을 들어 자신의 턱을 만져 보았다. 턱은 제자리에 붙어 있었다. 튜멜은 바보 광대 와이슨을 바라보며 어이가 없는 표정으로 가만히 있었다.

"그러니까… 아니, 다시 말해 봐. 내가 잘못 들은 것 같군."

바보 광대 와이슨은 바보 같은 표정을 지으며 웃었다.

"도련님은 머리가 나쁘군. 우헤헤! 머리가 어깨 위에 붙어 있는 이유를 알아요?"

"닥치고 요점만 말해라!"

"모자를 쓰기 위해서야. 머리가 없으면 깃털 모자를, 털모자를, 보닛을, 빵모자를, 투구를, 가죽 장화를… 아니, 가죽 장화는 발에 신는 거였지? 머리가 없으면 모자를 어디에 쓰겠어? 머리가 좋은 사람은 머리를 생각하는 데 쓰지만, 머리가 나쁜 사람은 모자를 쓰기 위해

머리가 어깨 위에 붙어 있지. 입버릇이 나쁜 사람은 어떤 모자를 쓰는지 알아요?"

"한.번.말.했.다. 요점만 말하라고."

튜멜은 거의 신기에 가까운 인내심을 발휘하면서 나직하게 말했다. 바보 광대는 웃고 있었다. 그는 튜멜이 화를 내도록 만드는 데 탁월한 재주를 가지고 있었다.

'자고로 광대의 말에 화를 내는 사람은 바보라고 했다. 참자.'

튜멜은 여행을 떠난 이후로 상당히 망가져 가는 자신의 어금니를 다시 한 번 깨물며 생각했다. 솔직한 심정으로는 검집으로 흠씬 두들겨 패서 필요한 말만 하게 만들고 싶었지만 세상은 그렇게 호락호락하지 않았다.

"입버릇이 나쁜 사람은 교수대 밧줄을 목에 걸지. 아?! 교수대 밧줄은 모자가 아니고 목걸이였나? 사람은 자고로 입 조심을 해야 해. 입버릇 나빠서 나불거리면 시청 앞 광장 교수대에 대롱대롱. 바람 불면 흔들흔들."

와이슨은 괴상한 몸짓을 하면서 여전히 특유의 흥얼거리는 말투로 떠들고 있었다. 광대가 익숙하지 않던 쇼는 관자놀이를 누르며 섬뜩하게 이빨을 드러냈다.

"밧줄 가져와! 저 수다쟁이 광대 녀석을 목매달아 버리겠어."

"허허, 땅에 파묻어 버려야 할걸? 광대는 목매달려서도 주절거린다고 들었어."

레이드는 난처하다는 얼굴로 쇼의 말을 받았다. 에피는 그의 수다에 짜증스러워하면서도 신기하다는 표정을 감추지 못하고 있었다.

"요점만 말해!! 이 덜떨어진 광대 녀석아!"

'확실하게 망가져 가고 있어.'

테일부룩에서부터 튜멜을 알고 있던 이언과 레미는 그렇게 생각했다. 영지에 사는 평민들에게까지 겸손한 존댓말을 쓰던 튜멜의 모습은 상당히 훼손되어 있었다. 단순히 욕설을 입에 담기 시작했다는 문제가 아니었다. 그는 점점 거칠고 쉽게 흥분하는 성격으로 변하고 있었다.

"알았어요, 도련님. 바보 광대는 겁이 많아요. 소리치면 딸꾹! 놀래라~ 딸꾹! 우아앙! 딸꾹! 딸꾹질을 할지도 몰라요."

"어떻게 귀족들은 이런 광대를 좋아하는 거지? 미쳐 버릴 것 같아."

에피는 돈 많은 귀족들이 광대의 익살을 즐거워하는 이유를 끝내 이해하지 못하고 물었다. 그녀는 감탄의 범위를 벗어나 이제는 질려 버리고 있었다. 그녀 자신도 쇼와 함께 유난히 수다스러운 축이었지만, 익살로 밥을 먹고 사는 광대에게 비할 바가 아니었다. 에피는 믿기지 않는다는 눈으로 이언과 레미를 보고 있었다.

이언은 특유의 싸늘한 미소를 지으며 튜멜이 광대와 실랑이하는 광경을 즐기고 있었고, 레미는 묵묵히 침묵을 지키고 있었다. 전투가 끝나면 레미는 좀처럼 입을 열지 않았고 의도적으로 대화를 피했다. 일행들은 굳이 그런 레미에게 말을 걸어 불편하게 만들지 않았다.

"내가 해결하지. 덜떨어진 녀석에게는 몽둥이가 약이야."

쇼는 롱 소드를 뽑아 바닥에 던져 버리고 검집을 들고 일어섰다. 그때까지 의미없는 농담을 지껄이던 와이슨은 입을 다물었다. 쇼는 비죽 웃으며 검집으로 왼손바닥을 툭툭 두들겼다.

"지금부터 헛소리 한마디 할 때마다 뼈마디 하나씩 부러뜨려 버리겠어."

"에헤~ 아저씨, 무섭… 컥!"

쇼는 웃는 얼굴로 광대의 등짝을 검집으로 후려쳤다. 비록 얼굴은 웃고 있었지만 잘 단련된 하이 스카우터의 매질은 호락호락하지 않았다. 광대 와이슨은 클럽으로 얻어맞은 사람처럼 끙끙거리며 바닥을 뒹굴었다. 쇼는 몽둥이 대용으로 사용하기 시작한 검집으로 어깨를 툭툭 두드려 안마를 하면서 싱글싱글 웃고 있었다.

그는 웃으면서 검집이 얼마나 훌륭한 비살상 무기인지 보여주었다. 한편으로는 마음만 먹으면 언제든지 살상 무기가 될 수 있다는 가능성까지 보여주고 있었다.

"어디서 굴러먹던 녀석인지 모르지만 네놈들 때문에 저 비를 꼬박 맞으면서 싸웠다. 나라고 시체 만드는 일이 즐거운 줄 알아? 내가 왜 알지도 못하는 놈들을 위해서 싸워야 하는지는 모른다마는 입만 열면 신경을 벅벅 긁어대는 네놈의 말투는 정말 맘에 안 들어. 난 산자락에서 뒹굴던 놈이라 귀족 놈팽이들처럼 네놈의 웃기지도 않는 말장난을 즐거워하는 교양이 없어. 알아들었냐!"

쇼는 웃는 얼굴로 협박하는 것이 어떤 것인지 온몸으로 보여주었다. 평소에는 존재감도 없이 흐리멍텅하고 개성없는 얼굴이었지만 전투에 임할 때와 이런 경우에는 인상이 전혀 달라졌다. 냉기를 뿌리고 다니며 여러 사람을 불편하게 만드는 이언과는 또 달랐다.

레미는 쇼를 만류하며 뭐라고 해주고 싶었지만 입을 꾹 다물고 물러섰다. 그녀는 이언과는 달리 쇼에게는 그렇게 쉽게 질책하거나 빈정거리지 못했다. 그리고 이따금씩 자신에게 달라붙은 쇼의 무표정한 시선이 부담스럽기도 했다.

어쨌거나 일행들은 이후로도 상당한 인내력을 소모하고 나서야 만족할 만한 이야기를 들을 수 있었다.

"참 아름다운 이야기로군."

한참 동안의 침묵 끝에 쇼가 간단하게 감상을 표현했다. 일행들은 속이 거북한 눈으로 그를 바라보았다. 쇼는 모두를 대표해서 입을 열었다.

"그러니까, 이 머리가 조금 불편한 노인네가 발트하임 왕성 정문 앞에서 국왕에 대한 걸쭉한 욕지거리와 저주를 했다 이건가? 용케 왕성 경비병들에게서 도망쳐 나왔군. 라이어튼이 이렇게 터프한 곳이었어? 왕성 앞에서 '개자식 같은 국왕 녀석' 이라고 소리 질렀다고? 그것도 한두 번이 아니라고? 나원……."

쇼는 지독하게 어이가 없다는 표정으로 검집을 들고 자신의 자리로 되돌아가 버렸다. 자리에 앉으면서 습관처럼 힐끔 레미를 돌아보던 쇼는 그녀의 얼굴에 걸려 있는 슬픈 표정을 읽었다. 쇼는 그녀가 한마디라도 제지를 했다면 굳이 광대를 두들겨 팰 의사는 없었다. 시끄럽고 신경을 긁는 것은 사실이었지만 솔직히 그는 광대 따위는 아무래도 좋았다. 하지만 그녀는 자신을 막지 못했다. 그녀는 다른 사람들에게는 이언처럼 대하지 못했다.

튜멜은 너무 어이가 없다는 얼굴로 잠시 동안 말을 정리했다.

"개자식 같은 국왕과 음탕한 왕비라고? 왕성 앞에서? 어떻게 살아남아 여기까지 도망쳐 온 거지? 왕실 모독은 재판없이 교수형일 텐데?"

튜멜은 믿기지 않는다는 얼굴로 물었다.

"오오! 제기랄! 신이시여! 그 빌어먹을 국왕 자식과 음탕하고 더러운 왕비 년에게 벼락을! 그들이 앞으로도 영원히 자식을 갖지 못하기를! 만약에 자식이 생긴다면 그 자식은 두꺼비 같은 피부에 피고름이 줄줄 흐르고, 머리는 텅 비고, 가슴 속에는 더러운 정욕만이 가득 찬 그런 아기가 태어나게 해주소서. 그들이 평생 동안 지옥 같은 고통 속에서 신음하며 죽어가도록 해주소서! 오오! 악마다! 악마가 드디어 그놈들을 찾아가는구나! 그래, 잘한다! 세상 모든 악마들이 그 연놈들의 침실로 숨어 들어가 정욕밖에 모르는 그놈들을 저주하기를!! 그놈들이 살고 있는 왕성의 우물에는 개구리가 독을 풀고, 박쥐가 날아다니고, 독사들이 계단 위에 똬리를 틀게 되기를!! 밤이면 악령들이 잔치를 벌이고, 죽은 자들이 일어나 돌아다니기를! 오오! 잔혹한 자들에게 저주를!"

고개를 숙인 채 혼자 중얼거리던 노인은 갑자기 형형한 눈을 부릅뜨며 고래고래 소리를 지르기 시작했다. 노인의 목소리는 나이에 걸맞지 않게 쩌렁쩌렁하게 울렸고, 담겨진 내용은 꿈에서라도 기억하고 싶지 않은 내용들이었다. 그는 잠시도 쉬지 않고 두 손을 휘저으며 저주를 퍼부었다.

"이, 이런 소리를 왕성 앞에서 했단 말이냐?"

튜멜은 노인의 고함 소리 사이로 와이슨에게 물었다. 와이슨은 쇼에게 얻어맞은 등짝과 허벅지를 어루만지며 끙끙거리다가 또 히죽거리며 웃었다.

치열한 직업 의식인지, 원래 천성이 그런 것인지 그는 좀처럼 광대의 말투를 버리지 않았다. 광대들은 잠꼬대도 광대식 익살을 섞는다고 했다. 원래부터 광대라는 존재들은 귀족들의 조롱을 받아주는 것으로 살아가는 존재였다. 귀족들 중 누군가 자신의 얼굴에 계란을 던지고 즐거워한다면 광대는 기꺼이 계란에 맞은 얼굴로 히죽 웃으며 익살을 떨어야 했다. 그것은 광대로서의 무게였다.

"이 아저씨가 왕성 앞에서 질러댄 저주를 들었어야 해요, 도련님. 사람의 입에서 나올 수 있는 종류의 저주는 모두 등장했거든요. 우혜헤! 놀란 경비대원들. 너무나 놀라서 창을 떨어뜨린 경비대원도 있었지. 모두들 입을 헤벌쭉 벌리고 가만히 있었지. 너무나 놀라서 헤벌쭉, 심장은 덜컹! 데굴데굴. 경비대원들의 심장은 바닥을 굴러다녔지. 턱이 빠져 버린 경비대원, 면도를 하다 목을 잘라버린 경비대원, 밥을 먹다 목구멍이 막혀 죽은 경비대원, 여자 위에 엎드려 있다가 심장이 멎어버린 경비대원, 계단에서 넘어져 목뼈가 부러진 경비대원. 아저씨의 욕설은 투석기만큼이나 강력하지. 우혜혜! 투석기는 성벽을 무너뜨린다네. 우르릉! 꽝! 아저씨의 욕설은 경비대원을 무너뜨린다네. 캑! 사람 살려! 불쌍한 경비대원 살려!"

바보 광대 와이슨은 신이 나서 목청껏 떠들고 있었고, 노인은 여전히 두 손을 휘저으며 저주를 퍼붓고 있었다.

"어떻게 이들 두 사람이 살아 있는 거지?"

'제정신이 아니야. 이제는 다음번에 만나는 사람은 어떤 인간일지 상상조차 불가능해.'

튜멜은 정말로 심장 마비에 걸릴 것 같은 기분이었다. 국왕에 대한 모독은 분명히 사형이었다. 튜멜은 자신이 라이어른의 귀족 가문인 이상 이 노인에 대한 처벌을 해야 할 거라는 고민에 빠져 있었다. 결국 그는 천천히 일어서면서 검을 뽑아 들었다.

모두들 튜멜이 검을 뽑아 들자 어이가 없는 눈으로 튜멜을 바라보았다. 그는 허리를 펴고 헛기침을 하고는 진지한 얼굴로 노인을 내려다보면서 입을 열었다.

"그대는 분명 베오하이트 국왕 폐하를 모독했다. 이것은 가문 멸화에 해당하는 중죄. 재판없이 교수형에 처할 수 있다. 나는 국왕 폐하의 은총을 갚을 길 없는 미력한 가신이지만, 폐하께 누가되는 행동을 방관할 수는 없다. 무릎을 꿇어라."

"연습했냐? 그런 말을 즉흥적으로 잘도 하는군."

이언은 길게 하품을 하면서 입을 열었다. 튜멜은 자신이 보일 수 있는 가장 험악한 얼굴로 이언을 쏘아보기 시작했다.

"폐하께 영토를 하사받은 신하가 그 은혜를 갚는 길은 폐하의 위명에 해를 끼치는 자를 엄벌하는 것이다. 비꼬지 마라. 거듭 말하지만 난 그런 말투를 싫어한다."

튜멜은 검을 든 채로 이언을 노려보며 말했다. 이언은 여전히 하품을 하면서 입맛을 다시더니 미간을 조금 찌푸렸다.

"피곤하니까 그런 광대 짓은 그만둬. 광대는 여기 하나로 충분해서 미칠 지경이야."

"뭐, 뭐라고 한 거냐? 지금 나보고 광대라고 한 거냐?"

"귓구멍 파고 잘 들어. 그래서? 국왕 폐하의 드높은 휘광에 손자국 한번 냈다고 죽이시겠다? 멋지군. 어차피 그냥 놔둬도 상관없잖아? 미친 늙은이인데."

"사람 목숨을 우습게 여기는 미친 마법사가 그런 소리를 하니까 황당해."

레미가 갑자기 이언과 튜멜의 대화에 끼어들었다. 조금 전에도 벌써 여러 사람들이 죽었다. 그리고 여기 모인 일행들 중에서 가장 죄책감없이 사람을 죽이는 사람은 이언이었다.

그녀는 그런 이율배반적인 이언의 태도가 마음에 들지 않았다. 그녀는 항상 그렇게 자기 편한 식으로 사람의 가치를 판단해 버리는 그가 싫었다. 이언은 말을 끊고서 물끄러미 레미의 시선을 받아냈다.

　"너, 국적이 어디냐?"

　튜멜은 입술을 깨물며 이언에게 물었다. 이언은 귓구멍을 손가락으로 후비다가 헛웃음을 지었다.

　"알아서 뭐 하게?"

　"국적이 어디고, 무슨 목적으로 라이어른에서 얼쩡거리는 거냐? 게다가 라이어른의 귀족인 나보다 라이어른이나 다른 국제 정세에 밝은 이유가 뭐지? 혹시 박쥐냐?"

　"하고 많은 동물 중에 하필 왜 박쥐냐?"

　"샹들리에 그늘에 매달린 박쥐냐는 의미였다. 어느 깃발의 박쥐냐? 아메린 싸움닭이냐? 아니면 크림발츠 속치마냐? 그것도 아니면 혹시 폴리안의 미친 개냐?"

　"남작님, 말씀이 너무 심하신 거 아닐까요? 저 미친 마법사가 스파이라는 증거는 없어요. 게다가 스파이치고는 너무 미친 성격이라고 봐요."

　"박쥐가 아니라는 보장도 없습니다, 아낙스 양."

　"흥! 재미있군. 왜? 베일의 산 두더지나 스톨츠의 개구리, 아니, 왜 아피아노의 돼지새끼는 아니냐고 묻지 않지?"

　"이봐! 내가 왜 산 두더지야? 라이어른의 교활한 푸른 늑대한테 심한 소리 들은 걸 왜 나한테 화풀이야?"

　쇼가 이언의 말을 끊으며 반박했다. 일행들은 불편해진 시선을 서로 교환하기 시작했다. 그의 말은 결정적으로 모두의 은밀한 부위를 건드리고 말았다. 일행 중에 라이어른 출신이 압도적으로 많은 관계로 시선은 그다지 편치 못했다. 더군다나 이곳은 라이어른의 영토였다.

'그러고 보니… 국적들이 제각각이야. 디르거 경과 이언은 국적이 어디지? 이언의 검은 머리는 대륙 동쪽이라는 의미인데. 폴리안이나 스톨츠 같은 곳…….'

문득 새로운 사실을 발견한 레미는 입술을 깨물며 이리저리 시선을 가누지 못했다. 팽팽한 긴장감 속에서 저마다 불편한 시선을 교환했다. 한 손에 검을 들고 서 있는 튜멜과 앉아서 하품을 하며 비웃음을 머금고 있는 이언은 당장 폭발해도 이상하지 않을 정도였다.

갑자기 에피가 손을 들었다. 검을 든 튜멜과 앉아 있는 이언과 반쯤 누운채 롱 소드 손잡이를 잡고 있던 쇼가 동시에 에피를 바라보았다. 국적이 다른 세 사람은 누가 먼저 폭발할지 가늠하기 힘든 분위기를 유지하고 있었다. 에피는 손을 내리더니 천천히 입을 열었다.

"배고파."

"푸하하!"

쇼는 롱 소드의 손잡이를 놓으며 유쾌하게 웃었고, 이언은 피식 미소를 지었다. 레미는 안도의 한숨을 쉬면서 에피에게 살짝 미소를 지어주었다.

천성 때문인지 경험 덕분인지 에피는 종종 불편한 상황을 은근슬쩍 넘겨 버리는 재주가 있었다. 그녀로서는 도저히 흉내조차 내지 못할 재주였다. 튜멜은 자신이 상당히 우스운 상황에 빠졌다는 것을 깨달았다. 지금 다시 노인의 문제를 제기하는 것도, 수상한 이언에 대한 심문도 결과적으로 자신에게 유리한 것은 없었다.

"국적은 다를지 몰라도, 일단은 일행이에요. 이것도 엄연한 조직이고, 조직의 내분은 조직 붕괴의 첫 단계죠. 그런 유치한 명제를 증명할 필요는 없다고 봐요."

레미는 간신히 찾은 돌파구를 놓치지 않았다.

"아낙스 양께서 그렇게 말씀하신다면… 이 문제는 접어두기로 하죠."

튜멜은 이마를 타고 흐르는 땀방울을 느끼며 검을 집어넣었다. 여전히 비가 내리는 가운데 에피는 식사를 준비하기 시작했다. 튜멜은 불편한 기분으로 뭐라고 혼자서 중얼거리고 있는 노인과 이언을 번갈아 바라보고 있었다. 그런 튜멜의 모습을 보고 레미는 가볍게 한숨을 쉬었다.

"그런데 이상하잖아?"

이언이 한참 만에 입을 열었다. 모두의 시선이 이언에게로 쏠렸다. 특히 이언에 대해서 케케묵은 앙금이 여전히 남아 있는 튜멜의 시선은 결코 곱지 않았다. 이언은 그의 시선을 완전히 무시하고 있었다.

그는 굉장히 피곤한 얼굴로 턱을 긁적거렸다. 그리고는 천천히 모두를 보며 어깨를 으쓱해 보였다.

"첫째, 저 노인네가 왕실 모독이라는 웃기지도 않는 중죄 때문에 쫓기는 건 이해가 되지만, 어째서 게일의 기사단이 추적을 하는 거지? 둘째, 그 유명한 라이어른의 사자왕(Lionheart) 제노스 라이침버 베오하이트(Jenos Leizimber Weoheitt) 발트하임 국왕과 그 왕비가 개자식이란 호칭에 어울리는 인물이었나?"

〈 5 〉

"이번 파견은 성과가 없었군요."

"상호 불가침 조약을 더욱 확고히 한 것만으로도 충분하지. 애초부터 크림발츠가 쉽게 군대를 내줄 거라고는 생각하지 않았네."

라이어른 맹약국의 맹약 종주국 발트하임의 외정관 트라이츠 에윈 후작은 멀리서 바스러져 가는 저녁놀을 바라보며 말했다.

에윈 후작은 한 손에 들고 있던 크림발츠 남부산 화이트 와인의 향을 음미했다.

아메린 남부의 샤웬 평야 지방 특산인 '라 디볼(La' Divoll)' 레드와인과 크림발츠 남부의 튜앙(TooAng) 지방의 화이트 와인 '미소 여왕(Lachel-knronige)', 그리고 오직 녹해 한가운데에 위치한 크림발츠령 실리(Silie) 섬에서만 나는 희귀한 핑크 와인인 '파놀리아(Fhanoriah)'는 대륙 3대 와인에 속했다.

베일 칸토 연합과 라이어른 남부에도 엄청난 숫자의 와인 산지가 밀집해 있었지만, 2급품 와인 이상으로 대우받지는 못하고 있었다. 물론 2급품이라는 것 자체로도 이미 상당한 가격에 이르기 때문에 평민들과는 거리가 멀었다. 부유한 평민들은 3급품 와인을, 보통의 평민들은 마을 주조장에서 대충 만들어낸 등급도 매겨지지 못한 와인을 사용했다.

당연하지만 그러한 혜택도 와인 산지 주변에 위치한 지방에서의 말이고 대부분의 지방에서는 와인을 구하기조차 힘들었다.

"미소 여왕 중에서도 페린(Fehrin) 지방의 912년산이라… 자네도 마셔보게나. 이런 와인은 본국으로 귀국해서는 절대로 맛보지 못할 걸세."

"죄송하지만, 근무 중입니다."

외정관 에윈 후작의 비서관 겸 호위 기사인 린돌프(Lindolf)는 허리를 편 자세로 짧게 대답했다. 그는 턱수염을 쓰다듬으며 허허 웃었다.

"자넨 역시 군인으로 남아 있어야 했을 거네. 나처럼 무능력한 삼류 정치인의 비서관 따위를 할 게 아니라."

"아닙니다. 후작님께서는 존경받으시기에 충분하십니다."

린돌프는 무표정한 얼굴로 그렇게 대답했다. 에윈 후작은 미소를 지으며 다시 창밖을 바라보았다.

뾰족하고 높은 첨탑들과 화려하고 기교적인 지붕들로 이루어진 내성 시가지 너머로 태양이 지친 몸을 누이고 있었다. 화려한 지붕의 처마에 조각된 가고일 석상이 와인처럼 붉은 노을을 받아 기괴한 그림자를 만들어냈다.

에윈 후작은 크림발츠를 사랑했다. 젊은 시절, 크림발츠의 수도인 하리야나에서 수학을 했고, 이곳 크림발츠의 대사까지 지낸 적이 있었던 에윈 후작은 자신이 살았던 삶의 절반을 이곳에서 보냈다.

어찌 보면 그는 조국인 라이어른보다 크림발츠에 더 친근감을 느꼈고, 마음의 평화를 얻었다. 한때는 귀족이면서도 특이하게 건축가를 지망했던 후작은 크림발츠와 아메린에서만 볼 수 있는 거대 건축물들에게 경외감을 느꼈다.

화려하고 장엄하기까지 한 높은 첨탑들과 정교하고 아름다운 문양과 조각들로 꾸며진 거대 저택들과 왕성, 외경심을 자아내는 종교적인 스테인드글라스들은 후작에게 항상 예술적인 감흥을 불러일으켰다. 대륙을 통틀어서 이런 수직적으로 아름다운 건축물들을 가진 국가는 아메린과 크림발츠밖에 없었다. 그리고 후작은 그중에서 크림발츠의 문화를 사랑했다.

몇 시간 동안을 바라봐도 아무런 잡념조차 떠오르지 않도록 만드는 아름다운 성당과 저택들이 도처에 널려 있었다. 후작은 젊은 시절, 처음으로 크림발츠를 방문했을 때의 충격을 아직도 기억하고 있었다.

'아쉽군. 이제 내 생전에 다시 이곳을 밟을 기회가 있을까?'

후작은 그런 생각에 잠겨 이제는 거의 스러진 저녁놀을 감상하며 와인을 마시고 있었다.

등 뒤에서 린돌프가 조용하게 불을 밝히는 기척이 느껴졌다. 그는 몸을 돌리려고 했지만, 이제는 너무나 희미해져 짙은 남색으로 변해가는 시가지의 하늘에서 눈을 떼지 못했다. 한순간이라도 좋았다. 조금만 더 저 모습을 눈에 담아두고 싶었다.

"나도 늙었군… 감상에 빠지다니 말이야."

"후작님께서는 아직도 충분히 정치 일선에서 우리 발트하임을, 아니, 라이어른 맹약국 전체를 위해 많은 일을 하실 수가 있습니다. 여왕의 치마폭에서 어리광이나 부리는 칙명관이 소심해서 앞을 내다보지 못했을 뿐입니다."

에윈 후작은 눈살을 조금 찌푸렸다. 린돌프는 확실히 젊었고, 패기만만했다. 하지만 외교 사절이 가져야 할 기본적인 조심성은 아직도 부족했다.

"그런 말은 이곳 크림발츠 왕성 내에서 하기에는 조금 문제가 있지 않을까? 그리고 자네는 아직 젊어서 케언 칙명관이 어떤 사내인지 깨닫지 못하는구만."

에윈 후작은 항상 부드러운 미소를 짓는 미남인 케언을 떠올리며 한숨을 쉬었다.

"이번 회담으로 알게 되었지만, 그 친구는 그리 호락호락하지 않다네. 대답 하나하나에 빈틈없는 계산이 깔린 친구야. 이렇게 무능력한 나로서는 도저히 그 친구의 의중을 짐작조차 할 수 없었다네. 적으로 돌려진다면 한없이 두려운 상대지."

"명심하겠습니다."

후작은 젊고 패기 넘치는 젊은 사내에게 빙긋 웃어주었다. 에윈 후작은 비서관의 기사단 시절 경력을 알고 있었다. 발트하임의 최연소, 최단시간 진급 기록을 끊임없이 갱신하던 사내였다. 그리고 그가 자신의 비서관이 된 이유도 짐작할 수 있었다.

'나를 정치계 입문을 위한 포석으로 삼았겠지. 아버지가 죽고 가문 작위를 계승하면 바로 입문하려고 들 거야. 젊은 나이치고는 멀리

보는군. 하지만 나를 선택한 건 실수야. 세상은 변하고, 나는 시대에 뒤떨어지고 있으니까.'

대류의 수호자 폴리안 침공을 위해서 크림발츠의 막강한 군사력을 동원하려던 계획은 실패로 끝났다. 라이어른 맹약국들은 자신들의 힘만으로 폴리안을 상대해야 할 것이다. 지극히 낮은 승률의 도박을 시도했지만, 결국 라이어른이 가진 힘의 한계를 드러내는 손해를 봤을 뿐 얻은 것은 하나도 없었다.

에윈 후작은 마족들의 대류 진출을 막아내는 폴리안의 막강한 군사력을 제압할 수 있을지 회의를 느끼고 있었다. 하지만 그런 것은 국왕 폐하와 총기사단장이 고민할 문제였다.

'베일과 스톨츠 같은 약소국은 함부로 입을 놀리지 않을 거고, 남은 것은 동쪽의 아메린뿐인가?'

외정관 에윈 후작은 동쪽의 또 다른 복병 아메린이 어떤 식으로 반응할런지 걱정되었다. 현재 크림발츠와 상호 불가침을 맺은 이상 라이어른에서 아메린과 어떤 방식으로라도 접촉을 하게 된다면 크림발츠를 자극하게 될 것이다.

짧은 순간이었지만, 그는 어째서 대류에 이렇게 강대국들이 많은가 하는 회의를 느꼈다. 아메인, 크림발츠, 폴리안. 각자 대류의 서부, 남부, 동부를 차지하고서 막강한 세력을 유지했다.

그들이 기침하면 대류의 군소 국가들은 지독한 열병을 앓았고, 그들이 기지개를 켜면 군소 국가들은 국가 기반 자체가 흔들거렸다. 그는 새삼 그들에게 뒤지지 않는 영토를 가졌는데도 힘없이 내분을 일삼은 라이어른에게 회의를 느꼈다. 어째서 그래야 하는가? 당연하지만 그에게는 해답이 없었다.

에윈 후작은 솔직히 아메린과 라이어른의 국경선이 그다지 길지 않다는 사실에 조금은 안도하는 심정이었다. 또한 아메린이 내전 이후 대륙에 대해 철저하게 폐쇄적인 정책을 펴고 있다는 점도 다행이라고 생각했다. 그들은 좀처럼 밖으로 눈을 돌리지 않았고 대외적인 접촉까지 기피했다.

'사자왕 전하께서는 어째서 무익하게 폴리안과의 전면전을 생각하시는 걸까?'

에윈 후작은 자신이 너무 많이 마시고 있다는 생각을 하면서도 다시 와인 잔을 채우고 있었다. 남부산 1급품 와인은 끊임없이 자신을 유혹하고 있었다. 그리고 크림발츠의 모든 것들이 집요하게 그의 마음을 잡아끌고 있었다.

후작은 자신이 어딘지 모를 본능적인 초조감을 느끼고 있다는 생각을 했다. 폴리안과 전쟁이 시작되면 앞으로의 일을 한 치도 예측할 수 없을 터였다. 어쩌면 두 번 다시 이곳 크림발츠의 아름다운 건축물과 와인들을 즐길 수 없을지도 몰랐다. 후작은 그럴지도 모른다는 가정에 불안감을 느끼고 있었다.

그는 조국의 미래보다는 저 아름다운 조각으로 장식된 크림발츠의 저택들을 감상하지 못할지도 모른다는 사실에 불안했다. 그런 생각을 한다는 것 때문에 그 자신은 이미 발트하임의 외정관으로서의 자격이 없다고 생각했지만, 감성은 좀처럼 이성을 따라잡지 못했다. 이미 예전 같지 않다고 느끼고 있는 후작은 젊은 시절의 패기보다는 편안한 일상 속에서 자신의 생을 정리하고 싶었다.

'이번 전쟁이 끝나면 은퇴를 하고 이곳 크림발츠에 정착해서 생을 정리하고 싶군.'

에윈 후작은 그런 생각을 하면서 다시 와인 잔을 기울였다.

그때 부드럽지만 조용한 노크 소리가 들려왔다. 린돌프는 조심스럽게 출입 문으로 다가가 문을 열었다.

회색 빛 제복을 입은 시녀가 쟁반을 받쳐 들고 서 있었고, 두 명의 왕실 근위대원이 복도 저편에서 경계를 서고 있는 모습이 눈에 들어왔다.

근위대원들은 국가 사절에 대한 경호를 목적으로 하고 있었지만, 또한 사절단에 대한 엄중한 감시 역활을 겸하고 있을 터였다. 린돌프는 문틈으로 근위대원들을 노려보았다. 그들은 대리석상처럼 움직이지 않았다.

린돌프는 모르고 있었지만, 에윈 후작은 사병 복장으로 서 있는 근위대원들이 사실은 근위대 고급 장교일 거라는 사실을 알고 있었다. 크림발츠의 장교들은 임무를 위해서 사병 복장을 하는 데에 아무런 거부감이 없었다. 영관급 고급 장교들도 임무를 위해서 거적을 뒤집어쓰고 거지 행세를 하는 데 일말의 망설임도 없었다.

그의 모국 라이어른의 장교들과는 차별되는 모습이었다. 그는 크림발츠를 사랑하는 만큼 모국에 대해 자세히 알고 있었다. 그것이 그가 크림발츠 특사로 파견된 이유였다.

"Moi Asie?"

실내로 들어선 시녀는 낮지만 또박또박한 음성의 중앙어로 인사를 했다. 특사들의 시중을 들기 위해 배치된 시녀들이었지만, 라이어른 어를 할 정도로 교육 수준이 높지는 않았다. 물론 에윈 후작은 중앙어를 쓰는 데 별로 불편함이 없었다.

"Jah, Dank. Moi Adur?"

에윈 후작은 미소를 지으며 가볍게 손짓을 했다. 그의 인사를 받은 시녀는 무릎을 살짝 굽혀 답례를 하고는 미소를 지으며 다시 중앙어로 입을 열었다.

"Shurlgen Asie. Ihe brieg ei winne, Wesa denkel Asie?"

"Jah! Dank, Dank ser lot! Leg ei eis Tabel."

"Jah, Asie."

시녀는 잘 훈련받은 미소를 머금은 얼굴로 흔들림없이 탁자 쪽으로 걸어갔다. 린돌프는 잔뜩 찡그린 얼굴로 시녀의 뒤통수를 쏘아보다가 나직히 물었다.

"뭐라고 하는 겁니까?"

"자넨 외국어부터 공부하는 게 좋겠네. 이건 기초 회화가 아닌가?"

"돌아가면 중앙어를 공부할 생각입니다. 뭐라고 하는 겁니까?"

"와인을 가져왔는데 어떡할 거냐고 물었다네. 그래서 탁자 위에 두라고 했지."

에윈 후작의 설명에 린돌프는 수긍하는 표정을 지었다.

'케언 칙명관은 빈틈이 없군. 떠나기 전날까지 날 취하게 만들다니. 떠나는 순간까지 환대를 받았다는 인상을 주려는 의도겠지.'

에윈 후작은 탁자 위에 올려진 와인 병을 보면서 그런 생각을 했다.

"Shurlgen Asie. Konne asie mi ei veit ei paus? Yas wa so wicht. Konne asie wie nuh alain? bitwe."

에윈 후작은 자신의 생각에 몰두하다가 잘못 들었다고 생각했다.

'단둘만의 시간을 내어달라니?'

에윈 후작은 시녀를 바라보았다. 시녀는 조용히 미소를 짓고 있었다.

"Shurlge… Konn adu bitwe eimal biewole? Weas sag adu?"

후작이 혹시 자신이 잘못 들었나 싶어서 재차 물었을 때, 시녀는 고개를 숙이면서 수줍게 웃었다. 하지만 그녀의 목소리는 단호했다.

"Jah, ihe sag ess, asie wie nuh alain konne. Bitwe. BITWE!"

그녀가 마지막에 '제발 부탁드립니다(Bitwe)'를 두 번이나 강조하자 후작은 난처한 표정을 지을 수밖에 없었다. 이런 상황은 그도 예기치 못했었다.

"저 여자… 뭐라고 하는 겁니까?"

에윈 후작은 턱수염을 만지작거리며 고민에 빠져 쉽사리 린돌프에게 대답을 하지 못했다. 그는 두 사람의 시선을 피해 탁자 위에 놓여진 와인 병을 바라보고 있었다.

린돌프는 불만스러운 표정으로 시녀를 노려보았고, 시녀는 얼굴을 붉히며 고개를 숙였다.

'설마… 그런 의도인가? 새삼스럽게 떠나기 전날 여자를 제공하는 의도가 뭐지?'

나름대로 늦은 시간에 시녀가 찾아온 이유를 추리하던 린돌프는 한 가지 결론에 도달했다. 부탁하지도 않은 와인을 새로 들고 찾아온 미녀가 이끌어내는 결론은 그다지 다양하지 못했다.

린돌프는 크림발츠로 파견되는 상황을 예측하고 중앙어를 공부하지 않은 자신을 책망했다. 기사 수업에는 외국어도 포함되었고, 그중에서도 대륙 공용어에 가까운 중앙어는 거의 모든 국가에서 우선 순위 외국어로 취급되었다.

물론 중앙어를 모국어로 쓰는 국가는 아메린과 크림발츠뿐이지만, 두 국가의 국력은 중앙어를 공용어로 쓰게 만들기에 충분했다. 하지만 원정 기사단이 아닌 이상 중앙어를 공부하는 기사는 극히 드물었다. 그리고 린돌프는 중앙어를 배우지 않은 기사 축에 속했다.

"B.I.T.W.E…… Bitwe asie sag ehr nuh ess, ihe serwe asie in eis nite."

"W… Weas? adu! Na Jah, ihe sag ehr."

에윈 후작은 가볍게 헛기침을 하고는 린돌프를 바라보았다.

"흐음, 미안하네만……."

"그럼, 물러가겠습니다. 안녕히 주무십시오. 너무 무리는 하지 마시기 바랍니다."

에윈 후작은 자신의 얼굴이 달아오르는 느낌을 받았다. 이 나이에 여자를 밝힌다는 소리는 결코 듣고 싶지 않았다. 그는 시녀가 일러준 말로 둘만의 자리를 만들려고 했는데 비서관이 지레짐작하자 씁쓸한 표정을 지었다. 그로서는 입에 담기 민망한 말을 할 필요가 없어져 다행이지만 입맛이 쓴 것은 어쩔 수 없었다.

린돌프는 가볍게 인사를 하고는 시녀를 조금 깔보는 시선으로 흘겨보면서 조용히 밖으로 나가 버렸다.

"흐음."

에윈 후작은 민망한 기분이 들어서 다시 헛기침을 했다.

"침대로 먼저 가시지요, 후작님."

"아니? 자네……."

"네, 라이어른 어를 할 줄 압니다. 비록 악센트는 틀리지만."

"그 정도면 훌륭하네만, 아까는 어째서 중앙어를……."

"후작님의 비서관은 중앙어를 모르지요. 그리고 시녀 따위가 외국어에 능통하다면 당연히 의심을 하겠지요?"

시녀는 조용히 웃으면서 침대 주변만 남기고 모든 조명을 껐다. 그리고 천천히 제복을 벗기 시작했다. 시녀가 슈미즈를 벗을 즈음 에윈 후작은 비로소 시녀를 자세히 바라보았다.

곱실거리는 갈색 머리의 시녀는 20대 중후반쯤으로 보이는 미녀였다. 그녀는 여전히 미소를 조용하게 머금고 있었다.

에윈 후작은 마법에라도 빠진 듯 느리게 침대 쪽으로 걸어갔다. 그리고 시녀는 천천히 후작에게 다가와 옷깃을 풀기 시작했다.

"치, 칙명관의 지시인가?"

"아뇨, 케언님께서는 모르시는 일입니다. 다른 분의 지시를 받았습니다."

"누구인가? 설마 여왕 폐하께서?"

"설마요. 저희 여왕 폐하께서는 그런 분이 아니십니다. 그리고 저희 크림발츠에서는 이런 식의 인사치레가 없다는 걸 잘 아시지 않나요?"

"모, 목적이 뭔가?"

"침대로 올라가세요."

에윈 후작과 시녀는 나란히 침대 시트 속으로 들어갔다. 시녀는 가만히 후작의 목을 끌어안았다. 후작은 시녀의 속살이 와 닿자 흠칫 몸을 떨었다. 나이를 먹으면서 자연 여자를 멀리하게 된 그였다. 더군다나 아내와 사별한 이후로는 여자를 가까이 한 적이 한 번도 없었다. 그런 그의 품 안에 젊은 여자가 안겨 있었다.

"새겨 들으세요. 지금 귀국, 발트하임에 어떤 여행자들이 있답니다. 지금쯤 검은평원 어디엔가 있을 거예요. 동쪽으로 여행 중인데 어쩌면 평원을 벗어났을지도 몰라요."

"응? 갑자기 무슨 소리인가?"

시녀는 여전히 후작의 목을 끌어안고 귓가에 낮게 소곤거리고 있었다. 후작은 자신에게 와 닿는 시녀의 체온 때문에 좀처럼 대화에 집중하지 못했다.

"듣기만 하세요. 귀국 발트하임의 테일부룩이라는 지방의 영주로 있는 케이시 튜멜 남작이 그 여행자들의 리더입니다."

"그런 지명은 모르는데… 어디쯤인가?"

"나중에 찾아보시죠. 튜멜 남작 일행의 신병을 최대한 빨리 확보하시죠. 아마 대륙 역사상 전무후무한 스캔들이 될 거예요. 남작 일행을 잡아둘 수 있다면 크림발츠의 군사력은 라이어른의 수중에 들어가게 됩니다. 어쩌면 라이어른이 대륙 최대 강대국이 될 지도 모르죠."

"그런 소리를 믿으라는 건가? 고작 일개 남작의 일행들을 잡아 가두는 것으로?"

"그들이 누구인지는 잡아들여서 조사해 보시면 알게 됩니다. 크림발츠에서는 가장 중요한 인물이죠."

"인질극을 벌이라는 말인가? 크림발츠를 상대로? 자칫 라이어른이 쑥대밭이 되는 건? 그런 건 생각하지 않는 건가?"

"모든 가치있는 일에는 위험이 따르는 법입니다. 참고로 크림발츠 왕족과 관련된 일이죠. 케언 공작님께서도 어찌하실 수 없을 겁니다. 후후."

"와, 왕족?! …흐윽! 그, 그만두게……."

에윈 후작은 시녀의 손길이 아래로 내려오자 신음을 참으며 말했다.

"이 정도 힌트를 드려도 파악하지 못하신다면, 그분께서 실수하신 거군요."

"그분? 누구의 명령을 받았는가? 목적이 뭐지? 자네 말을 그대로 믿는다고 쳐도, 조국을 배신하는 이유가 뭐지? 뭐를 위한 건가?"

"냄새를 피워도 먹이를 찾아내지 못하는 푸른 늑대는 더 이상 푸른 늑대가 아니죠. 후후, 좀 더 자세히 알려드릴까요?"

시녀는 에윈 후작의 귓가에 뜨거운 숨결을 불어넣으며 낮게 속삭였다. 그 단어들은 에윈 후작으로 하여금 온몸이 얼어붙게 만들기에 충분했다. 하지만 후작은 끊임없이 계속되는 시녀의 손길에 다시 몸을 떨었다.

'이런 황당한 말을 믿어야 하는 건가? 정상인이라면 아무도 믿지 않을 거야.'

에윈 후작은 아득해져 가는 의식을 부여잡으려 애쓰면서 그런 생각을 했다. 왕족이라고 했다. 만약 이 정체 불명의 시녀가 진짜 정보를 주는 거라면 둘도 없는 기회였다.

아무리 왕궁 측에서 단속을 해도 왕궁 내 기밀 정보가 빠져나가는 것은 보통 궁내부원이나 시녀를 통해서였다. 물론 그들이 고급정보를 접촉할 기회는 없었지만, '요즘 국왕 폐하께서 어전 회의를 주관하지 않으십니다' 정도의 풍문에 가까운 정보를 접하면 더 많은 것들을 알게 될 수 있었다.

에윈 후작은 현재 크림발츠로 유학을 와서 수학 중인 많은 젊은 귀족들을 생각했다. 그들 중 상당수는 크림발츠 귀족들과의 유대관계를 바탕으로 스파이 활동을 하고 있었다.

예로부터 유학생만큼 스파이로 쓰기 좋은 인재들은 없었다. 그들은 젊고 패기에 넘쳤고, 명석한 두뇌를 갖고 있었다. 몇 마디 말로도 그들은 애국심에 불타올랐고, 유학 중인 나라의 귀족들과 친분 관계를 트고 스파이 활동을 했다.

라이어른도 마찬가지였다. 바로 에윈 후작조차도 젊은 시절에 몇 번 애국심에 눈이 멀어서 크림발츠의 지인들을 배신하고 스파이 활동을 했던 전력이 있었다.

'가치가 있을지도 모르지. 손해보는 것은 없겠지.'

에윈 후작은 이 모든 것들이 케언 공작이 크림발츠 내의 라이어른 스파이들을 색출해 내기 위한 미끼일지도 모른다고 생각했지만, 가치는 있다고 판단했다. 그리고 그의 상념은 시녀가 천천히 자신의 위로 올라오는 순간 표백되어 버렸다. 시녀의 관능적인 손길 속에서 에윈 후작은 서서히 이성이 느슨해지고 있었다.

〈 6 〉

"하암."

젊은 여자는 하품을 하면서 촛불을 들고 복도를 나섰다. 그녀의 하얀 속치마는 어둠 속에서 유난스럽게 보였다. 하녀장이 본다면 노발대발할 만한 차림새였다. 하지만 여자는 다들 잠든 시간에 잠깐 화장실을 다녀오는데 옷을 챙겨 입을 필요를 못 느꼈다.

'집 안이 왜 이리 추운 거지? 기분 탓인가? 이 냄새는 또 뭐고?'

그녀는 가볍게 어깨를 떨었다. 엊저녁에 생선 요리를 하지 않았는데 집 안을 맴도는 비릿한 냄새에 그녀는 코끝을 만지작거렸다. 그녀는 복도가 무엇인가 달라진 것 같다는 느낌이 들었지만, 어딘가 창문이 열려진 탓이라고 생각하고 있었다.

복도 모서리를 돌아서던 그녀는 앞에 무언가 있다는 것을 발견했다. 하녀는 그 그림자가 사람의 모습이라는 것을 깨달았고, 순간 의아함을 느꼈다.

'누군데 불도 안 켜고…….'

그리고 하녀가 입을 벌리는 순간 무언가 거친 것이 그녀의 입을 틀어막았다.

'뭐… 뭐……?'

하지만 하녀가 마지막으로 느낀 것은 자신의 입을 틀어막은 거친 무엇인가가 있다는 것이 전부였다. 그녀가 미처 공포를 느끼기도 전에 그녀의 목을 무언가가 스치고 지나갔다. 차갑고 섬뜩한 무엇인가였지만, 평범한 여자에 불과한 그녀는 그것마저 느끼지 못할 만큼 순간적인 일이었다.

하녀는 반항하거나 비명을 지르는 것은 고사하고 무슨 일이었는지도 미처 깨닫지 못했다. 뜨거운 핏줄기가 목에서 뿜어져 나와 어둠 속에서 희게 빛나는 벽으로 뿜어졌다. 하녀는 눈을 치뜬 자세로 몸을 떨었다.

목에서 뿜어져 나오던 피는 서서히 고개를 숙이며 약해지더니 하얀 속치마를 검게 적시며 아래로 흘러내리기 시작했다. 혈압이 급격히 낮아지면서 피는 상처에서 흘러나와 하녀의 목을 타고 흘러내렸다.

검은 옷과 복면으로 자신을 감싼 사내는 자신이 입을 막고 있는 하녀의 몸이 무거워지기 시작했음을 깨달았다. 사내는 다시 한 번 검을 들었다. 레카(Krecaa)라는 이름의 숏 소드가 사내의 손에 들려 있었다.

원래 레카는 야르 산맥 언저리의 식인종들인 '지옥의 누아' 족 전통 무기였다. 숏 소드와 비슷한 크기지만 월등하게 예리했고, 한쪽의 검날은 톱니 형태를 갖고 있었다.

사내는 다시 한 번 검을 움직여 하녀의 목에 있는 동맥을 베어냈고, 어둠 속에서도 정확하게 하녀의 심장을 찔렀다. 한동안 꿈틀거리며 솟아오르던 핏줄기는 이제 어둠 속에서 조용하게 흘러내리며 하녀의 속옷을 적시고 있었다.

사내가 손을 풀자 하녀의 시체가 바닥을 뒹굴었다. 사내는 어둠 속에서 물끄러미 하녀의 모습을 내려다보았다. 살인에 대한 죄책감은 아니었다. 단지 만의 하나, 하녀가 살아남아 있을 가능성을 확인했을 뿐이었다.

"……."

사내는 어둠 속에서 손짓을 했고, 벽의 그늘에 숨어 있던 사내들이 다시 소리없이 움직이기 시작했다. 레카를 손에 든 사내들은 재빠르게 집 안을 누비기 시작했다. 그들은 발걸음 소리도 없었고, 부주의하게 물건을 건드려 소음을 내지도 않았다.

흐린 날씨 탓인지 창문 너머로 별다른 빛이 들어오지 않았다.

"……."

사내는 물끄러미 침대 곁 그늘에 서서 침대 위를 바라보았다. 레이스로 장식된 하얀 침대 시트는 어둠 속에서 검게 물들어 있었다. 무언가 끈적이고 질척한 것이 시트 위에 고여 있었고, 비릿한 내음을 풍겼다.

사내는 천천히 손을 뻗었다. 침대 위에는 12살 전후의 어린 여자아이가 기묘한 자세로 누워 있었다. 사내는 손끝으로 여자 아이의 맥박을 확인했다. 사내의 눈은 오랜 훈련 때문에 어둠 속에서 확실하게 적응되어 있었다. 이제 겨우 10살을 넘어 보이는 어린 여자 아이의 목은 5번에 걸쳐 검으로 베어져 있었기 때문에 이제는 너덜거릴 지경이었다.

최후까지 미약하게 생명력을 발휘하던 심장 때문에 절반 이상의 피가 뿜어져 나와 버린 상태였고, 이제는 상처로부터 가늘게 방울져 떨어지고 있었다. 사내는 익숙한 솜씨로 망설임없이 여자 아이의 시체에 다시 검을 찔러 넣고는 수직으로 그어내렸다. 아직 체온을 유지하는 소녀의 내장들이 질퍽한 침대 위로 쏟아져 나왔다.

"그럴 필요까지 있는가? 이미 죽었는데?"

어둠 속에서 방 안으로 들어온 사내가 낮게 숨죽인 목소리로 물었다. 검을 들고 있던 사내는 조용히 고개를 돌렸다. 역시 검은 옷으로 감싼 사내가 어둠 저편에 서 있었다.

라이너 디케(Lainer Dyke)는 가벼운 욕지기를 느끼고 있었다. 전장에서 시체에 익숙해져 있었지만, 그가 생각하기에 이건 정도가 심했다.

'지독한 개백정 같은 녀석들······.'

라이너는 복면 속에서 가볍게 미간을 찡그리고는 다시 입을 열었다.

"가볼까? 라 카이넬(L' Kainell) 자작은 어떻게 주무시고 계신지?"

라이너와 사내들은 어둠 속에서 조용하게 부부 침실로 이동했다. 이미 저택의 경비병들과 하인, 하녀들은 오래전에 시체가 된 후였다.

라이너는 스스로가 자신이 남들보다 담대한 심장을 갖고 있다고 자부하고 있었다. 하지만 라 카이넬 자작 부부의 침실로 들어서는 순간 치솟아오르는 욕지기를 참기 위해 헛바람을 들이켰다.

라 카이넬 자작 부부의 침대 상황은 흐릿한 어둠 속에서도 지독히 또렷하게 보일 지경이었다.

라이너는 침대 캐노피에 흔들거리며 매달려 있는 것이 결코 장식이 아니라고, 자신의 명예를 걸고 확신할 수 있었다. 그건 사람의 내장이었다.

"이래 가지고는 누가 죽었는지 구별도 못하겠군……."

라이너는 한숨을 쉬면서 침대를 확인하고는 간단하게 감상을 표현했다. 그의 말처럼 침대 위에는 누구의 시체인지도 확인하기 불가능한 상황이 벌어져 있었다. 빈정거리는 그의 감상을 트집 잡는 사내들은 없었다. 그들은 애초부터 그런 것에는 전혀 관심이 없었다.

사내들은 빠르게 침실을 뒤져 보석과 장신구들을 챙기고 있었다. 그들은 보석들을 그저 특이한 돌멩이 정도로 여기고 있었지만, 계획상 모든 귀중품들을 챙겨야 했다. 무언가 '도둑' 맞아야 했기 때문이었다.

"상관없겠지? 이런 거 하나쯤 가져가도?"

라이너는 보석함에서 사파이어와 에메랄드로 장식된 반지와 보석 몇 개를 챙기며 히죽 웃었다. 라이너는 자신은 그래도 정상인이라고 생각했고, 그 증거로 적당히 챙기는 것쯤은 상관없다고 생각했다. 어치피 이 보석들의 주인은 더 이상 이 세상 사람이 아니었다.

'보석 한두 개 없어진 거야 문제되진 않겠지.'

라이너는 복면 속에서 히죽 웃었다.

"흐음, 오늘따라 홍차 맛이 좀 각별하군. 뭔가 즐거운 소식이 있을 것 같아."

민트 케언은 자신의 집무실 창가에 앉아서 찻잔을 기울였다. 이제는 더워지는 햇살이 열려진 창문 너머로 쏟아져 들어오고 있었다. 칙명관이 오전에 처리해야 하는 서류 뭉치들을 집무실 책상에 올려두던 엔스터 데일 후작은 힐끔 케언을 바라보았다.

"지난밤에 라 카이넬 자작은 안녕히 주무셨을까?"

케언은 눈을 가늘게 뜨고 눈부신 햇살을 받고 있었다. 하얀 피부와 서글서글한 눈매가 그의 부드러운 인상에 강렬한 악센트를 부여하고 있었다.

"유감이지만, 도둑을 당하셨을 겁니다."

"거 정말 유감이군. 많이 다치시지 않았다면 좋을 텐데. 하하하."

케언은 수많은 귀족 여자들을 설레이게 했던 그 미소를 지으며 웃었다.

"도둑을 당하셨다니, 지금쯤이면 그 소문이 퍼졌을까?"

"아침 식사 후에 시종을 한 명 보냈습니다. 되도록 입이 가볍기로 소문난 부주의한 녀석입니다. 회의 참석을 요청했는데 불미스러운 일 때문에 라 카이넬 자작은 이제 궁성 출입을 못하시게 되었다고 합니다."

"내가 장례식에 입을 예복이 있던가? 우리 집 집사에게 물어봐 주겠나? 이 기회에 한 벌 새로 맞추고 싶군. 이번 달부터는 장례식에 참석할 일이 많을 테니⋯⋯."

케언 칙명관은 만족스러운 표정으로 두 잔째의 홍차를 음미하고 있었다. 그는 문득 비서관의 표정을 힐끔거렸다.

"할 말 있나?"

"방법이 너무 거친 게 아닌가 싶습니다. 그냥 자작만 제거하면 되는 거 아닐까요?"

"차라리 수도 곳곳에 암살이라고 게시문을 내걸까? 우린 암살자가 필요한 게 아냐. 미.치.광.이.살.인.마.가 필요하지. 그런 살인마들의 공통점은 '여자'와 '어린애'도 즐겨 죽인다는 거고. 아! 덤으로 살인마들은 보석을 좋아하지."

데일 후작은 케언의 대답에 입을 다물고 다시 서류를 정돈했다. 케언은 의자에 앉아 창틀에 두 발을 올려둔 자세로 차를 마시고 있었다. 바람이 불어와 그의 머리결을 가볍게 쓸어 넘겼다. 그는 눈을 가늘게 뜨고 바람의 방향을 가늠했다.

"남풍이군. 흔히 피를 부른다고 하지."

"그런데 어째서 라 카이넬 자작을 제거한 겁니까? 그는 여왕 폐하를 지지하는 몇 안 되는 인물인데? 여왕 폐하의 측근을 제거한 이유가 뭔지 물어보고 싶습니다만."

"죽어버린 머저리 영웅 카시안 왕자파나 에피온 후작파를 먼저 죽이면 당연히 그쪽에서 경계를 할 테니까. 라 카이넬 자작 같은 성실한 사람을 죽인 건 아깝지만 어쩔 수 없어. 그건 그렇고 카세이드(Karsade) 남작은 내일 즐기던 여우 사냥을 못 나갈 것 같아."

데일 후작은 자신의 피가 싸늘하게 식어가는 느낌에 몸을 떨었다.

"카세이드 남작이라면… 에딘 카세이드 남작을 말씀하시는 겁니까?"

"내성 안에 거주하는 귀족 중에 카세이드 가문이 또 있던가?"

케언은 자신의 모래 빛 머리를 긁적거리며 반문했다. 그의 얼굴에는 진짜 의아한 표정이 떠올라 있었다. 데일 후작은 마른침을 삼키며 케언의 무심한 얼굴을 바라보았다.

"그분은 칙명관님의 조카가 아닙니까? 조카를 암살하실 생각입니까?"

"아아! 내 조카였지. 뭐, 돌아가신 누님께는 유감이군. 모처럼 시집간 카세이드 가문은 누님이 돌아가신 지 3년 만에 대가 끊겨 버.렸.으.니. 정말 유감이지."

케언은 과거형으로 말했고, 데일은 그 의미를 알고 있었다. 엔스터데일 후작은 민트 케언이 여왕 폐하와 혼인하고 크림발츠 유일의 공작 가문에 봉해졌을 때부터 그를 보좌하고 있었다. 때문에 누구보다 그를 잘 알고 있었다.

"이, 이유를 물어봐도 되겠습니까?"

"첫째, 성실하고 장래가 촉망받는 젊은 귀족이라는 점. 둘째, 어머님을 극진히 모시는 효성 지극한 아들이라는 점. 셋째, 귀족원에서 탐낼 만큼 명석한 머리를 지녔다는 점. 넷째, 그의 약혼녀가 리도(Riddo) 가문의 장녀라는 점. 다섯째, 공교롭게도 카세이드 남작가문의 저택이 민트 J. 케언 공작의 가시나무 저택 이웃이라는 점… 계속할까? 목이 조금 아픈데?"

"리도 가문이 에피온 후작파 귀족들 중 하나라고는 하지만, 정말 그런 이유만으로 조카를 죽이시려는 겁니까? 솔직히 납득하기 힘듭니다. 성실하고 명석한 조카를 단지 약혼녀의 가문 때문에 암살한다는 건."

"여섯째 이유를 얘기 안 했군. 여섯째, 민트 J. 케언 공작이 조카인 카세이드 남작을 끔찍이 아끼고 있다는 점. 그는 케언 공작의 죽은 누님을 빼다 박은 조카거든. 고로 그는 굉장한 분노에 빠지게 될 거라는 점. 내가 아는 케언 공작은 성질이 제법 더러워. 조카의 복수를 핑계로 멋대로 사병을 움직이며 길길이 날뛰게 될 거야. 장담하지."

케언은 싱긋 웃으며 과일의 껍질을 벗기기 시작했다.

"이해를 못했습니다."

"여우 사냥에 관한 농담을 아는가? 어떤 지방 영주가 사냥을 정말 못했지. 그래서 항상 귀족 친구들에게 놀림을 받았다네. 하루는 그 영주가 친구들과 함께 여우 사냥을 나갔다네. 근데 이 영주가 꾀를 썼지. 하인들로 하여금 미리 잡아두었던 여우를 풀어놓은 거야. 며칠 동안 굶기고 한쪽 다리를 부러뜨렸기 때문에 여우는 도망을 못 가고 영주의 화살에 맞았어. 영주는 의기양양하게 잡은 여우를 자랑했지."

"여우를 풀고 동시에 한쪽에서 사냥을 하시겠다는 의미입니까?"

"내가 앞장서서 사냥을 할 구실이 필요해. 올해 겨우 21살인 젊은 조카를 죽인 살인마를 잡아내겠다고 길길이 날뛰게 하는 게 모양이 좋겠지. 아! 카세이드 남작의 장례식에 입고 갈 예복은 좀 수수한 걸로 주문해 봐. 뭐, 사냥하는 흉내만 낼 거지만……."

"그렇게까지 극단적으로 일 처리를 하시는 이유가 뭡니까?"

데일의 질문에 케언은 잠시 입을 다물었다. 차가운 침묵이었다.

"말했지? 영웅교에 빠진 놈들과 슬라임에게 바람 넣는 놈들을 모조리 쓸어버릴 거라고. 잘난 영웅 놀이에 즐거워하는 머저리 카시안 왕자를 위해서, 그리고 선대 여왕 폐하 에이샤 6세 여왕 폐하의 부탁을 위해서. 재밌지 않나, 그 두 사람? 그 어머니에 그 아들이야. 머저리 카시안은 어머니를 빼닮았어. 그게 내 불행의 시작이고."

"……."

"난 최선을 다할 뿐이야. 내가 맡은 배역을……."

케언은 눈을 감았다. 세 사람의 얼굴들이 맴돌고 있었다. 케언 자신이 목숨처럼 아끼는 세 사람이었다. 레센느 엘리안 아서 파반트 (Ressene Elian Athsia' Fahrwand), 에이샤 6세 여왕, 카시안 루엘 파반트. 크림발츠 왕위 계승 내정자이자 5차 동방 원정군 총사령관. 그리고……

"내가 예전에 사랑한다고 말한 적이 있던가?"

케언은 잠꼬대를 하는 말투로 중얼거렸다. 데일 후작은 케언에게 방해가 되지 않도록 소리없이 집무실을 나섰다. 케언은 창가에 앉은 채 눈을 감고 움직이지 않았다. 그의 입술이 느리게 움직여 단어들을 허공으로 뱉어냈고, 단어들은 뜨거워진 햇살 속에서 힘없이 흩어졌다.

"난 빌어먹을 루엘라이 파반트 여왕의 남편 따위는 되고 싶지 않았어."

케언은 서서히 오전의 단잠 속에 빠져들기 시작했다. 멀리서 근무 교대를 하는 근위대의 구령 소리가 들려왔다.

〈 7 〉

"라미스님, 그거 알아요?"

"아뇨, 몰라요."

라미스는 고개를 들면서 미소를 지었다. 말을 걸었던 귀족 영애는 한숨을 쉬었다. 라미스 특유의 화법에 여전히 익숙해지지 못한 그녀였다. 라미스는 읽고 있던 책을 덮으며 그녀를 빤히 올려다보았다. 라미스는 회색 빛 드레스를 입고 있었고, 여전히 눈부시게 아름다운 모습이었다.

귀족 영애들은 그녀가 상당히 특이한 회색 빛 드레스를 고집하는데 의아함을 느꼈지만 케언 공작의 후광을 업고 자줏빛 드레스를 입는 것보다는 나았기 때문에 뭐라고 토를 달지는 않고 있었다. 단정하게 머리를 틀어 올리고 미혼을 의미하는 흰 색 리본 장식을 한 라미스는 의문이 가득한 표정을 짓고 있었다.

"요즘 수도에 악마가 나타났대요."

"악마요?"

라미스는 책으로 입을 가리며 눈을 크게 떴다.

'이애가 놀랄 때도 다 있네? 인형 같아만 보였는데……'

귀족 영애는 의기양양한 표정으로 미소를 지었다. 희미한 미소를 머금은 표정에서 거의 변화가 없기로 유명한 라미스가 놀란 것이다. 그녀는 인형 같은 미소 이외의 표정을 짓지 않던 라미스의 놀란 표정을 보았다는 사실에 즐거움을 느껴 자신도 모르게 수다를 떨었다.

"악마가 수도에 나타나서 사람들을 홀리고 죄없는 자들을 마구 죽인대요. 그것도 부유한 귀족들 집에만 나타나서요. 집 안에 어린애가 있으면 간을 빼먹기까지 한다지 뭐예요. 얼마나 무서운지 온몸에 소름이……."

"몸가짐이 그게 뭐야?! 큰 소리로 떠들지 말랬지!"

상당히 고집스러워 보이는 늙은 여자가 지나가다 호통을 쳤다.

귀족 영애는 어깨를 움츠리며 고개를 숙였다. 서재 안에서 자수를 놓거나 책을 읽던 영애들이 입을 가리고 킥킥거렸다. 하지만 그녀들도 곧바로 매서운 눈총을 받고는 찔금거리며 고개를 숙였다. 왕실 예법부에서 근무한 경력이 있는 늙은 여자의 엄격한 예절 교육은 수도 내에서 악명이 높을 정도였다.

"요즘은 얼마나 무서운지 몰라요. 벌써 일주일 사이에 세 집안이나 화를 입었어요. 악마는 집안 사람들 혼을 빼먹고는 끔찍한 모습으로 죽인다지 뭐예요……."

"혹시 그, 그럼 카세이드 남작님 집안 일도……."

라미스는 창백한 얼굴로 말을 더듬기 시작했다. 그녀의 뺨을 타고 갑작스럽게 눈물이 흘러내리기 시작했다. 라미스는 손수건에 얼굴을 파묻고는 격렬하게 가녀린 어깨는 떨면서 흐느꼈다. 갑자기 울기 시작하는 그녀 때문에 당황한 귀족 영애는 고개를 갸웃하다가 흠칫 놀랐다. 그녀가 수다를 떨면서 간과한 사실이 있었다.

'아, 아차! 카세이드 남작은 케언님 조카 분이셨지. 같은 집안 사람이었어……'

"라, 라미스님, 전 그럼 가볼게요."

귀족 영애는 황급하게 건성으로 인사를 하고는 저편으로 가버렸다. 쓸데없는 말을 꺼냈다는 후회 때문에 그녀의 얼굴은 붉게 달아올랐다.

조금 뜨거워진 햇살이 정오의 하늘을 지나 오후의 하늘로 기울었다. 오전 내내 혹독한 예절 교육을 받은 라미스는 정원을 지나며 심호흡을 했다. 늙은 경비원이 졸고 있는 정문 앞 도로에는 갖가지 마차들로 가득 차 통행이 불가능했다. 귀족 가문의 문장들이 마차를 화려하게 장식하고 있었다.

이따금 말들이 투레질을 했고, 마부가 하품을 하며 목을 긁었다. 지체가 높은 집안의 경우에는 한두 명의 호위까지 붙여두고 있었다. 전투마의 고삐를 틀어쥔 그들은 소속 가문의 문장이 새겨진 서코트를 입고서 부리부리한 눈으로 사방을 둘러보았다.

"에포에, 지루했지?"

에포에 리시스(Epoe Lysis)는 나란히 걷고 있는 라미스를 힐끔거리고는 피식 웃었다. 곱슬머리를 틀어 올린 에포에는 올해 26살로 라미스와 거의 10년의 나이 차가 있었다.

"별로… 책을 읽고 있었어요."

라미스와 에포에는 나란히 길가를 따라 걸었다. 담벼락이 거의 끝나는 모퉁이 근처에는 두 필의 말이 끄는 지붕없는 마차가 세워져 있었다.

그녀들이 다가서자 마차에서 젊은 사내가 내렸다. 날카로운 눈매의 사내는 허리에 차고 있는 검을 왼손으로 가볍게 누르며 미소를 짓고는 오른손을 심장 근처에 가져가며 허리를 가볍게 숙였다. 동작에 군더더기가 없는 깔끔한 인사였다. 평범한 소녀라면 심장이 두근거릴 만큼 멋진 모습이었다.

"많이 기다렸어요, 켓셀?"

켓셀 아마인(Ketsel Amaine)은 미소를 지으며 라미스와 에포에가 마차에 타는 것을 부축해 주었다. 근처에서 마차에 오르던 귀족 영애들이 아마인의 가슴에 붙은 근위대 문장을 힐끔거렸다.

근위대 소속 젊은 장교가 라미스를 에스코트하는 것은 어제오늘 일이 아니었다. 짧은 머리에 눈매가 날카로운 미남인데다 근위대 장교라는 사실은 그가 엘리트 귀족 중 하나임을 증명하고 있었다.

몇몇 귀족 영애들이 질투심이 담긴 시선으로 라미스와 아마인을 힐끔거렸다. 숙녀의 몸가짐에 개의치 않고 혀를 찰 만큼 그녀들은 라미스가 못마땅했고, 그녀가 근위대처럼 엘리트 군인과 함께 다니는 것은 더 못마땅했다.

"에포에도 가만히 보면 생각 외로 상상력이 풍부해."

"네?"

"악마라니? 아까 머저리 계집애가 악마가 어쩌고 했을 때 웃음이 터져 나올 뻔했어. 재빨리 책으로 가리긴 했지만, 얼마나 웃기든지."

라미스가 눈을 흘기며 말하자 에포에는 입꼬리를 올리며 미소를 지었다.

"응석받이 귀족 계집들의 사고 수준에 맞춰 소문을 퍼뜨린 것뿐이에요."

"생각 외로 소문이 빨리 퍼지네. 케언님께서도 어이가 없어 하셨어."

"뭐라고 하셨는데요?"

"난 얼마 전에 라이어른 놈들이 돌대가리라고 욕했어! 근데 우리 크림발츠 국민들이 그보다 더 저능아라니! 난 뭐를 하고 있는 거지?!"

라미스는 짐짓 케언의 말투를 똑같이 흉내 내었다. 케언의 말투를 잘 아는 아마인과 에포에는 입을 벌린 채 라미스를 바라보았다. 그녀는 익살스럽게 케언이 화가 난 표정까지 흉내 내고 있었다.

"푸훗!"

"하하하."

에포에와 아마인은 거의 동시에 웃음을 터뜨렸다. 그 웃음에 마부가 가볍게 어깨를 움찔했지만, 잘 훈련된 마부는 언제나처럼 귀머거리 행세를 했다. 하지만 그도 사람인지라 입가로 번지는 헛웃음은 어쩌지 못했다. 마부는 자신의 웃음소리를 지우기 위해서 서둘러 말을 채찍질하며 다그쳤다.

"어쨌거나 그 새대가리 계집들은 저녁 식사 시간에 집안 식구들을 상대로 떠들겠지? 부주의하고 입이 가벼운 하녀들은 나름대로 부엌에서 떠들어댈 거고."

"귀족 집안의 하인 녀석들, 술집에서 잘도 떠들어대 내 부하들이 나설 필요까지도 없더군. 내 부하들은 정신적 충격을 받고 돌아왔어.

자기들이 퍼뜨린 소문이 황당하게 왜곡되었다는 사실 때문에. 그 녀석들, 안 돌아가는 머리를 쥐어짜내서 그럴듯하게 소문을 만들었는데… 전혀 쓸모가 없었지. 더 황당한 소문이 되었으니까."

며칠째 부하들을 시내 술집으로 돈 쥐어 내보냈던 아마인이 허탈하게 웃으며 말하자 여자들은 다시 한 번 미소를 지었다. 아마인은 요즘 매일 아침마다 부하들이 간밤에 술을 퍼마시는 데 쓴 경비를 보며 짜증을 내곤 했다. 하지만 효과는 있었다.

"아마인님도 집안 하인들 단속 철저히 하세요."

"걱정 마. 이걸 알고 있는 놈들은 전장에서 나와 함께했던 부하들 뿐이니까."

아마인은 목에 남아 있는 보랏빛 흉터를 만지작거리며 말했다.

"단 일주일 만에 내성 밖에 있는 평민들까지 에포에의 감동적인 이야기를 알고 있다니 의외예요. 소문의 위력이라는 것 정말 대단해요. 이런 추세라면 금방 수도 주변까지 소문이 퍼져 나갈 거라고 생각해요."

"소문이란 건 항상 입에서 입으로 건너가면 과장되고 왜곡되지. 나중에는 누가 시작했는지조차 알 수 없게 돼버려."

라미스의 말을 아마인이 받으며 고개를 젖히고 미소를 지었다.

"하지만 가장 대단한 건 역시 케언님이죠. 혼절이라니… 얼마나 놀랐는지 몰라요."

에포에는 케언이 자신의 조카 카세이드 남작의 장례식 때 혼절했던 일을 화제에 올렸다. 라미스와 아마인은 거의 동시에 웃음을 참기 위해 입을 막았다.

케언의 친조카인 카세이드 남작 가족의 장례식장에서 케언은 분노로 이성을 잃고 검을 빼 들고 난동을 부리다 끝내는 거품을 물고 혼절해 버렸다. 혼비백산한 사람들은 재빨리 궁내의를 불러왔는데, 궁내의가 케언을 진찰했을 때 그는 맥박도 희미하고 체온이 급격히 떨어진 상태였었다.

나이가 많기로 유명한 케언의 비서관 데일 후작은 덩달아 쓰러져 버렸고, 장례식장은 새로 두 사람의 장례식을 치르게 될지도 모른다는 공포에 전염되어 버렸다.

귀부인들은 비명을 질러댔고, 귀족들은 어서 케언과 데일을 눕힐 곳을 찾으라고 하인들에게 호통을 쳤다. 개중에는 이대로 케언이 죽어버리를 원하는 자들도 있었지만 대놓고 그렇게 말할 수는 없는 법이었다.

"근데 어떻게 그런 일이 벌어진 거죠?"

에포에의 질문에 라미스와 아마인은 거의 동시에 한숨을 쉬었다. 그리고 아마인이 헛기침을 하더니 입을 열었다.

"그게 말이지, 내 부하 중에 독약에 대하여 해박한 녀석이 있거든. 몇 가지 식물 즙을 조합해서 만든 건데 예상보다 약효가 강력했어. 원래 그 정도의 엄청난 약효를 예상한 건 아닌데 케언님께서 약효가 예상보다 강력한 걸 눈치 채시고 검을 빼 들고 난리를 부리신 거야. 그분도 참 대단하셔. 자칫하면 죽을지도 모르는 일이었거든."

"덤으로 데일 후작이 쓰러진 건 진짜였어. 약효가 예상보다 강력한 걸 보고 진짜로 충격을 받으셨거든. 데일 후작 그분은 평생 검 같은 건 잡아보질 않으셔서 담력이나 체력이 좀 부족하셔."

"케언님도 평소에 꾸준히 검술 연마를 하시던 몸이 아니었다면 그때 정말로 돌아가셨을지도 몰라. 근데 꼬박 이틀 만에 깨어나신 케언님이 그 독약을 만든 내 부하에게 뭐라고 했는 줄 알아?"

"몰라요."

에포에는 호기심이 반짝이는 눈으로 아마인의 설명을 듣고 있었다. 라미스는 이마에 손을 얹은 채 호흡을 가누고 있었다.

"벌벌 떨고 있는 내 부하 놈을 보시더니 딱 한 마디하셨지."

"이봐, 먹어보니 처방전이 뒤바뀐 것 같더군. 난 케언 공작이지 에피온 후작이 아냐. 아직까지 내 이름도 모르나, 돌팔이 의사?"

아마인이 라미스를 보면서 희미하게 웃자 라미스는 또다시 케언의 말투를 똑같이 흉내 냈다.

순간적으로 케언의 농담을 이해하지 못했던 에포에는 간신히 케언이 슬라임이라고 노래를 부르던 후작의 이름을 기억해 내고는 웃음을 터뜨렸다.

'케언님은 대단하신 남자야. 진짜 남자야.'

눈물을 흘리며 웃던 에포에는 눈가를 훔치며 그런 생각을 했다.

마차는 내성 시가지를 꾸준한 속도로 달리고 있었다. 라미스는 문득 하늘을 바라보았다. 푸른 하늘은 새하얀 햇살로 가득했다.

"날씨가 엄청 좋아. 오늘 같은 날 밤이면 진짜 악마가 나올지도 몰라."

라미스는 손바닥으로 햇살을 가리며 생긋 웃었다. 햇살은 미소짓는 그녀의 입술 언저리를 맴돌다 떨어지고 있었다.

〈 8 〉

"사랑합니다."

오랜 키스가 끝나고 젊은 사내는 다정하게 속삭였다.

페나 라이침버 아델만(Fehna Leizimber Adelmann)은 미소를 지으며 15년이나 연하인 사내의 허리를 끌어안았다. 긴 머리채가 사락소리를 내면서 침대 시트 위로 흘러내렸다.

"그런 소린 한번으로 충분해. 그것보다 계획은 어떻게 된 거지?"

"적당히 쓸 만한 녀석들을 보냈습니다. 문제없을 겁니다."

에르만 하일리버(Ermann Heilriber)는 미소를 지으며 확신에 찬 목소리로 대답했다. 그는 또다시 페나의 목덜미에 키스를 퍼붓기 시작했다. 하일리버는 그녀의 남편인 레흐 디히트 아델만(Lech Dicht Adelmann) 후작 가문 소속의 젊은 기사대장이었다. 아무리 귀족 가문의 기사라고 해도 그의 나이에 기사대장에 오르는 것은 분명히 이례적인 일이었다.

그가 젊은 나이에도 불구하고 기사대장 자리에 오른 것은 페나가 자신의 젊은 정부를 아끼고 있기 때문이었다.

"오늘 중신 회의 전까지 기별을 갖고 오는 것이 계획이었잖아?"

"사자왕의 발톱이 빠진 건 이미 오래전입니다. 아무것도 걱정할 건 없습니다. 모든 일은 계획대로 진행되고 있습니다."

"믿고 있어. 하일리버는 실수한 적 없으니까."

"네! 제가 25살의 나이로 하일리버 기사 가문을 계승한 이후부터 실수한 적이 있었나요?"

하일리버는 미소를 지으며 페나를 좀 더 세게 끌어안았다.

"미칠 지경이지 뭐야? 계집처럼 겁 많고 소심한 아델만이 멋대로 나를 훔쳐 가버렸으니, 내 마음과 애정은 모두 하일리버에게 있는데."

페나는 하일리버의 옷깃 속으로 손을 넣으며 속삭였다.

"사자왕 전하께서 결정한 결혼을 감히 누가 반대하겠습니까? 그 자리에서 목이 달아날 텐데요. 괜찮습니다. 당분간은 레흐 아델만 후작님께서 페나님을 자신의 아내로 착각하도록 놔두죠. 당분간은……."

"키스해 줘. 나의 연인, 하일리버."

페나와 하일리버는 다시 길고 뜨거운 키스를 시작했다.

"각국 기사단들이 폴리안과의 국경선 부근에 집결했습니다."

발트하임의 총기사단장 프레이하(Faihar)가 보고를 마치며 좌중을 둘러보았다. 나이가 지긋한 기사인 그는 폴리안과의 전쟁을 위해 모든 군수권을 각국으로부터 위임받은 총책임자였다.

거대한 회의용 탁자의 상석에는 사자왕 베오하이트 국왕의 사위인 레흐 디히트 아델만 후작과 발트하임의 공주이자 아델만 후작의 아내 페나 라이침버 아델만이 앉아 있었다.

"세부적인 병력 배치 상황은 따로 서면으로 보고해 주기 바래요."

아델만이 입술을 꾹 다물고 침묵을 지키는 동안에 그의 아내 페나가 회의를 진행했다. 아델만 후작은 그저 푹신한 의자에 파묻히듯 앉아서 창밖을 바라보고 있었다.

부드러운 눈매의 중년 사내는 우울한 눈으로 비가 내리는 풍경을 바라보았다. 비스듬하게 그어 내리는 빗줄기가 그의 시선 저편에서 아른거렸다. 그는 이 회의의 주관자이면서 실제로는 방관자의 입장에서 창밖을 바라보는 것으로 시간을 때우고 있었다.

'무능하고 게으른 남자.'

남편을 대신하여 회의를 이끌던 페나는 가볍게 눈살을 찌푸렸다.

"맹약국 각국들의 치안이 날로 악화되고 있습니다. 보수적인 남부 지방은 그래도 나은 편이지만, 북부 지방의 국가들은 지역적인 반란으로 문제가 심각합니다."

"치안을 위해 돌려놓을 병력은 없어요. 알고 있나요? 우리의 적은 폴리안, 대륙의 수호자인 폴리안의 미친개들이에요. 폴리안의 진홍 기사단을 상대해야 하는 게 우리의 최대 과제입니다. 하찮은 지방 반란 따위에 주의를 기울일 여유가 없어요."

"죄송하지만, 정말로 사자왕 베오하이트 전하께서 이 전쟁을 계획하신 겁니까?"

페나는 말을 끊고 끼어든 페임가르트의 특사를 노려보며 이를 갈았다.

'감히 맹약 종주국의 공주인 나에게… 여자라고 깔보는 건가? 아니면 무능력한 주제에 기둥서방 노릇이라도 하고 싶다는 건가? 자기도 사내라고?'

"사자왕 전하께서 몸소 결단하신 문제입니다. '국왕의 인'을 의심하는 건가요?"

"아니, 의심이라기보다는……."

"이렇게 여러분들이 중구난방으로 쓸모없는 말싸움에 시간을 보내시기 때문에 사자왕 전하께서 수도를 떠나신 겁니다. 라이어른의 심장이신 사자왕(Lionheart) 전하께서 홀로… 가신들에게서 벗어나 계시고 싶어하시는 게 누구 탓이죠? 누구 탓이라고 생각하는 겁니까?"

올해 42세인 페나의 목소리는 쩌렁쩌렁했고, 단어를 끊어서 말하는 특유의 말투는 모두에게 위압감을 주고 있었다. 라이어른 맹약국의 각국 국왕들의 전권 대리인인 특사들은 고개를 움츠렸다.

사자왕의 외동딸 페나의 목소리는 비수가 되어 모두의 심장을 찔렀다. 누구도 그녀가 사자왕의 친딸이라는 것을 부정할 수 없었다. 사자왕이라는 칭호까지 받은 사내의 뜨거운 피는 의심할 여지없이 그의 외동딸에게서도 흐르고 있었다.

"우리가 준비를 마칠 때까지 사자왕 전하께서는 수도원에 홀로 칩거를 하겠다고 하셨습니다. 우리의 할 일은 그분을 기다리며 완벽한 준비가 되도록 하는 겁니다. 대체 언제까지 아이들처럼 쓸모없는 말싸움이나 하고 있을 건가요? 그대들이 진정 라이어른 인이란 말입니까? 위대한 하이파 제국을 세웠던 하페우스 3세 황제의 후손인가요?

그대들이 말을 타고 달리며 대륙을 주름잡던 로안(Lohann) 족의 후예인가요?”

페나는 자리에서 벌떡 일어나 주먹을 쥔 채로 열변을 토하기 시작했다. 그녀가 회의장을 오가며 소리치는 동안에 중신들은 식은땀을 흘리며 페나를 쫓아서 눈을 이리저리 굴리고 있었다. 그들은 완벽하게 페나의 기세에 눌려 목을 움츠릴 뿐 감히 항변하지 못했다.

로안 족은 고대에 대륙을 횡단하며 그 용맹성을 과시하던 유목 민족이었다. 그들은 겨울에도 정착을 하지 않았고, 특정 지역에 뿌리 내리지 않음을 자랑스럽게 생각했다. 로안 족은 원시 농경 사회의 제엘 족들 자주 침범했던 과거가 있었다. 라이어른과 폴리안 인들은 로안 족의 후예였고, 크림발츠 인들은 제엘 족의 후예였다.

“말을 타고 대륙을 지배하던 로안 족의 피가 부끄럽지도 않나요?! 하페우스 3세께서 대륙을 통일하고 제국을 세웠다는 사실이 부끄럽지 않나요? 어째서…….”

페나는 말을 잠시 끊고는 모두를 차례로 노려보았다. 오직 그녀의 남편인 아델만 후작만이 변함없이 반쯤 감긴 시선으로 창밖의 빗줄기를 보고 있었다. 페나는 남편의 뒤통수를 노려보면서 다시 입을 열었다. 그녀가 하는 말은 절반쯤 자신의 무기력하고 유약한 남편에게 들려주는 이야기였다. 하지만 남편은 그녀의 말을 귓등으로 흘려들었다.

“제국의 후예인 우리 라이어른이 이렇게 6개 국으로 분열된 게 누구 탓이죠? 폴리안과 크림발츠, 아메린이죠. 제국의 은공을 배신하고 반란을 일으킨 자들의 후손인 주제에 이제는 멋대로 라이어른을 분할하고 간섭하죠! 잊지 마세요! 라이어른의 피의 맹약은 치욕의 맹약

이기도 하다는 사실을! 언제까지 그들의 손에 놀아나며 짓밟히고 살아갈 거죠? 당신들의 후손들이, 당신들의 자식과 손자 손녀들이 천박한 크림발츠와 무식한 아메린 놈들에게 얻어맞고 조롱받기를 원하는 것인가요? 진정 당신들이 원하는 것이 그건가요? 이대로 그들의 눈치나 살피며 대륙 약소국으로 몰락해 가도록 내버려 둘 건가요?"

창밖에서 쏟아지는 빗소리는 더 이상 들리지 않았다. 낮은 천장 때문에 대낮에도 어두워 보이는 회의장에는 오직 페나의 성난 목소리만이 존재했다. 그 누구도 감히 침을 삼키지 못했고, 그 누구도 감히 고개를 돌리지 못했다.

지난 400년 동안 라이어른은 몰락해 가고 있었다. 라이어른 인이라면 누구도 부정하지 못할 사실이었다. 한때 검은 광야에서 돌아온 하페우스 3세가 건설한 제국이 대륙을 지배하던 시간은 케케묵은 역사 책의 한 페이지로 들어가 잠들어 버렸다.

하페우스 3세는 달력을 뜯어고쳤고, 대륙 지도를 뜯어고쳤다. 그리고 시간을 뜯어고쳤다. 하지만 라이어른은 지난 세기 동안 뜯어고침을 당하고 있었다.

아메린은 라이어른 땅에 페임가르트와 브레나를 세웠고, 크림발츠는 발트하임과 게일을 세웠다. 폴리안은 라이어른 영토를 뜯어가 자신들의 국가를 세웠다. 페나는 그러한 과거들을 모두에게 각인시켜 주고 있었다.

"우리는 힘을 합쳐야 합니다. 치욕의 역사는 우리 세대에서 끝내야 합니다. 더 이상 힘없는 속국이 아닌 진정한 독립국으로서, 진정한 옛 제국의 후예로서 대륙에서, 우리의 시간 속에서 거듭나야 합니다. 사자왕 전하께서 진정으로 원하시는 것은 그것입니다. 우리의 옛 영토였던 폴리안을 수복하고, 진정한 힘을 가진 강대국으로 거듭나는 것. 그것이 우리의 사명이 아니었던가요? 언제까지 그들의 치마폭에서 아양이나 떨면서 던져 준 고기나 받아먹고 살 거죠? 자존심도 없습니까? 우리가 어째서 그들의 눈치나 살피며 전전긍긍해야 하죠?"

"사자왕 베오하이트 국왕 폐하 만세!"

"페나 아델만 공주님 만세!"

"라이어른의 영광을!"

모두가 자리를 박차고 일어서며 환호를 했다. 페나는 만족스러운 표정으로 그들을 굽어보고 있었다.

레흐 아델만 후작은 가볍게 하품을 하면서 그들을 바라보더니 미간을 조금 찡그렸다. 아델만 후작은 툭 튀어나온 자신의 광대뼈를 긁적거리며 묵묵히 그들을 바라보고 있을 뿐 어떠한 감상도 표현하지 않았다. 그에게는 아내의 열변도 전혀 귀에 들어오지 않았다.

'지겨워. 어디 가서 술이나 마시고 싶은데.'

아델만 후작은 다시 한 번 하품을 하면서 창밖을 바라보았다. 이틀째 내리는 비는 그칠 줄을 모르며 수도의 시가지를 적시고 있었다. 하늘은 어두웠고, 그 아래 펼쳐진 수도는 어딘지 궁색스러운 몰골이었다.

아델만은 미간을 찡그렸다. 그가 미간을 찡그리는 이유는 단 한 가지였다. 회의 시간 내내 머리를 싸매고 고민했지만, 좀처럼 만족스러운 시구가 떠오르지 않고 있었다.

'고민해 봐야… 그건 그렇고, 장인어른은 도대체 어디에 계신 걸까? 요즘 건강도 예전 같지 않으신데 괜찮으실까 걱정이군. 요즘 마

음 상하실 일들이 많았는데… 사자왕이라는 명성이 있으신 분이시지만 그래도 역시…….'

거기까지 생각이 미친 아델만은 새삼 짜증스러운 시선으로 아내를 바라보았다. 아내는 중신들과 함께 폴리안 침공에 대하여 격론을 벌이고 있었다. 사자왕 베오하이트의 '국왕의 인'은 그 자신이 갖고 있었고, 그것을 최초로 사용한 것은 아내 페나였다.

'어떻게 자식이라는 사람이 아버님께서 종적을 감추셨는데 저렇게 태연한 거지?'

아델만은 라이어른의 모든 군사력을 총동원해도 폴리안과는 승산이 없다고 생각하고 있었다. 대륙의 수호자라는 칭호는 폴리안의 건국 이래 지금껏 한 번도 마족의 대륙 진출을 허용하지 않은 결과로 얻어진 것이었다. 결코 멋 부리기 위해서 장난으로 붙인 이름은 아니었다. 악마의 수호를 받는 마족 기사단인 흑색 친위대와 대등한 전투력을 가진 군대는 대륙에 그다지 흔치 않았다.

그때, 누군가 거칠게 문을 열고 안으로 뛰어들었다.

촤아악.

경비 임무를 맡고 있는 에르만 하일리버는 재빨리 검을 뽑아 들었다.

"급보입니다… 크흑! 신이시여!"

연락병은 바닥에 엎드리며 오열하기 시작했다. 체인 메일 위에 서코트를 입은 병사의 어깨는 격렬하게 흔들렸다.

"무슨 짓이냐? 지금 회의 중이 아닌가?"

페나는 노한 목소리로 호통을 치고는 힐끔 하일리버를 곁눈질했다. 찰나의 순간에 이루어진 곁눈질을 알아챈 중신들은 없었다. 그들의 관심은 규율을 어기고 들어와 흐느끼고 있는 연락병에게 있었다.

"……."

아델만은 다시 한 번 광대뼈를 긁적거리며 아내의 뒷모습을 바라보고 있었다.

"사자왕 전하께서… 사자왕 전하께서 암살당하셨다고 합니다!"

벼락도 이보다 위력적이진 못했다. 회의장 안에 있던 사람들은 자신들의 신경이 싸늘하게 얼어붙는 느낌 속에서 치를 떨었다.

"뭐, 뭐얏?!"

아델만은 자리를 박차고 일어서면서 고함을 질렀다. 그가 지금껏 게으른 몸을 의지하고 있던 의자는 힘없이 바닥을 나뒹굴었다.

"크흐흑! 사자왕 전하께서 암살자들에게 그만… 폐하께서 칩거하시던 수도원은 불타고, 이것만……."

연락병은 오열하면서 무언가 앞으로 내밀었다. 그것은 피와 그을음으로 더럽혀진 목걸이였다. 붉은 루비를 입에 물고 있는 황금 빛 사자 목걸이였다.

"아!"

페나는 사자왕 베오하이트의 목걸이에 남아 있는 핏자국을 보고는 그대로 무너지듯 혼절해 버렸다.

"이것은 틀림없는 전하의… 오! 신이시여! 어찌 이런 일을……."

총기사대장 프레이하는 사자왕의 목걸이를 움켜쥐며 눈물을 흘리기 시작했다. 늙은 그의 얼굴은 절망과 비통함에 젖어 어두워졌다.

"라이어른의 심장이 멎었구나! 재앙이로세!"

"오! 사자왕 전하!"

"누, 누구의 소행이라더냐?! 당장 대답하지 않으면 네놈 목부터 쳐

버리겠다.”

 가까스로 이성을 회복한 아델만은 혼절한 아내를 부축하면서 노기 어린 목소리로 연락병을 질책했다. 심약하기로 소문난 아델만의 노기 어린 목소리는 모두에게 찬물을 끼얹은 효과를 가져왔다. 모두들 의아함과 공포가 엇갈린 표정으로 아델만을 주시하고 있었다.

 “크흑! 불에 타 죽은 수도사의 시체 옆 돌벽에 단어가 씌여져 있었습니다. ‘A. U. Geil’ 이라는 단어를 제가 두 눈으로 확인했습니다.”

 싸늘한 분노의 시선들이 게일의 특사에게로 쏠렸다. 게일의 특사는 하얗게 질린 얼굴로 마른침을 삼켰다.

 A. U. Geil, Auwex Uri Geil. 게일에게 저주를.

 중신들 중에서 ‘A. U.’ 라는 저 유명한 저지 미노트 어 경구를 모르는 자들은 아무도 없었다.

 “수도사가 불에 타 죽는 순간에 혼신의 힘으로 나이프로 새겨둔 모양입니다. 사자왕 전하… 크흐흑!”

 온몸이 불에 타고 있는 상황에서도 필사적으로 돌벽에 글자를 새기는 수도사의 모습이 모두의 머리 속을 스치고 있었다.

 “신께 맹세코! 우리 게일은… 아니, 저, 저는 모르는 일입니다!”

 “더러운 것! 신을 입에 담지 말아라!”

 분노한 하일리버의 검이 수평으로 허공을 날았다. 게일 특사의 머리는 넓은 탁자 위를 두어 번 구르다 멈춰 섰다. 그리고 머리가 잘려나간 그의 몸은 돌 바닥 위로 허무하게 무너져 내렸다. 쿨럭거리며 검붉은 피가 돌 바닥을 적시며 흘러내리기 시작하고 있었다.

 “무슨 짓인가, 하일리버! 중요한 증인을?!”

 아델만은 뒤늦게 당황하며 하일리버를 꾸짖었다. 하일리버는 창백한 얼굴로 잠시 머뭇거리더니 검을 내던지고는 바닥에 무릎을 꿇었다.

"죄송합니다. 제가 흥분해서 그만… 제 목을 쳐주십시오!"

하일리버는 그제야 오열하기 시작하고 있었다.

〈9〉

숲의 밤은 평화로웠다. 튜멜은 마차 바퀴에 기대며 모닥불을 바라보았다. 흔들거리다 몸을 떠는 모닥불은 어둠 속에서 유난스럽게 보였다. 그는 복잡한 기분이 들어 눈꺼풀을 가만히 눌러보았다.

동료들은 모닥불 주변에 둥글게 모여 잠들어 있었다. 튜멜은 밤하늘을 힐끔 올려다보았지만, 별을 볼 줄 몰랐기 때문에 시간이 얼마나 지났는지 알지 못했다.

'디르거 경이니까 스스로 일어나겠지.'

튜멜은 다음 불침번이 디르거 경이라는 사실 때문에 편안한 기분이었다. 파일런은 항상 튜멜 다음으로 불침번을 섰다. 불침번을 서는 일행 중에서 별을 보고 시간을 가늠하지 못하는 유일한 존재가 튜멜이었고, 원하는 시간에 정확하게 깨어나는 존재는 파일런이었다. 오랜 시간 전장에서 삶을 소모한 파일런은 가장 정확하게 시간을 가늠하는 존재였다.

'뭐, 뭐지?'

어둠 속에서 무언가 이상한 기운이 흘러나왔다. 그 이상한 기운은 별다른 훈련을 받지 못한 튜멜까지도 파악할 수 있을 정도였다. 그는 침을 삼키며 롱 소드의 손잡이를 움켜잡았다.

사박.

여자가 걸어나오고 있었다.

'여, 여자?! 이런 숲 속에?'

튜멜은 재빨리 일어나 검을 뽑아 들려고 했지만 어딘지 모를 나른한 기분 때문에 그냥 주저앉았다.

'꾸, 꿈을 꾸고 있는 건가? 내가 졸고 있었나?'

튜멜은 혀를 차면서 자신에 대한 짜증을 느꼈지만, 그것도 이내 흐지부지되었다. 여자를 보고 있으려니 아무것도 하기 싫고 귀찮아졌다.

그동안 여자는 숲에서 나와 꾸준히 걸어오고 있었다. 그녀는 발끝에 끌리는 검정 원피스를 입고 있었고, 느리고 조용한 발걸음으로 튜멜에게 걸어왔다. 여자는 그와 시선이 마주치자 조용하게 미소를 지었다.

차가운 땀방울이 목덜미를 타고 흐르는 느낌이 또렷하게 느껴졌다. 여자의 옷차림이나 외모는 거친 숲 속과 전혀 어울리지 못하고 있었다.

"안녕하세요?"

조용하고 부드러운 목소리가 튜멜의 머리 속에 소용돌이치듯 들려왔다. 그 여자는 붉은 입술을 좌우로 길게 움직여 미소를 지으며 튜멜에게 허리를 굽혔다.

'아, 아름답다⋯⋯.'

튜멜은 자신의 온몸을 휘감는 뜨거운 기운에 흠칫 놀라며 고개를 들었다. 여자의 손길이 천천히 그의 뺨을 어루만졌다. 그는 자신의 혈관을 따라 온몸으로 번져 나가는 정욕에 흠칫 놀라고 있었다. 그의 입술 사이로 뜨겁고 거칠어진 숨결이 흘러나왔다.

'누, 누구⋯⋯?'

"눈을 감아요⋯⋯."

튜멜의 눈은 졸음에 겨운 듯 스르륵 내려갔다. 튜멜은 뜨겁게 분출되는 욕망이 채워질 순간을 기대하며 가늘게 떨고 있었다.

푸욱!

싸늘한 느낌. 튜멜은 깜짝 놀라 눈을 떴다. 낯선 여자가 눈앞에 서 있었다. 여자는 흐트러진 머리칼 사이로 놀란 표정으로 눈을 치뜨고 있었다. 그리고 튜멜은 여자의 하얀 목에서 튀어나온 물건을 구별할 수 있었다. 끝이 예리한 단검이 여자의 하얀 피부를 뚫고 나와 있었다.

'거, 검? 뭐, 뭐⋯⋯?!'

"끄으으⋯⋯."

여자는 가래가 끓는 듯한 신음을 흘리더니 힘없이 무너져 내렸다. 여자의 등 뒤에는 이언이 서 있었다. 이언은 싸늘하게 식은 눈으로 여자를 내려다보았다.

"무, 무슨 짓이냐?!"

튜멜의 고함 소리에 모두가 잠에서 깨어났다. 튜멜 일행들은 모두들 재빨리 몸을 굴려 잠자리에서 벗어나면서 검을 뽑아 들었다. 눈을 비비며 잠 기운이 덜 깬 표정으로 일어난 사람은 레미와 광대 와이슨이었다. 쇼는 오른손으로 롱 소드를 빙글빙글 돌리는 묘기를 보이며 어둠 저편을 빠르게 훑어 나갔다.

"바보 남작, 이런 마녀 따위에게 헤헤거리다니 제정신이냐?"

이언은 머리를 긁적거리며 튜멜과 여자를 번갈아 바라보고 있었다.

"무, 무턱대고 사람을 죽여서 어쩌겠다는 거냐, 너는? 그, 그것도 여자를."

"니가 얼빠진 짓을 한 거야. 그리고 난 사람을 죽인 적 없어. 니 눈에는 이게 사람으로 보이냐?"

하지만 튜멜 일행의 눈에는 분명히 사람으로 보였다. 곱슬거리며 어지럽게 흐트러진 검은 머리칼에 유난히 희고 투명한 피부를 가진 여자가 누워 있었다. 여자의 목을 단검이 관통해 있었다. 쇼와 레이드는 조금 황당한 시선으로, 튜멜은 증오가 담긴 시선으로 이언을 쏘아보았다.

"무슨 짓이야! 미친 마법사!"

레미는 두 손으로 눈을 가리며 비명을 질렀다.

"이번만은 도저히 용서 못한다! 내 양심을 걸고서!"

튜멜은 벌떡 일어서며 검을 뽑아 들었다. 이언은 한숨을 쉬더니 갑자기 발로 쓰러진 여자의 허리를 밟았다. 이번에는 쇼와 레이드도 신음을 흘렸다.

"연극하지 말고 일어나! 마녀야!"

"무, 무슨 짓이야!"

튜멜은 이마에서 힘줄이 불거져 나올 정도로 인상을 쓰며 으르렁거렸다.

"아퍼! 그만 밟아!"

여자가 이언의 발을 와락 밀치며 일어났다.

"꺄아악!"

레미가 제일 먼저 비명을 지르며 주저앉았다. 튜멜 일행들은 일제히 자신들의 눈을 의심했다. 목에 단검이 관통된 여자가 일어나 무릎을 털고 있었다.

'아! 오, 옷차림이?'

튜멜은 자신을 바보라고 느끼며 눈을 비벼보았다. 조금 전에 자신이 보았던 발끝에 끌리는 검정 원피스가 아니었다. 여자는 그저 평범한 여행자들처럼 바지와 가죽 부츠를 신고 셔츠를 입고 있었다. 무거운 로브는 벗어 배낭에 묶어두고 있었고, 허리에는 검을 차고 있었다.

"남작, 자네 눈에는 이게 사람으로 보이냐?"

이언은 얼어붙은 표정으로 멍하니 서 있는 튜멜의 손에서 검을 뽑아 들더니 여자의 복부를 찔렀다. 롱 소드는 간단하게 여자의 복부를 관통해 등 뒤로 비죽 튀어나왔다.

"무슨 짓이야! 옷에 구멍났잖아?! 왜 만날 때마다 내 옷에 구멍을 내는 거야?!"

여자는 자신의 복부를 관통한 롱 소드를 뽑아내면서 인상을 썼다.

"뭐… 뭐?!"

"이 여자는 뱀파이어야. 뭐가 좋아서 뱀파이어의 '유혹'에 넘어가 실실거리냐? 그리고 카라! 부른 게 언제인데 이제 와?! 죽고 싶어?"

"무슨 소리를 하는 거야? 내가 하루에 얼마를 주파했는지 알아?"

카라는 천성적으로 흐트러져 흘러내리는 검은 머리를 쓸어 올리며 화를 냈다.

"웃기지 마! 한 달이면 대륙을 횡단하는 주제에 한 달 보름 만에 도착하냐?"

튜멜 일행들은 카라라는 이름을 가진 여자와 이언의 대화를 들으며 혀를 빼물고 있었다.

"그, 그러니까… 이 여자… 배… 뱀파이어?!"

튜멜은 쉰 목소리로 더듬거렸다. 차가운 한기가 싸늘하게 튜멜을 목을 따라 흘러내렸고 무릎이 가늘게 떨리고 있었다.

레미는 조건 반사적으로 성호를 그었고, 다른 사람들은 발작적으로 무기를 움켜쥐었다. 그들로서는 뱀파이어와 인간이 우호적 관계를 유지한다는 소문을 들은 적이 없었다.

"이런 흡혈 마녀 따위의 유치한 유혹에 넘어가는 네 녀석 지능이 의심스럽다. 너, 혹시 슬라임이냐?"

이언은 짜증나는 말투로 카라를 노려보며 튜멜에게 말했다. 카라는 두 손으로 검고 긴 곱슬머리를 긁어 올리며 샐쭉한 표정을 지었다.

"뭐야? 10년 만에 만난 애인한테 그런 말투는? 그 사이에 다른 여자라도 생긴 거야?"

"애… 인이라고? …흡혈귀가?"

"임자 있다는 말… 진짜였어, 이언 오빠?"

쇼와 에피가 거의 동시에 더듬거리는 목소리로 내뱉었다.

"너, 목에 그거 안 뽑아? 뱀파이어인 거 자랑하냐?"

"너무해. 10년 만에 만난 애인 목에 단검 따위나 찔러 넣다니. 내가 왜 저런 남자를 사랑하나 몰라."

카라는 지금까지 자신의 목에 박혀 있던 단검을 뽑아 들면서 궁시렁거렸다.

"아! 상처가……."

레미는 입을 가리며 신음했다. 단검에 찔리고도 피 한 방울 흐르지 않던 카라의 희고 고운 목덜미는 단검을 뽑아내자 빠르게 아물더니 흔적도 없어져 버렸다.

"물이 끓었는데 차나 마시는 게 어떤가?"

무심하게 모닥불 곁에서 물을 끓이던 파일런이 나직하게 말했다. 이언과 카라를 제외한 사람들은 다시 한 번 속이 쓰린 표정으로 은퇴기사 파일런을 바라보았다.

'어, 어떻게 저렇게 태연한 거지?'

결국 모두가 둘러앉은 가운데 한밤중에 티타임이 벌어졌다. 실성한 노인은 그런 소란 속에서도 잠에서 깨어나지 않고 있었다. 카라는 두 손으로 컵을 감싸 쥐고서 차 향을 음미했다.

"아! 향기 좋다. 상당한 고급인데? 이런 차는 참 오랜만이야."

"뱀파이어가 홍차를 즐긴다는 소리를 처음인데?"

쇼가 레이드에게 속삭였다. 레이드는 턱을 긁적거리며 어색하게 웃었다.

"물론 홍차를 좋아해. 홍차뿐만 아니라 맛있는 거 먹는 걸 무지 좋아해."

쇼와 레이드의 피는 차갑게 식어갔다.

"이 마녀는 귀가 밝아. 몇백 미터 밖에서 바늘 떨어지는 소리도 들을걸?"

이언은 심드렁하게 차를 마시며 설명해 주었다. 카라는 고개를 움직여 이언의 목덜미에 가볍게 키스를 했다. 순간 튜멜과 쇼는 거의 동시에 발작적으로 검을 움켜잡았다. 하지만 정작 이언은 태연하게 카라의 머리를 가볍게 밀어낼 뿐이었다.

"사람들 앞에서는 그러지 말랬지? 둘이 있을 때만 해."

"너무해! 10년 만에 만난 애인한테 애정 표현도 못해?"

"가끔 중요한 걸 잊어먹나 본데, 넌 뱀파이어야. 사람들은 니가 내 목덜미를 탐내고 있다고 오해하잖아."

"그런가? 하지만 아무리 뱀파이어라도 사랑하는 사람을 흡혈하지는 않아."

카라는 태연하게 헝클어진 머리를 긁적거리며 말했지만, 레미는 심장이 멎는 듯한 기분을 맛보고 있었다. 튜멜은 관자놀이를 타고 식은땀이 흐르는 걸 느꼈다. 카라는 예민한 뱀파이어의 감각을 갖고 있었고, 일행의 불편한 심정을 온몸으로 느끼고 있었다.

'재미있는 사람들이야.'

"만나서 반가워. 내 이름은 카라. 이 무책임한 남자의 애인인데, 10년씩이나 애인에게 버림받아서 눈물로 밤을 지새며……."

"웃기지 마! 네가 그럴 여자냐? 흡혈 마녀 주제에."

이언은 뜨거운 차를 마시며 자신에게 비스듬히 기대앉은 카라를 노려보았다. 카라는 이언의 어깨에 머리를 기대고 헤헤거리는 웃음을 흘리고 있었다.

"당신이 뱀파이어라면… 사람을 상대로 흡혈을 하는 건가요?"

레미는 딱딱하게 굳은 표정으로 질문했다. 레미의 질문에 일행들은 동작을 멈추고 서로의 눈치를 보았다. 불편한 질문이지만 가장 중요한 질문이었다.

"당연하지 나는 뱀파이어니까. 뭐, 맨날 하는 건 아니고 가끔 보름달이 뜰 때면 흡혈 본능이 좀 강해져. 그래 봐야 정말 욕구를 참지 못하는 건 일 년에 서너 번? 동물 피는 체질에 맞지 않더라고. 걱정하지 마렴. 아무리 욕구가 강해져도 애인의 동료를 상대로 흡혈하지는 않는단다."

튜멜은 반사적으로 밤하늘을 올려다보면서 달을 가늠했다. 그런 모습을 보던 이언은 피식 웃으며 한 팔로 카라의 어깨를 끌어안았다. 뱀파이어라는 여자를 평범한 애인처럼 끌어안는 그의 태도에 일행들의 표정은 한층 더 딱딱하게 굳어졌다.

"이봐, 이언. 너도 뱀파이어였냐?"

"아니, 내가 알기로 이 남자는 뱀파이어의 피가 흐르지 않아. 너 혹시… 뱀파이어가 물면 뱀파이어가 된다는 옛날이야기를 믿는 거니? 호호, 귀여워."

쇼는 호기심을 참지 못하고 그런 질문을 한 자신을 자학하기 시작했다.

"어, 언니 혹시 변신도 할 줄 알아요? 박쥐나……."

"글쎄, 할 수는 있는데 거의 해본 적이 없어."

"왜요?"

"너, 어디서 머리 나쁜 계집애라는 소리 듣지 않니?"

카라는 이제 이언의 가슴에 완전히 안겨든 자세로 이언의 팔을 끌어와 자신의 목에 감으며 에피에게 웃어주었다.

'애인이 맞아. 두 사람 말투가 똑같아.'

에피는 깨닫지 못하고 있었지만 레미는 천천히 이성을 회복하면서 그런 생각을 했다. 튜멜은 그동안에도 여전히 10초 간격으로 검을 쥐었다 놓았다를 반복하면서 잔뜩 긴장해 있었다.

"씨이~ 그래, 난 머리 나쁜 계집애 맞아요. 그래서 어렵게 설명하면 못 알아들어요."

카라와 이언을 제외한 튜멜 일행들은 에피의 놀라운 친화력에 감탄과 경의를 보내고 있었다. 에피의 붙임성은 보통 사람의 상식을 뛰어넘었다.

'이 녀석… 골렘을 갖다 놔도 친해지는 거 아닌가?'

'아마도. 나도 놀랐어.'

쇼와 레이드는 그런 의미의 시선을 교환했다.

"에피라고 했지? 너, 바보구나? 박쥐나 안개로 변신하면 옷은 어떻게 되니? 다시 이 모습으로 돌아오면 난 벌거벗게 되잖아? 그런 창피한 짓을 왜 해?"

"아! 그게 문제구나. 근데 카라 언니, 이~ 해봐요. 송곳니가 없네요?"

"쿨럭!"

"푸흡!"

"컥! 크흠!"

태연을 가장하기 위해 찻잔을 기울이던 쇼, 레이드, 튜멜은 동시에 기침을 했다. 카라는 자꾸 헝클어져 흘러내리는 검정 곱슬머리를 긁어 올리며 의아한 표정으로 세 남자들을 바라보았다.

이언은 지겹다는 표정으로 차를 마시고 있었다. 파일런은 대화에

서 떨어진 채 차를 마시며 검을 손질하기 시작했고, 미신에 민감한 광대인 와이슨은 입을 꾹 다물고 언제라도 도망갈 준비를 하고 있었다. 대륙에서 미신에 가장 민감한 3대 직종을 꼽으라면 선원과 사냥꾼과 광대였다.

"너, 뱀파이어에 대한 호기심이 많구나? 송곳니를 보여줄까?"

카라가 피식 웃으며 어금니를 드러내는 순간 튜멜 일행은 진정한 공포가 무언지를 절실하게 깨달았다.

레미는 낮게 신음을 토하며 눈을 가렸고, 쇼는 자신이 검을 뽑아 들어 뱀파이어를 자극하지 않도록 하기 위해 필사의 인내심을 소모했다. 이빨을 완전히 드러내며 웃고 있는 카라에게는 어느새 날카로운 송곳니가 생겨 있었다. 눈은 장난기가 감돌고 있었지만 송곳니는 장난이 아니었다.

"정말 날카롭다. 만져 봐도 되나요?"

"에피이!"

"바, 바보!"

레이드와 쇼가 거의 동시에 비명을 질렀다.

"근데 어떻게 이언 오빠와 애인이 되었어요?"

카라는 싱긋 웃으며 차를 한 모금 마셨다. 미소를 짓는 그녀에게서 송곳니는 이미 예전에 사라졌고, 원래의 좀 싸늘한 이미지의 미녀로 되돌아가 있었다.

"간단해! 사냥당했어! 뱀파이어 사냥."

"컥!"

"앗 뜨거!"

이번에는 레이드와 튜멜이 비명을 지르며 헛바닥을 만져 보았다.

쇼는 자신에게 엉겨 붙는 에피를 밀어내고 있었다.

"입 다물어! 사람들이 오해하잖아?!"

이언의 고함 소리와 카라의 웃음소리가 밤 공기를 흔들고 있었다.

〈 10 〉

　"뭐야? 그런 문제라면 간단하잖아?"

　카라는 눈가로 쏟아져 내리는 햇살을 손바닥으로 막으며 피식 웃었다. 여전히 그녀가 뱀파이어라는 사실에 민감한 튜멜, 쇼, 레이드는 정말로 불편한 심정으로 표정 관리에 혼신의 노력을 쏟고 있었다.

　유혈이 아니면 별로 놀라지 않는 성격의 레미는 태연하게 자신의 책에 몰두하기 시작했고, 파일런에게는 전투 이외의 것에 관심을 갖게 하는 것 자체가 불가능했다. 그녀가 뱀파이어라는 사실을 알게 된 노인은 고함을 지르고 광소를 터뜨리며 그녀가 발트하임의 왕성을 쳐들어가 줄 것을 요구했고, 광대 와이슨은 그를 진정시키기 위해서 식은땀을 흘렸던 비화가 있었다.

　그런 소란 덕분에 노인의 거취 문제를 제기했던 튜멜의 의견은 가볍게 묵살되었다. 현재 상황에서 모두의 관심은 뱀파이어라는 카라의 동작 하나하나에 집중되고 있었다. 그들 중에서 과거에 뱀파이어와 친분을 쌓았던 경험이 있는 사람은 없었다. 뱀파이어는 전설 속에서나 등장해야 마땅했다.

카라는 마차 지붕에서 잠을 자고 있는 이언에게서 떨어지지 않았고, 그 주변을 에피가 정신 사납게 얼쩡거리고 있었다. 덕분에 쇼와 레이드는 거의 몇 분 간격으로 엉덩이를 박차고 튀어 오르기 위해 멈칫거렸다. 카라가 주로 에피의 몸에 손을 대는 경우였다.

"뱀파이어는 이성의 피만 노린다고 들었는데… 아닌가?"

"대낮에도 돌아다니는 뱀파이어는 들어본 적 없어! 햇볕에 닿으면 타 죽는 게 정상이 아니었어?"

"두 사람, 소곤거려도 다 들려. 그냥 얘기하렴. 그리고 첫째, 뱀파이어는 그저 인간의 피를 노리는 거야. 성별의 유무는 상관없어. 둘째, 햇볕에 닿으면 소멸한다는 건 뱀파이어들이 인간들에게 꾸며낸 거짓 소문이야. 대낮에도 돌아다니면 아무도 의심하지 않잖니? 어때, 궁금증이 풀렸니?"

"……."

쇼와 레이드는 카라의 엄청난 청력에 기가 질려 입을 다물었다.

"언니한테 물리면 나도 뱀파이어가 되는 거야?"

"에피이!"

"바, 바보!"

쇼와 레이드가 다시 비명에 가까운 고함을 질렀다.

무심히 책장을 넘기던 레미는 마차 위에서 들려오는 두 사람의 고함 소리에 책장을 찢어낼 뻔하고는 미간을 살짝 찌푸렸다. 레미는 한숨을 쉬면서 다시 책으로 눈을 돌렸다.

"왜! 모두들 내 말을 그렇게 무시하는 거지? 남작 가문이 그렇게 우스워 보이나?"

카라와 에피의 소란 때문에 자신의 의견—노인의 거취 문제—이 무시당한 튜멜은 얼굴을 붉히며 짜증을 부렸다.

"응. 당연하잖니? 일개 남작 따위가 잘난 체하지 마렴."

마차와 나란히 말을 타고 있던 튜멜은 멍청한 얼굴로 카라를 올려다보았다.

"신의 섭리를 배반한 뱀파이어 따위가… 인간에게……."

"너, 자꾸 그러면 가만 안 놔둔다. 사랑하는 애인의 일행이라 난 최대한 호의를 베풀고 있는 거야. 너희들을 다 잡아먹는 데는 고작… 까악! 무슨 짓이야?!"

"한 번만 더 그런 재미없는 협박하면 죽는다. 이 덜떨어진 남작은 너는 못 죽여도 나는 죽일 수 있어."

잠에서 깨어난 이언이 누운 채로 카라의 머리를 때리며 말했다. 카라는 이언의 가슴 위에 턱을 괴고 엎드려 있다가 머리를 벅벅 긁으며 투덜거렸다. 숱이 가늘고 헝클어진 검정 머리였기에 그녀가 머리를 흐트러뜨리자 어딘지 차갑고 음산한 분위기가 감돌았다. 덕택에 남자들은 일제히 식은땀을 흘리기 시작했다.

"너무해, 딴 여자가 생긴 거지?! 오호라! 너, 10년 전의 그 뭐라더라… 아! 그때 그 스톨츠의 제7공주와 눈이 맞은 거지? 나를 10년씩이나 내버려 두고……."

"죽을래? 입 못 다물어?!"

이언은 재빨리 그녀의 말허리를 자르며 미간을 좁혔다. 그의 얼굴은 섬뜩하리만치 차가웠다. 카라는 손가락으로 눈가를 긁적거리며 히죽 웃었다.

"스… 톨츠의 제7공주… 라고? 왕족이랑 눈이 맞았단 말야?!"

"그것도 10년 전에?"

"너, 정제가 뭐냐? 정말로 샹들리에의 박쥐냐?"

"그것보다 저 정신 나간 노인네는 어쩔 거야?"

이언은 마차 뒤쪽에 매달리듯 앉아 있는 노인에 대해 물었다. 그제야 사람들은 원래의 화제로 되돌아갔다. 카라는 이언의 귀를 만지작거리며 장난을 치다가 고개를 들었다.

"니들, 라트에일로 간다며? 내가 듣기에는 라트에일 근교에는 상트 엘로세회(Sant-Ellothe:금욕 수도회) 소속의 수도원이 있다고 들었어. 상트 엘로세회는 대륙에서 정치적으로 중립이야. 아피아노의 중앙 대교국이 아니면 아무도 못 건드려. 실성해서 한 짓인데 처벌을 받는 건 좀 불쌍하겠지. 누가 지도없어?"

카라는 태연한 표정으로 지도를 찾았다.

"어? 언니, 수도원에 대해서 나보다 잘 아네? 십자가나 성수에 닿으면 소멸한다는 것도 거짓말이야?"

"당연하지. 뱀파이어가 되기 전에 나는 상트 이루엘(Sant-Ieruel) 세속 수녀회 수련사였어. 물론 지금은 뱀파이어니까 걸리면 화형 당하겠지만."

"그게 뭔데?"

"너, 아는 게 뭐 있니? 살다살다 너처럼 무식한 여자애는 처음 본다. 뭐랄까… 수녀는 수녀인데 결혼도 하고 사회 생활도 하는 수녀들이야. 내가 여기까지 오는 데 오래 걸린 것도 주일마다 마을에 들러서 성무에 참석하다 늦은 거야. 난 신앙심 깊은 뱀파이어거든. 아! 지도 고마워.”

카라는 파일런에게서 군용 지도를 받아 들면서 생긋 웃었다. 파일런은 피식 웃더니 다시 말을 몰아 선두로 돌아갔다.

“그러니까… 라트에일이라… 야르(Jaar) 강이 여기니까… 아! 여기 있다. 이쯤에 있을 거야. 흠, 저녁나절이면 도착할려나?”

튜멜은 황당한 시선으로 카라를 올려다보고 있었다.

‘저 복잡한 군용 지도를 읽는 거야? 저 뱀파이어가?’

튜멜은 이번 여행이 자신에게 기존의 상식과 가치관을 모조리 버릴 것을 강요하고 있다고 생각하고 있었다. 튜멜은 여행 초기에 이언과 파일런이 사용하는 군용 지도라는 것이 어떤 것인지 확실하게 배웠다. 그건 도저히 보통 사람이 읽을 수 있는 부류의 지도가 아니었다.

전투에 환장한 은퇴 기사와 미친 마법사와 이해가 불가능한 용병 부녀, 왕실 모독 죄로 쫓기는 실성한 노인과 바보 광대, 독약 제조가 취미라는 하이 스카우터, 그리고 이번에는 신앙심 깊은 뱀파이어라니…….

‘다음번엔 드래곤이 나와도 믿어버리겠어. 놀라지 않겠어.’

튜멜은 아픈 머리를 부여잡고서 한숨을 쉬었다.

상트 엘로세회 수도원은 라트에일에서 반나절 거리에 위치하고 있었다. 검약, 성실, 금욕을 실천하는 수사들은 스스로 밭을 일구어 생활 속의 노동을 실천했고, 검소하면서 절제하여 신앙에 대한 헌신을 목표로 삼았다.

저녁노을이 숲 속으로 침몰하기 시작할 무렵에 수도원에 도착한 튜멜 일행은 감탄스러운 시선으로 수도원을 바라보았다.

얕은 구릉 위에 돌로 세워진 수도원은 적어도 300년 이상은 되어 보였다. 수도원 앞에는 텃밭이 있었고, 주변으로는 발트하임, 아니, 대륙 북부인 라이어른 맹약국에서도 보기 드문 포도 밭이 펼쳐져 있었다.

"여기에도 풍차가 있네?"

레미는 창밖으로 고개를 내밀어 수도원 옆에 있는 작은 풍차를 보면서 중얼거렸다.

"근처 작은 농가들을 위한 걸 거야. 굳이 라트에일 같은 대도시로 가져갈 필요가 없을 정도로 적은 밀수확을 위한. 대가로 수확된 밀의 일부를 수도원에게 헌납할 거고, 수도원은 그걸로 빵을 만들겠지."

"항상 느끼는 건데 넌 이상하게 많은 것을 알아."

레미는 지붕 위의 이언을 올려다보면서 말했다. 이언은 자신의 무릎을 베고 잠든 카라의 머리를 쓰다듬으며 피식 웃었다.

"난 천재 마법사니까."

이언은 저녁노을을 받아 붉게 물든 얼굴로 미소를 지었고, 눈가로 흘러내린 긴 앞머리를 건성으로 쓸어 올렸다.

"안녕하십니까?"

"여행자 분들이신가요? 요즘 같이 어수선한 시절에 의외로군요."

늙은 수사는 인자하게 미소를 지었다. 짧게 자른 머리의 수사는 수사들 특유의 수도복 대신에 바지와 셔츠를 입고 있었다. 희끗희끗한 머리에 유난히 작은 키에 깡마른 체구임에도 수사는 탄탄한 느낌을 주고 있었다. 오십 평생 이상을 경건한 기도와 고된 노동으로 보낸 인간들 특유의 외모였다.

"영광된 그분의 말씀이 언제나 여러분과 함께하시기를. 들어오시죠."

"그분의 말씀은 언제나 진리의 길. 상트 엘로세회 소속의 리온 신부님의 소개를 받았습니다."

"리온 신부님이라… 어디 교구회 소속이신가? 사제명을 리온으로 받았다면 순례를 하시는 신부님이실 텐데."

· 늙은 수사는 반가운 표정으로 웃으며 카라를 바라보았다. 카라는 얌전히 두 손을 모으고 차분한 미소를 짓고 있었다.

그녀가 뱀파이어라는 사실을 아는 튜멜 일행은 등 뒤에서 말없이 식은땀을 흘렸다.

'수도원에서 쓸데없는 소리를 하는 놈은 죽인다.'

카라가 수도원 앞뜰에서 일행들에게 한 말이었다. 튜멜 일행은 카라에게 통상적인 물리적 공격이 전혀 통하지 않는다는 사실을 알고 있었다. 일행 중에 카라에게 상처를 입힐 수 있는 존재는 이언뿐이었다. 결국 그들은 카라의 지시대로 가만히 있기로 결정했다.

"들어오시죠. 조금 있으면 저녁 성복 시간입니다."

수도원으로 들어간 튜멜 일행들은 견습 수사들의 안내로 침실을 배정받았다. 식당 겸 성무 집전을 위한 홀을 가로질러 좁은 복도 너머로 별채와 연결되어 있었다.

"성복이 뭐예요?"

에피가 벌써 친해진 카라의 뒤를 따르며 나직하게 질문했다.

"너, 태어나서 한 번도 교회에 나가본 적 없지?"

"당연하죠. 말했잖아요? 난 회색남풍에서 자랐다고. 내 인생의 절반을 벌써 전쟁터에서 보냈어요."

"쉽게 말해서 밥 먹는 시간이야. 뭐, 엘로세 수도원이니 두꺼운 스테이크나 잘 만든 소세지는 기대하지 말아. 기껏해야 귀리 죽일 거야."

"에? 나 배고픈데… 밖에 나가서 마른고기라도 구워 먹을래요."

에피는 못마땅한 표정으로 한숨을 쉬었고, 카라는 빙긋 웃으며 에피의 뺨을 꼬집었다. 물론 그동안 등 뒤에서 걷고 있던 쇼와 레이드가 발작적으로 무기를 움켜잡았다.

"너, 그 갑옷부터 벗어."

"뭐? 아아, 여기는 수도원이지."

'여행을 한다고 벌써 이렇게 교만해지다니. 난 아직도 예절 교육과 자기 절제를 배워야 해.'

튜멜은 땀 냄새에 찌든 갑옷을 벗으며 이마에 심각한 줄을 그리고 있었다. 파일런은 벌써 자신의 가죽 흉갑을 벗고는 허리에 차고 있던 클레이모어를 풀렀다. 겉보기에는 무장 해제한 파일런이었지만, 그의 허리춤에는 단검이 셔츠 옷깃 속으로 들어가 감춰져 있었다.

"놔! 내가 왜 여기서 지내야 해? 내 애인은 옆방에 있잖아?"

갑자기 옆방에서 카라의 목소리가 들려왔다.

"저 마녀는 10년 동안 변한 게 없어. 제기랄."

이언은 짐 속에서 새로운 셔츠로 갈아입으면서 투덜거렸다. 튜멜도 깨끗한 새옷으로 갈아입다가 이언을 보았다.

"너, 나이가 몇이냐?"

"너보다는 많고 디르거 경보다는 젊어, 바보 남작."

이언은 피식 웃으며 셔츠 단추를 채웠다. 모처럼의 흰 색 셔츠와 검정 바지 차림이 된 이언은 외모가 확실히 틀려 보였다. 신고 있는 전투용 가죽 부츠를 제외한다면 연구에 열중하는 대학생으로 보였다.

"호오~ 역시 애인이 돌아오니 멋을 부리는 건가?"

"시끄러! 저런 마녀가 누구 애인이라는 거야? 너나 에피를 챙겨주지 그래?"

"죽인다! 난 분명히 세상 최고의 미녀를 아내로 맞이할 거라고 말했다!"

"자네들은 금욕 수도원에서도 수다를 떠는가?"

파일런이 나직히 말하고는 먼저 방을 나섰다. 마침 견습 수사가 저녁 성복에 참석하라고 알리러 오려는 찰나였다.

튜멜 일행은 더럽고 땀 냄새가 풍기는 옷을 벗고 깨끗하지만 수수한 옷으로 갈아입고 수도원 홀로 걸어갔다. 노인은 수도원에 들어온 이후로 입을 꾹 다물고 침묵하고 있었고, 이언이 빌려온 회색 수도복으로 갈아입은 상태였다. 튜멜은 문득 바보 광대 와이슨까지 입을 다물고 있다는 사실에 안도의 한숨을 쉬었다.

엘로세회 소속 수도원의 저녁 성복은 밭에서 손수 기른 야채로 끓인 수프와 딱딱한 수도원식 보리 빵과 과일이 전부였다. 길고 엄숙한 저녁 기도가 끝나자 식사가 시작되었다. 무심코 빵을 집어 들던 에피는 저녁 기도가 시작되자 어깨를 움츠리고 빵을 내려놓았다.

"언니, 이거 어떻게 먹는 거죠? 워햄머가 필요할 것 같은데."

에피는 생전 처음 보는 돌처럼 딱딱한 보리 빵을 만지작거리며 카라에게 물었다. 태연하고 능숙한 솜씨로 보리 빵을 뜯어서 수프에 적셔 먹는 사람은 이언과 파일런, 그리고 카라가 유일했다.

튜멜과 레미도 돌처럼 딱딱한 보리 빵이 낯선 것은 마찬가지였다. 레텔(Retiel)이라고 불리우는 수도원식 보리 빵은 보통의 악력으로는 흠집조차 낼 수 없을 정도였다. 바보 광대 와이슨은 아예 수프 속에 보리 빵을 집어 넣어 불리고 있는 중이었고, 노인은 음식에 별로 손을 대지 않고 있었다.

"내가 해줄게. 이리 줘봐. 여기 갈라진 틈에 손톱을 밀어 넣고… 이렇게."

"와아~ 대단한 힘이야."

"이건 힘이 아니라 요령이야."

"카라 씨, 죄송하지만 저도 좀 해주시겠어요?"

"물론. 쯧쯧, 너도 고생이란 게 뭔지 모르는 아이구나?"

레미는 카라가 29살인 자신을 아이라고 부르자 어색하게 미소를 지었다.

쇼는 그들보다는 훨씬 머리가 좋았다. 쇼는 태연한 얼굴로 빵을 탁자 아래로 가져갔고, 자신의 가죽 부츠에 몰래 꽂아둔 단검을 뽑아 탁자 아래서 충분한 크기로 빵을 잘랐다. 도박 덕택에 눈썰미가 좋은 레이드는 쇼의 옆구리를 찔렀고, 쇼는 주변을 둘러보며 슬쩍 레이드에게 단검을 건넸다. 호흡이 잘 맞는 두 사람이었다.

빵 때문에 고생하고 있는 것은 결국 튜멜 혼자였다. 튜멜은 마침내 화강암처럼 단단한 보리 빵을 포기하고 수프와 과일만으로 저녁을 때웠다. 하지만 수도원의 규칙상 일체의 향신료나 소금이 들어가지 않은 수프는 또 다른 의미에서 튜멜을 괴롭히고 있었다. 특히 소금과 후추가 들어가지 않은 음식을 먹어본 적이 없는 튜멜이었다.

'얼마나 경건하고 검소한 신앙인들의 자세인가? 그동안 떠돌이들에게 휩쓸려 나 자신을 망각하고 있었어.'

튜멜은 먹기 좋은 크기로 잘라놓은 양배추를 씹으며 생각했다. 식탁 맞은편에서는 레미가 조금 어색한 표정으로 빵을 씹고 있었다.

'확실히 핼쑥해지셨어… 아낙스 양은…….'

튜멜은 한숨을 쉬면서 과일을 집어 들었다.

〈 11 〉

튜멜은 세상에 대해 불만이 많았다.

여행을 떠난 이후로 그가 만나게 되는 사람들, 그가 보게 되는 사실들은 모두가 그의 마음에 들지 않았다. 지금 상황도 튜멜에게는 결코 마음에 들지 않았다. 여행으로 굶주린 배를 만족스럽게 채우지 못한 저녁 식사 시간이 끝나자 기다리는 것은 난데없는 술자리였다. 스스로 경건한 신자라고 생각했지만 한 번도 수도원 생활을 하지 않았던 그는 당황했다.

'이게… 금욕 수도원이라고? 어디가?'

튜멜은 불편한 심정으로 미간을 찌푸리며 건성으로 잔을 기울였다. 상당한 인원의 수사들과 튜멜 일행은 한데 어울려 술자리를 벌였다.

당연한 말이지만, 각국에서 소비되는 모든 종류의 술들은 대부분

수도원에서 양조되었다. 술을 구하는 것도 어렵지 않았고, 마시는 것
도 어렵지 않았다. 게다가 라트에일 근교의 상트 엘로세회 수도원은
라이어른을 통틀어 와인을 생산할 수 있는 수도원들 중 하나였다.

튜멜은 수도원 근방을 가득 메우는 대규모 포도 밭을 보고서 이곳
이 와인을 생산하는 수도원이라는 것을 예측하지 못한 자신에게 혀
를 찼다. 물론 그에게는 포도의 품종을 보고 그것이 와인용 포도 밭
인지 단순한 식용 포도를 생산하는 곳인지 구별할 능력은 없었다. 그
는 정신없이 와인을 마시고 있는 이언과 카라를 보면서 그들이 고의
적으로 이곳으로 행선지를 잡았다는 의심이 들었다.

"와아~ 신부님! 이거 정말 맛있어요!"

에피가 맥주를 마시는 파인트(Pint:대략 0.47리터) 잔에 담겨진 와인
을 비우면서 소리쳤다. 22살의 에피가 맥주 잔으로 와인을 마시는
광경을 보고 있는 쇼와 레이드, 레미의 표정은 조금 굳어져 있었다.
어지간하게 술을 마시지 않는 이상 파인트 잔에 와인을 가득 채워 마
시는 인간은 없었다.

"당신 딸 혹시 술 주정이 심한 건 아니지? 여긴 금욕 수도원이야."

"몰라, 적어도 나보다는 술을 잘 마셔."

쇼와 레이드는 여전히 나란히 앉아서 귓속말을 주고 받고 있었다.

"허허, 귀여운 아가씨로군. 하지만 난 신부님이 아니라네. 렝 수사
라고 부르게. 신부님은 교구 활동을 하시면서 성무를 집전하시는 수
사님에게만 붙이는 호칭이야. 나처럼 신앙심이 부족한 농사꾼에게
붙일 호칭은 아니지."

일행 중 가장 체구가 큰 파일런이나 레이드보다도 키가 크고 근육
질로 뭉쳐진 체구의 수사는 짧은 머리를 긁으며 웃었다. 다른 수사들

처럼 렝 수사도 셔츠와 바지 차림이었고, 외모로 보면 수사라기보다는 용병으로 보였다.

"어찌 되었든 이건 너무 맛있어요오~ 우힛! 한잔 더 주세요!"

"허! 수사 생활 20년에 수사만큼 주량이 센 여행자는 처음 보는군. 젊은 아가씨가 대단해. 얼굴도 귀엽고. 남자들에게 인기가 많겠어."

렝 수사는 다시 에피의 파인트 잔에 와인을 채워주며 유쾌하게 웃었다. 에피는 가늘게 실눈을 뜨고서 쇼를 바라보았다. 쇼는 무심코 잔을 기울이다가 에피와 시선이 마주쳤고, 간신히 와인을 뿜어내는 추태를 모면했다.

"어떤 남자는 임자가 있고, 어떤 남자는 날 싫어하죠."

"허허, 설마, 이렇게 술 잘 마시고 귀여운 아가씨를."

'위험해. 경이적인 커플이야.'

쇼와 레이드는 거의 동시에 그런 생각을 했다. 실제로 에피와 렝 수사가 비우는 와인은 다른 사람들이 비우는 양에 비해 거의 3배에 육박하고 있었다. 술에 강하다고 자부하는 직종의 종사자들인 전직 하이 스카우터와 전직 용병은 식은땀을 흘리면서도 자신들끼리 술잔을 비우고 있었다.

"지나가는 여행객들에게 이렇게 와인을 대접하셔도 되는 건가요?"

레미의 질문에 맞은편에서 술을 마시고 있던 수도원 원장, 그들을 처음 맞이했던 노년의 수사는 미소를 지었다.

"괜찮다네. 어차피 이 와인은 948년산이야. 제작년에는 비가 많이 내리고 일조량이 부족해서 포도 수확이 엉망이었다네. 포도 성장기와 수확기에 일조량이 충분하지 못했기에 포도의 당도가 엉망인 해였어. 그래서 이 와인의 풍미가 살지 않은 불량품이야. 까다로운 귀족들에게 납품하기도 어려우니 그냥 여행자들이 방문하면 수사들과 함께 마셔 버리는 게 최고지. 뭐, 라트에일의 술집들에게 공급하고 남은 분량이기도 하고.”

“이게 불량품인가요? 제가 보기에는 나쁘지 않은데요? 물론 죄송한 말씀이지만, 라 디볼 와인과 미소 여왕과는 비교하기 힘들지만… 어차피 특상품 와인이 아니라면 이 정도도 훌륭한 것 아닐까요?”

레미는 살짝 와인을 머금고 향과 감미를 시험해 보고는 조금 의아한 표정으로 수도원장을 바라보고 있었다. 수도원장은 웃으면서 탁자를 두들겼다.

“허어, 자네 그 특상품 와인들을 마셔봤는가?”

“네, 옛날에 조금이요. 술을 즐기는 편이 아니라.”

“술을 내리신 건 신의 자비고, 라 디볼과 미소 여왕을 내리신 건 신의 은총이야. 단 한 번 맛보았지만, 그건 정말… 유감스럽게 이곳 라이어른은 그런 특상품이 나올 만한 기후가 못 되지. 비가 너무 많이 오니까. 실제로 와인용 포도를 재배할 수 있는 곳은 이곳 라트에일 근교까지가 북방 한계선이야. 여기보다 북쪽에서는 와인을 만들지 못해. 아쉬운 일이지.”

“네, 그렇군요.”

레미는 미소를 지으며 다시 한 번 와인을 가볍게 음미했다.

“좀 떨어져 앉아! 엉겨 붙지 말랬지! 수도원에서 뭐 하는 짓이야?!”

이언은 자신의 목을 끌어안은 카라의 팔을 떼어내며 말했다. 그들과 술잔을 주고받던 수사들이 일제히 와~ 하고 웃으며 탁자를 두들겼다.

"어이, 젊은 형제. 이렇게 아름다운 아가씨의 애정을 거부하는 건 예의가 아니라네."

"그쵸? 저 정말 예쁘고, 아름답고, 우아하고, 귀엽죠? 근데 이 남자는 여자 보는 눈이 없는 것 같아요. 이런 나를 10년씩이나 혼자 버려두기도 했어요."

"저런, 너무하는군. 혹시 젊은 형제도 엘로세회 수사였나? 우리처럼? 핫하하!"

"대신에 너는 성격이 나쁘지. 세상은 공평한 법이야."

언제나 그렇듯, 이언은 수사라기보다는 술집 주정꾼에 가까운 수사들의 야유와 카라의 도발에도 한 치의 흔들림이 없었다. 이언은 무표정하고 졸린 표정으로 잔을 기울였다. 카라는 이언의 말에 발끈 화를 내기 시작하면서, 이언의 멱살을 움켜잡고는 얼굴을 이언에게 바짝 붙였다. 서로의 코가 엇갈릴 정도로 가까운 거리였다.

"내 성격이 어때서?"

"넌 성격이 나빠. 몰라서 묻냐?"

"호오! 두 사람, 수도원에서 애정 행각을 벌이려는 건가?"

"마구간은 미리 치워두었네. 거긴 수도원 밖이니까 상관없을 거야."

"암암, 한창 젊은 연인들이 수사들을 방종의 유혹에 빠지게 할지 모르는 거야."

"하아~ 죄송하지만 수사님들은 벌써 방종한 것 같은데요? 저 친구 표정을 보시죠."

이언이 피식 웃으며 지시한 방향으로 수사들의 얼굴이 일제히 돌아갔다.

"뭐, 뭐야?"

혼자서 술을 마시던 튜멜은 자신에게 갑자기 시선이 쏟아지자 얼굴을 붉히며 당황했다. 수사들은 일제히 고개를 끄덕이고 있었다.

"역시……."

"저 형제께서는 우리가 방종하다고 여기고 있어."

"중앙 대교국에서 조만간 교구 감사가 오게 될 거야. 타락 수도원이라고."

전후 상황을 눈치 챈 튜멜은 이언을 사납게 노려보기 시작했다. 이언은 태연한 얼굴로 술잔을 기울이고 있었다. 튜멜은 자신을 보며 고개를 주억거리는 수사들에게 아니라고 항변하고 싶었지만, 딱히 적당한 말이 떠오르지 않아서 고개를 돌리고 와인을 벌컥벌컥 들이켰다. 사람들의 시선 때문인지, 와인의 취기 때문인지 그의 얼굴을 붉어져 있었다.

"모처럼 별이 맑은 밤이군요."

파일런 디르거는 고개를 돌렸다. 수도원 정문 현관에는 술잔을 들고 있는 쇼와 레이드가 서 있었다. 그는 조용한 얼굴로 소중한 유리병이 깨지지 않도록 밀짚으로 포장한 와인 병을 기울였다.

"별은 맑을지는 몰라도 공기는 맑지 못하군."

"네?"

쇼와 레이드는 거의 동시에 대답을 하면서 머리를 긁었다. 레이드는 명색이 전직 용병이어서 파일런의 용병식 말투를 곧바로 이해했다. 레이드는 기지개를 켜면서 재빠르게 어둠 저편을 훑어보았다.

"대략 200미터 정도… 상당히 가까이 접근했군요. 아무리 어둠 속이라지만. 인원은 어두워서 잘 모르겠군요."

"방향은?"

레이드의 말을 이해한 쇼가 물었다. 레이드는 턱을 긁적거리며 와인을 한 모금 마시면서 느긋하게 대답했다.

"서남쪽. 낮 시간에 미행하던 놈들과는 조금 방향이 다른 것 같은데."

"그렇다면 남자들만의 애정 어린 인사를 해줘야지?"

쇼와 레이드는 서로를 보면서 피식 웃더니 일제히 서남쪽을 향해서 가운데 손가락을 들어 보였다. 수도원 처마에 매달린 등불 때문에 쇼와 레이드의 모습은 어둠 속에서 또렷하게 보였다. 그리고 두 사람은 호탕하게 웃기 시작했다.

"내일 아침에 자네들이 목에 단검이 꽂힌 채 잠들어 있지 않기를 빌겠네."

파일런은 술을 마시면서 무심하게 말했다.

불빛이 없는 숲 속의 밤은 어두웠다. 모닥불은 희미하게 어둠을 밀어냈다. 하지만 어둠 속에서 모닥불의 힘은 너무 무력했다. 여섯 명의 사내들이 모닥불 주변에 몰려 앉아 있었다.

"제기랄, 언제까지 이 짓을 해야 하는 거지?"

"상대는 보통이 아니야. 조심하지 않으면 우리가 당한다구."

"뭐, 착수금도 적지 않은 액수였는데 관두고 도망쳐 버릴까?"

"그럼 또 다른 놈들이 이번에는 우리를 쫓아다닐걸?"

"정확한 목표가 도대체 누구야? 분명히 4명이라던 일행이 9명이라니?"

"몰라. 의뢰주가 그런 건 말해 주지 않았어. 상관없잖아? 4명이든

9명이든 모조리 죽여 버리면 그뿐이야."

"상대는 보통이 아냐. 테일부룩이라는 저 얼빠진 남작의 영지로 갔던 4명은 시체조차 찾지 못했어. 녀석들은 우리가 따라붙은 걸 알고 있어."

사내들은 모닥불에 늦은 저녁 삼아서 어렵게 잡은 토끼 몇 마리를 구워 먹으며 낮게 소곤거렸다. 소금도 없이 그냥 구운 고기는 심하게 비린내가 났지만, 그들은 이미 그런 것에는 익숙해져 있었다. 그거라도 먹을 수 있는 것이 행운이었다.

"거기가 이름이 뭐였지?"

"어디?"

"그 왜… 도적들이 습격한 마을."

"흠… 피네벡? 피노벡? 피레벡? 그 비슷한 이름이었어. 왜?"

"거기서 나타난 녀석들 기억나? 네 명인가였는데… 지붕에서 뛰어내렸잖아?"

사내들의 등골을 따라 차가운 냉기가 쫘악 뻗어 나갔다.

그 높이에서 태연하게 뛰어내리는 존재. 결코 보통 인간은 아니었다. 자신들도 그 높이에서 발목이 부러지지 않고 뛰어내릴 수 있을지 고민해 보던 사내들은 재빨리 그런 생각을 털어버렸다. 전투는 곡예가 아니다. 사내들은 그런 생각으로 스스로를 자위했다.

"녀석들도 우리와 같은 목표인 것 같던데? 그리고 보니 도적들도 어딘지 석연찮은 게 마치 그 덜떨어진 남작 일행을 노리는 것 같았어."

"설마, 그럼 세 조직에서 동시에 하나의 표적을 노린다는 건가?"

"그놈들은 어디 용병단 소속이지?"

"혹시 같은 의뢰주가 동시에 세 군데 암살 의뢰를 한 것은 아닐까?"

"이 바닥 규칙을 몰라? 이중 계약은 보복을 받게 되잖아?"

"우리 혹시 정치적인 문제에 말려든 건 아닐까?"

"제기랄! 그러면 곤란한데… 정치적인 암살은 항상 뒤끝이 더러워."

6명의 사내들은 불편한 표정으로 묵묵히 각자의 고기를 씹었다. 하급 귀족들 일행인 것 같았지만 오랜 시간 동안 이런 생활을 했던 경험상 무언가 복잡한 정치적 배경이 깔려 있을 것이라는 예감은 오래전부터 느끼고 있었다.

"……?"

갑자기 두 명의 사내가 입에 물고 있던 고기를 떨어뜨렸다. 사내들은 의아한 눈으로 두 사내를 바라보았다. 두 사내는 멍청한 표정으로 어둠 저편을 노려보고 있었다.

"어이, 저기에 뭐가 있는데?"

사내들은 고기를 씹으며 어둠 저편을 노려보았다. 어둠 저편에는 아무것도 없었다.

스륵.

두 명의 사내가 힘없이 앞으로 넘어졌다. 예리한 단검들이 사내들의 목덜미를 파고들어 와 사내들의 연수를 부숴 버린 이후였다.

그것을 발견한 사내들이 당황하며 비명을 지르거나 롱 소드의 손잡이를 움켜잡기 위해 몸을 움직이려고 했다. 하지만 그때 무언가 차갑고 예리한 것이 수평으로 지나갔고, 비명이나 고함, 욕설을 내지르기 위해 입을 벌렸던 그들은 머리가 맥없이 무릎으로 떨어졌다. 어둠 속에서 선홍색 피가 수직으로 솟구쳐 올랐다.

"누, 누구냐?!"

사내는 당황하면서 검을 뽑아 들었다. 순간 묵직한 충격이 가슴팍에 느껴졌다. 사내는 고개를 숙이는 순간 자신의 가슴 한가운데를 뚫고 나온 검신을 발견했다. 검신에는 핏방울이 맺힌 채 떨어지고 있었다.

'검? 어디서?'

그것이 사내의 마지막 의식이었다.

"뭐야? 이런 한심한 놈들은?"

롱 소드에 묻은 피를 털어내며 한 사내가 나직하게 말했다. 어둠 속에서 다시 한 사내가 걸어나왔다. 평범한 복장에 지극히 평범하고 개성이 없는 얼굴을 가진 사내였다. 한번 보고 돌아서면 완전히 잊어버릴 만큼 특징이 없는 얼굴들이었다.

4명의 사내들은 6명의 용병들이 모두 죽었는지 재차 확인했다. 대부분 목이 잘리거나 내장들이 흘러나온 모습으로 죽어 있었다. 하지만 암살자들은 내장이 흘러나온 채 죽어 있는 용병들의 목 부분 경동맥을 가볍게 잘라내 확인했다. 이미 심장들이 멈추었기 때문에 동맥이 잘리워도 피는 쿨럭거리며 솟아오르지 않은 채 그저 조용하게 흘러나왔다.

"대장의 지시가 확실해? 이 벌레들을 치우라는 명령이?"

"확인했어. 지시는 '다른 암살대가 붙어 있다. 제거하라!' 였어. 아무래도 우리 편 의뢰주가 고용한 놈들은 아니야. 이런 하찮은 용병들을 암살 임무에 고용한 걸 보면."

"오랜만에 먹어보는 고기인데?"

암살자들 중 한 명이 바닥에 떨어진 토끼 고기를 맛보며 말했다. 그들은 피네벡에서 예기치 않았던 기사단과 격돌한 직후 후퇴했던 암살자들이었다. 5명이었던 암살자들은 이제 4명으로 줄어 있었다.

암살자들은 모닥불 주변에 널려진 토끼 고기를 주워 먹기 시작했다. 그들은 밤에도 불을 피우지 않았고, 어쩌다 고기를 잡아도 그냥 생식으로 먹었다. 밤중에 숲 속에서 불을 피우는 것은 자신들의 위치를 광고하는 행위였다. 그들은 최대한 거리를 벌려두고 미행을 하고 있었다.

다행히 튜멜 일행들은 야영지 흔적을 지우지 않은 채 이동하고 있었기 때문에 그들은 굳이 가시거리 안에서 그들을 미행할 필요가 없었다. 암살자들은 일행 중의 늙은 기사를 가장 경계하고 있었다. 피네벡에서 그의 역량을 확인했던 암살자들은 가시거리 추적을 시도하면 곧바로 그가 눈치 챌 것이라는 것을 알았다.

이따금 관측수 한 명이 하루에 한 번씩 튜멜 일행의 가시거리까지 접근해 진행 경로와 상황을 파악했고, 다시 야영지를 기준으로 추적하는 일을 반복하고 있었다.

하루에 한 번씩 접근하는 것 때문에 그들 일행 중 노련한 사람들은 이미 자신들이 따라붙었다는 것을 알고 있을 터였지만 그런 것은 어쩔 수 없었다. 암살자들은 지금 가능한 한 가장 먼거리를 두고 미행을 하고 있었다.

"대장은 너무하는군. 힘든 일은 우리에게 떠넘기고 자신은 여자랑 놀고 있다니."

"임무가 끝나고 대장과 귀환하면 전해주지, 그 말은."

"어이, 농담이야. 대장 성격에 내 살가죽을 천천히 하나씩 벗겨 줄 거라고."

"그러고 보니 저번 임무에서 대장이 그런 짓을 했었지?"

"상처 하나 없이 고스란히 살아 있는 사람의 살가죽을 벗기다니… 지독했어."

"다 먹었으면 가자. 내일 오전에 미리 라트에일로 잠입해서 기다리라는 명령이야."

"우리가 먼저 도시로 잠입하는 거야?"

"미행이라는 것은 항상 뒤를 쫓아다니는 게 아냐."

암살자들은 모닥불 주변을 돌면서 만의 하나, 자신들의 흔적이 있는지 꼼꼼하게 조사했다. 확인을 마친 그들은 처음처럼 소리없이 숲 속의 어둠 속으로 사라졌다.

모닥불 주변에는 6구의 시체들과 먹다 버린 토끼 고기만 남아 있었다.

별이 정말로 아름다운 밤이었다.

〈 12 〉

선대 에이샤 6세 여왕의 장녀이자, 왕위를 계승하여 하이나 11세라는 왕명을 받은 루엘라이 파반트 크림발츠 여왕은 여전히 모친의 죽음을 애도하는 '슬픔의 기도'를 계속하고 있었다. 여왕의 머리에는 왕관을 대신하여 검은 베일이 씌워져 여왕의 수심에 찬 얼굴을 가리고 있었고, 금박으로 장식된 화려한 '아렐 크로이겐(A' Relknroigen:여왕의 드레스, 권위를 상징)'을 입는 대신에 검은 상복을 입었다.

하이나 11세 여왕의 곁에는 오직 소수의 시녀들만 머물고 있었으며, 여왕이 오래전부터 기거하는 북쪽 별관 '슬픔의 탑' 입구는 여왕의 창기병 소속 정예병들이 보초를 서고 있었다.

여왕의 명령에 따라 아무도 그들을 통과해 탑으로 올라갈 수 없었다. 물론 여왕의 부군인 민트 J. 케언 공작은 일주일에 한 번씩 여왕에게 인사를 드릴 수 있었다. 그외의 인물들이 만약에 여왕을 알현하고 싶어한다면 창기병 정예병들과 정면으로 싸울 자신이 있어야 했다. 적어도 크림발츠에서는 그런 사람은 극히 드물었다.

크림발츠의 왕성 '장미여왕 1세'에 딸려 있는 3개의 별관 중에서 가장 먼저 지어진 북쪽 별관 슬픔의 탑은 크림발츠의 건국 역사와 거의 비슷한 연륜을 갖고 있었고, 그 긴 시간 동안 크림발츠 왕실의 많은 비사와 야사가 잠든 곳이기도 했다.

슬픔의 탑은 왕성에 있는 무려 15개에 달하는 중정들 중에서 가장 큰 중정인 '거울의 정원'을 둘러싼 아케이드(Arcade)와 갤러리, 측랑에서 연결되는 구조를 가지고 있었다. 11층 높이로 건축된, 대륙에서 가장 높은 건축물들 중 하나였고 특이하게 외부와 통하는 출입문이 없었다.

오직 본관 장미여왕 1세와 연결된 중정인 거울의 정원을 정사각형으로 둘러싼 측랑을 통해서만 들어갈 수 있었고, 슬픔의 탑과 연결된 복도는 한 사람이 겨우 지나갈 수 있을 만큼 좁았다. 다수의 외부 침입자가 습격하는 것을 저지하기 위한 구조였다. 그리고 탑에 있는 최초의 창문은 지상 9층 높이에 있었다. 이 높이는 본관 장미여왕 1세의 지붕에서도 올라갈 방법이 없다는 것을 의미했다.

크림발츠의 건국 시조 세나이얀 2세 초대 여왕은 파반트 가문의 저택이던 왕성을 증축하면서 장미여왕 1세라는 이름을 붙였다. 여왕은 건국 초기의 어수선한 정세 속에서 여러 차례에 걸쳐 암살 위협을 받았고, 국왕의 은신처를 목적으로 북쪽 별관의 건설을 지시했다. 세나이얀 2세 여왕은 20년에 걸친 북쪽 별관의 완공을 보기 2년 전 병사하고 말았다. 크림발츠 2대 국왕인 라헬리온 1세(Rahelion 1st.)는 모친을 기리는 의미에서 별관의 이름을 '세나이얀의 탑'이라고 명명했다.

하지만 이 탑의 최초의 주인은 왕권 다툼에서 남동생에게 밀려난 아렐린 루딘 이자엘 파반트(Arelin Rudin Isael Fahrwand) 공주였다.

숙부를 등에 업고 19살의 나이로 크림발츠 제4대 국왕이 된 카렐 1세(Kharel 1st.)가 원래 왕위 계승 내정자였던 아렐린 공주를 정신 이상이라는 이유를 붙여 이 탑에 유폐시켰다.

탑의 1층 출입구는 납으로 봉해졌고, 탑의 9층에 설치된 도르레로 본관 지붕에서 음식물과 의복을 반입해 주게 했다. 22살의 나이로 탑에 유폐된 공주는 그후 23년 간 누구와도 접촉하지 못한 채 유폐되었고, 45세의 나이로 탑에서 투신자살했다. 23년 동안 시녀 한 명 없이 홀로 탑 속에 감금된 아렐린 공주는 탑 속에서 도합 102권의 저서를 저술했고, 마지막 3년 간은 정말로 미쳐 버렸다.

저서를 태우라는 카렐 1세의 왕명에도 불구하고 당시 궁내부장에 의하여 제45권과 제81권만 소실된 채 100권의 저서가 남겨졌다. 카렐 1세에게 소실된 두 권을 책을 보여 확인받은 뒤 비슷한 모양을 다른 책들과 함께 태우는 기지를 발휘한 것이다. 당시 궁내부장이 태운 책들은 왕실 도서관의 소장본들이었다고 한다.

철학에서 시, 희곡, 종교, 역사에 대하여 다방면에 걸쳐 저술된 102권의 저서에는 '슬픔의 탑에서(Ron ei Maarzetom)'라는 제목이 붙어 있었다.

카렐 1세 사후, 북쪽 별관은 슬픔의 탑이라고 개칭되었다. 지금도 탑 1층의 현판에는 세나이얀의 탑이라는 이전 명칭의 현판과 그 아래에 새로운 현판인 '슬픔의 탑-아렐린 공주를 위하여'라는 청동 현판과 그녀의 옆얼굴이 조각되어 있었다.

이후 크림발츠의 역사 동안 슬픔의 탑은 왕권 내부의 권력 숙청의 장소로, 혹은 암살 위협을 받던 국왕들의 은신처로 사용되었다. 물론 인자한 국왕들이 겸허한 마음으로 참회 기도의 장소로 사용하기도 했었는데, 현 여왕 하이나 11세는 모친의 죽음을 애도하는 장소로 이용하고 있었다.

민트 J. 케언 케언 칙명관은 지긋한 눈으로 창밖을 바라보고 있었다. 왕성 장미여왕 1세와 그 너머로 귀족들이 거주하는 내성 시가지와 외성에 둘러싸인 수도 하리야나의 시가지 모습이 모두 들어오고 있었다. 민트 J. 케언은 눈을 가늘게 뜨고서 외성벽 너머로 보이는 위디렌(Wydhiren) 강과 위디렌 평야를 바라보고 있었다.

"덥군. 벌써 녹해(Green Sea : 지중해)의 바람이 불어올 계절인가?"

"어쩐 일이시죠, 이곳에는?"

케언의 등 뒤에서 하이나 11세 여왕이 조용하게 물었다. 케언은 천천히 뒤를 돌아섰다. 그리고는 자신의 아내이자 크림발츠의 여왕인 그녀에게 미소를 지었다. 탑의 10층에 위치한 서재는 조용했다. 아렐린 공주가 23년 동안 102권의 저서를 쓰고 마지막에는 광기를 못 이겨 투신자살한 방이었다. 서재의 구석에는 아렐린 공주의 대리석 흉상이 놓여져 있었다. 흉상 아래쪽에는 아렐린 공주의 저서에서 발췌한 문장이 음각으로 새겨져 있었다.

자유를 요구한 대가는 크다. 제11권 제3장

하이나 11세는 케언이 눈부신 모래 빛 머리를 쓸어 올리며 미소를 짓자 입술을 깨물었다. 그들의 대화를 타인들이 듣는다면 심각한 사태가 발생할 터였다. 케언은 그녀의 남편이기에 앞서 칙명관으로, 그녀의 신하였다. 케언과 같은 신분의 부군은 아내인 여왕에게 결코 반말을 사용할 수 없도록 왕실 예법에 정의되어 있었다.

"얼마 전에 에드메이드 창기병단 기사단장이 다녀갔다더군."

"네, 국왕 친위대니까요."

"무슨 얘기를 했지?"

"단순한 인사치레였어요. 안심하시죠. 저는 아무 말도 하지 않을 테니."

"아닐 텐데?"

"에드메이드 경께서는 슬픔의 기도를 끝내고 왕좌로 복권을 권유했습니다만, 제가 거부했습니다."

"이유는?"

"같은 해에 오라버니와 어머님을 함께 잃었습니다. 그들의 죽음에 대한 슬픔이 저로서는 감당하기 힘들다고 했습니다. 그리고 또한 케언님께서 성실하게 왕권 대행을 하고 계시지 않냐고 반문했습니다."

"잘하는군."

케언은 벽쪽으로 걸어가 와인 잔을 채웠다. 하이나 11세는 검은 베일 너머로 물끄러미 그 모습을 바라보더니 입을 열었다.

"만의 하나, 제가 그 속에 독약을 넣었다면 어쩌실 거죠?"

케언은 하이나 11세에게 다시 부드러운 미소를 지었다. 그리고는 단숨에 잔을 비웠다. 잠시 동안의 정적이 서재를 맴돌았다.

"독은 없는 것 같군. 맛이 좋아, 이 와인은……."

"당신의 자신감은 어디서 나오는 거죠?"

케언은 두 잔째의 와인을 채우다가 살짝 미간을 찡그렸다.

'데일 후작이 대낮부터 와인을 과하게 마신다고 뭐라고 하겠군.'

그는 한숨을 쉬고는 잔을 들고서 다시 창가로 걸어갔다. 서재 한가운데 서 있는 하이나 11세는 여전히 움직이지 않고 있었다. 멀리서 오후 2시를 알리는 예포 2발이 둔중하게 울려왔다.

"진정한 자신감이란 힘을 동반하는 거야. 내게는 충분한 힘이 있지. 권력이라는 막강한 힘이. 하지만 힘을 동반하지 못한 자신감은 만용이라고 부르지. 넌 지금 만용을 부리고 있어. 한 번만 더 그 따위 위험한 줄타기를 한다면 이 탑 지붕에다 목매달아 버린다. 명심하고 있어."

"소수의 시녀들과 궁내의들이 대관식 직후에 일제히 실종된 것처럼요? 흔적도 없이 사라져 버렸죠. 슬픈 일이에요."

"맞아. 슬픈 일이지. 한 사람의 이기심 때문에 여럿이 불행해졌지."

"당신의 이기심은 아니었나요?"

"그런 일은 없어."

"거짓말."

하이나 11세는 천천히 케언에게 다가갔다. 그리고 살며시 베일을 걷었다. 케언은 물끄러미 루엘라이 파반트 여왕의 얼굴을 바라보았다. 그리고 그녀의 입술이 살며시 케언의 입에 밀착되었다. 키스는 격렬하지 않고 조용했고, 짧았다.

"어떤가요? 오랜만에 부군 노릇을 하고 싶어서 오신 건가요?"

케언은 머리를 쓸어 올리며 웃었다. 그리고 하이나 11세 여왕의 목줄기를 거칠게 틀어 잡았다. 웃는 모습과 목줄기를 조르는 두 상반

된 행동에는 아무런 연관도 없었고 예고도 없었다. 그는 입가에 맺혔던 미소가 희미해지기도 전에 이미 여왕의 목줄을 조르고 있었다.

"컥!"

하이나 11세 여왕은 짧게 신음을 토했고, 그녀의 하얀 얼굴은 이내 붉게 물들었다. 그녀는 필사적으로 버둥거렸지만 좀처럼 케언의 손아귀에서 벗어나지 못했다. 케언은 기사 출신으로 이름이 높았고, 지금도 검술 훈련을 게을리 하지 않는 인물이었다. 훈련으로 단련된 그의 악력은 보통 사람들로서는 상상도 할 수 없었다.

"재미있나?"

케언의 질문에 그녀는 대답할 수 없었다. 아니, 대답은 고사하고 비명을 지르는 것조차 하지 못했고, 두 손으로 케언의 팔에 매달리며 버둥거렸다. 그는 좀처럼 힘을 늦추지 않았고, 그녀는 질식사하기 직전으로 몰렸다. 그녀의 눈빛이 안타깝게 흔들렸다. 그것은 삶에 대한 미련이었다.

"한번만 더 그 짜증나는 얼굴을 들이밀면 여왕이고 뭐고 죽여 버린다. 명심해."

케언은 그녀를 놓아주었고, 하이나 11세 여왕은 바닥에 주저앉은 채 격렬하게 기침을 하면서 눈물을 흘렸다. 그는 미소를 머금은 얼굴로 다시 세 잔째의 와인을 손에 들었다. 하이나 11세 여왕의 격한 오열과 쿨럭거림은 한동안 계속되었다.

'죽여 버리고 싶어!'

하이나 11세는 눈물에 젖은 눈으로 케언의 뒷모습을 노려보고 있었다.

"왜 나를 살려두는 거죠? 당신이 사랑한 건 제가 아니잖아요? 이렇게 불편한 방법으로 허수아비 같은 나를 세워두는 이유가 뭐죠? 나를 죽여 버리고 당신이 국왕이 되면 아주 간단한 문제가 아닌가요?"

"머리가 나쁘군. 왕권은 직계 왕가가 계승해. 네가 죽으면 슬라임 녀석이 국왕이 되지. 그럼 크림발츠는 끝장이야. 그리고 나는 왕권 따위에는 예전부터 전혀 관심이 없었어."

"그럼 어째서 여왕의 남편이 된 거죠? 당신은 위선자예요!"

"그건 내가 원한 게 아니었어. 카시안 왕자 녀석이 나 몰래 추진했던 일이야. 그거 알아? 왕자가 발행한 결혼식 초대장을 받았는데 내 이름이 손님이 아닌 신랑 자리에 적혀 있었다는 거. 공주의 남편, 이제는 여왕의 남편. 이건 그 머저리 왕자가 꾸민 각본이지 내 방식은 아니야. 난 내 결혼식을 결혼식 일주일 전에야 알았어. 애초부터 그 능구렁이 같은 머저리 영웅의 친구가 아니었어야 했지. 아이러니하지 않나? 자신의 결혼식인데 겨우 일주일 전에 통보를 받았어. 다음 주부터 너는 공주의 남편이다. 그렇게 알아라. 뭐, 이런 식이었지."

"그 말을 믿어야 하는 건가요?"

"아무래도 상관없어, 그런 건. 다만 권력이라는 것은 내 인생에서 중요도가 상당히 낮아. 리스트 제일 아래쪽에 위치할 거야. 난 이따위 빌어먹을 권력 따위 좋아하지 않아."

케언은 창가에 등을 기대고 어깨 너머로 창밖을 바라보며 조용하게 말했다. 하이나 11세는 고개를 들어 그를 바라보았다.

케언은 웃.고. 있.지. 않.았.다.

"이거 어떻게 된 거야?"

"보면 몰라? 결혼식 초대장이야."

카시안 왕자는 심드렁하게 웃으며 말했다. 매력적인 미소를 머금고 있는 왕자의 모습은 눈부셨다. 하지만 케언은 그 모습에 감탄하고 싶은 생각이 없었다.

"초대장인 건 아는데 어째서 내 이름이 손님이 아닌 신랑 이름에 써 있는 거지? 게다가 신부가 파반트 공주라는 건 또 무슨 의미야?"

케언이 눈살을 찌푸리며 물었을 때, 카시안 왕자는 하품을 하고는 웃었다.

"간단한 산수 계산이야. 너는 결혼한다. 신부는 대책없는 크림발츠 역대 최악의 공주이다. 고로 너는 공주의 남편이 된다. 간단하지?"

"간단한 건 인정하는데 결론이 맘에 안 들어. 어떻게 이런 문제가 간단하게 처리되는 거지? 왕실이란 곳 뭐 하는 곳이야? 내 신분에 어떻게 공주와 결혼하지?"

"왜? 민트 J. 케언 후작이면 충분하지 않은가?"

"후작이라고? 누가?"

"누구겠어? 루엘라이 파반트 공주의 남편 민트 J. 케언 후작이지. 어쩌면 크림발츠 유일의 공작이 될지도 모르지만."

"공작? 내가 여왕의 남편이 된다는 말이야? 네가 왕위를 계승하는 것 아니었나?"

케언이 이마를 짚으며 신음을 토했을 때, 여왕의 창기병 제복을 입고 있던 카시안 왕자는 씨익 웃으며 자신의 목에 손가락을 찔러 보였다.

"이 나라에서 가장 비싼 현상금은 누구에게 걸렸는지 알아? 바로 얼마 뒤면 왕위 계승 내정자로 임명될 카시안 루엘 파반트 왕자의 목이야. 천문학적인 액수가 걸렸지. 지금 왕실 쪽에서는 두 파로 나뉘어져서 엉망이야. 한쪽은 왕자에게, 한쪽은 공주에게 판돈을 걸었지."

"난 그럼 네 녀석의 숙적이 되는 거로군? 설마 나에게 공주의 암살을 부탁하는 거라면 사양하겠어. 난 교수형은 싫어."

"왕족 살해는 참수형이야, 멍청아. 난 책임감없는 왕자이긴 하지만 여동생을 죽일 정도로 권력에 눈먼 악당은 아니야. 날 뭘로 보는 거야?"

"정신 나간 왕자."

카시안 왕자는 마시던 차를 쏟았다. 그리고는 우아하게 손수건으로 바지를 닦아냈다. 왕자는 멀뚱한 눈으로 케언을 올려다보았고, 케언은 짐짓 다른 곳을 바라보았다. 두 사람에게는 지극히 일상적인 광경이었다.

"그게 왕자에게 할 소리냐?"

"나에게 뭘 원하는 거지?"

케언은 카시안 왕자를 바라보면서 물었다. 카시안 왕자는 버릇처럼 손가락으로 턱을 만지작거리며 한숨을 쉬었다.

"왜 우리 나라는 아메린처럼 조용하고 평화적인 왕권 계승을 못하는 걸까?"

"전통의 문제겠지. 아메린에서는 국왕의 형제들은 영토의 일부를 분할받지. 그리고 우리 나라에서는 독살이냐, 슬픔의 탑으로의 유폐냐를 선택하지. 화기애애한 왕권 계승은 절대 불가능해."

"맘에 안 들어, 그런 전통은……."

"왕가의 숙명이 아닐까?"

"그럼 내가 국왕이 되면 내 여동생을 탑에 유폐시켜야 하는 걸까?"

"네 녀석이 아니지. 네 녀석을 따르는 놈들이 하겠지. '국왕 폐하, 공주님께서 요 근래 들어 갑자기 마음의 병을 앓고 있습니다. 홀륭한 왕의들이 공주님을 극진히 간호할 것입니다'라고 말하면서."

"물론 슬픔의 탑 속에서."

케언은 문득 자신에게 엉겨 붙은 과거를 털어내며 하이나 11세 여왕을 바라보았다. 그녀는 여전히 바닥에 볼품없이 주저앉아 있었다.

"당신에게 중요한 게 뭐냐고 물었어요. 또 카시안 왕자 생각인가요?"

"아니, 별로."

"권력은 중요하지 않다면서 당신은 권력에 집착하고 있어요. 당신에게 진정으로 소중한 건 뭐죠?"

케언은 손에 들고 있던 와인 잔을 만지작거리며 웃었다.

'카시안, 이 머저리 자식. 다시 만나면… 죽여 버릴 테다!'

케언은 다시 어깨 너머로 창밖을 바라보았다. 그리고 건조한 목소리로 말했다.

"내가 사랑하는, 아니, 내가 사랑했던 여자. 그것뿐이야, 내게 소중한 것은."

Chapter 5

찻잔 속의 폭풍

〈 1 〉

"노처녀, 저기 봐라."

"그렇게 부르지 말랬지. 뭐가 있……."

지붕에 있는 이언을 노려보며 마차 밖으로 고개를 내밀던 레미는 차갑게 얼어붙었다. 중계 상업 도시 라트에일로 진입하는 도로변으로 무언가 있었다. 먼지 바람이 불어와 도로를 스치고 잡풀이 무성한 그곳을 휘돌아 사라졌다.

밤새도록 수사들과 술을 마셨던 튜멜 일행은 금욕 수도원임에도 불구하고 늦은 아침이 되어서야 간신히 잠에서 깨어났다. 물론 수사들은 새벽 성무와 오전 성복을 마치고 밭일을 하고 있었다. 수도원에서는 정해진 성무 시간 이외에는 음식 조리가 금지되어 있기 때문에 그들은 아침을 거르고 여행 준비를 해야 했다.

준비를 마친 그들은 실성한 노인과 바보 광대를 수도원에 의탁하고 길을 떠났고, 오후 늦게서야 라트에일에 당도할 수 있었다. 도중에 한 번 멈춰 서서 마른고기를 물에 불려 억지로 뜯으면서 허기를 달랜 것을 제외하고는 한 번도 쉬지 않았다.

"흠, 교수형인가?"

"뭐죠? 반역이라도 일어난 걸까요?"

튜멜은 딱딱하게 굳은 얼굴로 나란히 말을 몰고 있는 파일런을 바라보았다. 파일런은 움푹 꺼진 눈으로 그저 묵묵히 바라보고 있었다.

먼지가 자욱하게 일어나는 길가에는 급조된 교수형 틀이 세워져 있었고, 30구는 넘어 보이는 숫자의 시체들이 매달려 먼지를 뒤집어쓰고 있었다. 시체들의 표정은 볼 수 없었지만 여자고 남자고 거의 찢겨져 나간 옷자락 사이로 검게 말라붙은 피자국은 확실하게 보이고 있었다.

"시체의 상태로 봐선 반죽음 상태까지 맞은 후 목매달렸군."

쇼는 마치 지붕에 앉은 채 덤덤한 표정을 지었다. 시체들은 두 손이 묶이지 않은 채로 목매달려 죽어 있었다. 사람이 목매달리면 본능적으로 두 손으로 밧줄을 잡아당기게 되는데도 그들 시체에는 그런 흔적이 없었다. 의식이 없을 정도로 두들겨 맞은 상태에서 교수형당했다는 증거였다. 개중에는 팔다리가 부러져 하얀 뼈가 피부를 뚫고 튀어나온 채 매달린 시체도 있었다.

"어떤 자식이 여자를 메이스로 때린 거야? 재수없는 자식!"

"너, 이 거리에서 그런 것도 보이냐?"

"난 활을 쏘니까 눈이 좋아, 오빠."

"흠흠, 그런 짓을 할 분위기는 아닌데? 좀 삭막하잖아? 시체들이 보고 있어."

"반편이 아빠는 입 다물고 빠져!"

쇼와 에피, 레이드는 여전히 시끄러웠다. 걷거나 말을 타고, 혹은 수레나 마차를 타고 라트에일로 진입하는 온갖 부류의 사람들은 요새 도시가 아닌 상업 도시 외곽에 효시된 시체들의 모습에 전율하고 있었다. 많은 사람들이 행여 자신에게 불똥이 튈세라 애써 그런 참혹을 무시하며 묵묵히 전진했다.

"인간들이란… 저런 시체를 보면 성욕을 느끼나 보지?"

이언의 품 안에 안겨 있던 카라의 얼굴은 차가웠다. 흘러내린 검은 머리칼 사이로 실핏줄이 보일 정도로 하얀 얼굴은 딱딱했고, 눈빛은 깊고 광채가 없었다.

"어차피 인간들이란 그런 거야. 모든 걸 합리화할 수 있겠지. 조국의 번영이란 이름으로, 가문의 명예란 이름으로, 혹은 정의란 이름으로. 졸려 죽겠군."

"덤으로 거룩한 신의 이름으로도 많은 걸 합리화할 수 있지. 자기야, 졸리면 잠깐 눈 좀 붙여."

이언을 바라보는 카라의 표정은 차가운 냉기를 벗고 원래의 히죽 웃는 표정으로 되돌아가 있었다. 이언은 자세를 바꿔 그녀의 무릎을 베고 눕더니 곧바로 잠들어 버렸다. 카라는 조용하게 이언의 머리칼을 쓸어 넘기며 고개를 들었다.

두 사람의 대화에 발끈하면서 뭐라고 반박하려던 튜멜은 기회를 찾지 못하고 불편한 얼굴로 멀어졌다.

열두어 살로 보이는 소년이 어른들 틈에서 밧줄에 목매달려 있었다. 소년의 온몸은 가시나무 채찍에 맞은 것이 분명한 상처들이 검게 말라붙어 있었고, 다른 시체와 마찬가지로 파리 떼가 시꺼멓게 엉겨 붙어 있었다.

'무서워! 아파! 죽고 싶지 않아! 무서워!'

지그시 어금니를 깨무는 카라의 입술 속에서 예리한 송곳니가 서로 어긋나며 나직한 소리를 냈다. 교수형을 당한 소년의 시체를 보는 카라의 검은 눈동자는 광채가 사라져 칙칙하고 끝없는 공허로 열려져 있었다. 얼굴을 뒤덮도록 흘러내린 검은 머리칼 사이로 보이는 그녀의 얼굴은 무언가 딱딱한 이질적인 것이 되었다.

'죽여 버릴 거야, 인간들은 모조리.'

카라는 다시 이언을 바라보았다. 그는 시체 따위는 관심도 없었고, 그저 태평하게 잠들어 있었다. 카라는 고개를 숙여 이언의 이마에 살며시 키스했다. 조용한 미소가 그녀의 입가에 맺혔다가 힘없이 스러졌다. 도달할 수 없는 것에 대한 아쉬움이었다.

"무슨 일이 있는 건가?"

튜멜은 말 위에서 병사를 내려다보며 질문했다. 체인 메일을 갖춰 입고 할버드를 들고 있던 병사는 튜멜 일행을 노골적으로 살펴보고 있었다. 다른 몇몇의 병사들은 반대쪽에서 조금 거만한 태도로 행상인들의 수레를 조사하고 있었다.

파일런은 눈동자만 움직여 주변을 빠르게 훑어 나갔다. 4명씩 3개 조가 거리를 두고 배치되어 석궁을 준비하고 있었다. 누군가 검문에 불응하고 도망쳐도 어느 방향에서나 쿼렐이 날아올 수 있는 배치였다. 파일런은 쇼와 에피의 실력을 믿었지만 상대가 너무 많았다. 문제가 생겨도 이들과 싸워서 이길 확률은 희박했다.

"어디서 오셨습니까?"

'이 자식이! 귀족이 먼저 질문했는데! 예절이 정말로 부족해.'

튜멜의 어금니에서 나직하게 빠득 소리가 났다. 나이 든 병사는 피곤하고 짜증나는 표정으로 튜멜 일행을 대하고 있었다.

"무.슨.일.이.냐.고.물.었.다."

"모르슈? 쌍놈의 게일 놈들이 사자왕 전하를 시해했습니다."

"뭐… 뭐… 뭐어? 베오하이트 국왕 폐하께서?!"

튜멜은 간신히 고삐를 틀어쥐며 말에서 떨어지지 않았다. 대신에 말이 거칠게 투레질을 했다. 병사는 피어 오르는 먼지를 피해 한 걸음 물러서며 인상을 썼다.

'발트하임 영토 안에서 돌아다니는 게일의 병사들… 사자왕 전하의 암살. 뭐가 어떻게 돌아가는 거지?'

"저들이 모두… 게일의 시민들인가?"

"뭐, 그렇죠. 좆값을 치르는 겁니다."

"여자와 어린애들도 말이지."

듣고 있던 파일런이 내던진 말은 모두를 불편하게 만들었다. 귀족으로 보이는 튜멜 일행의 통과를 기다리며 머뭇거리던 평민들이 일제히 수군거리기 시작했다. 교수대에 매달려 있는 30명도 넘는 게일 시민 중에는 여자와 어린애들도 많았다. 대부분은 상인이나 여행자들인 남자들이었지만, 이곳 발트하임에 정착했던 사람들도 있었다.

"혹시 네놈들도 그 쳐죽일 게일 놈들이냐?"

병사는 할버드를 겨누어 들었고, 곧바로 검문하던 다른 병사들이 몰려들었다. 그리고 석궁이 조준되었다.

"니미! 뭐가 어떻게 돌아가는 거야?"

쇼는 슬며시 롱 소드를 움켜잡으며 나직하게 중얼거렸다. 카라는 이언을 깨울 것인지를 고민하면서 흐트러진 머리칼을 긁어 올렸다.

"에피…….."

"왜, 자기야?"

"죽을래? 상황보고 농담해! 얼마나 빨리 활을 준비할 수 있지?"

"벌써 가방은 열어놨어. 오빠, 근데 첫 사격은 못 막아. 표적이 너무 많아."

"제길, 석궁은 장전 시간이 길어."

쇼는 자신이 들고 다니는 튜멜의 석궁을 왼손으로 슬며시 끌어당기며 혀를 차고 있었다.

"흐흠, 마차 뒤쪽으로 뛰어내려야겠군."

레이드도 자신의 나무 지팡이로 머리를 긁으며 한숨을 쉬었다.

"레미 언니, 고개 내밀지 말아요. 그리고 시끄러워지면 마차 바닥에 엎드려요. 이번에는 좀 확실하게 위험한 것 같아요."

지붕 위에서 들려오는 에피의 목소리에 레미는 침을 삼켰다. 주변에서 서성거리던 평민들은 일제히 사방으로 흩어졌다.

'마음에 안 들어. 정말 마음에 안 들어. 이게 귀족에 대한 예의인가?'

튜멜은 지끈거리는 이마를 누르며 심기가 불편한 표정을 지었다.

"말에서 내려! 당장! 너희를 검문하겠다!"

"유언인가?"

"뭐? 이 늙은이가 죽고 싶은가? 넌 뭐냐?!"

"케멤 알피스. 정규 기사단이라면 들어는 봤겠지, 내 이름을."

"케멤 알피스가 뭐가 어쨌다… 는…… 서, 설마?"

벌써 20년째 정규 기사단으로 근무하던 병사는 사병들 중에서는 높은 지위에 있었다. 병사는 한쪽 얼굴에 경련을 일으키며 힘없이 할 버드를 내리며 더듬거렸다. 파일런은 그저 묵묵히 입을 다물고 있었다. 주름진 그의 얼굴은 언제나처럼 무표정했고, 움푹 꺼진 눈으로 싸늘하게 병사를 노려보고 있었다.

"스칼 블르트(Skale Blurd:강철의 피)… 철혈의 기사 케멤 알피스? 불가능해! 그런 말도 안 되는…….."

"스칼 블르트?! 우린 주, 죽었다."

병사들 사이로 낮은 신음이 흘러나오고 있었다. 튜멜은 의아한 눈으로 파일런을 바라보았다. 그는 그런 이름을 들어본 적이 없었다. 그는 어째서 병사들이 당황하고 있는지 좀처럼 이해하지 못했다.

'철혈의 기사 케멤 알피스라고? 디르거 경의 본명인가? 스칼 블르트는 뭐야?'

파일런은 천천히 자신의 클레이모어를 뽑아 들었다. 날씬하고 예리한 검신이 창백하게 빛나고 있었다.

"내 이름을 확인시키려면 누군가의 목을 잘라보는 수밖에 없겠군. 잘라진 모양을 보면 납득하겠지? 검 앞에서는 진지해야 하는 법."

튜멜 일행을 검문하던 병사는 시체처럼 창백해진 얼굴로 식은땀을 흘리고 있었다. 병사들은 소변을 지릴 것 같은 욕구를 간신히 참아내고 있었다. 그들은 파일런이 들고 있는 검이 클레이모어라는 사실을 깨달았다. 고지대 기사가 아니면서 클레이모어를 쓰는 기사라면 대륙을 통틀어 단 한 명만이 존재했다.

검 앞에서는 진지하여라.

발트하임의 직업 군인들치고 그 경구를 모르는 자들은 없었다. 그것은 전설인 동시에 신화였다. 피와 죽음을 동반한.

"주, 죽을죄를 지었습니다!! 미천한 저희가 알피스 백작님을 몰라 뵈었습니다. 제발… 한 번만 용서해 주시기 바랍니다."

병사들은 일제히 바닥에 엎드렸다. 동시에 주변에서 웅성거리던 평민들도 덩달아 바닥에 엎드리고 고개를 들지 않았다. 국왕 암살 사건 이후 서슬 시퍼런 발트하임 기사단 병사들이 머리를 조아리는 존재라는 공포심이 앞섰기 때문이었다.

"나는 지금 이 귀족 분과 동행 중이다. 내 동행인 귀족에 대해서도 검문을 할 건가?"

"아, 아닙니다. 동행 분의 성함이 어떻게 되십니까?"

"튜멜, 테일부룩 영지의 케이시 파온 튜멜 남작이네."

"곧바로 영주님의 성으로 가시겠습니까? 안내하겠습니다."

튜멜은 갑자기 예의 바르게 나오는 병사의 태도에 당황했다. 파일런이 가볍게 그들을 제지했다.

"우선 시내에 급한 볼일이 있다. 영주님께는 나중에 찾아뵙겠다고 알리도록."

"네, 거처는 꼭 영주님의 성으로 잡으시기 바랍니다. 통과하십시오."

병사는 할버드를 거칠게 휘둘러 길을 막고 있는 사람들을 쫓아냈다.

라트에일은 제법 규모가 큰 도시였다. 야르 강의 지류가 흐르는 강변에 세워진 도시로서 언덕에 세워진 영주의 성을 중심으로 복잡한 시가지들이 사방으로 어지럽게 뻗어 있었다.

　라이어른은 대륙 남부에 위치한 국가들과는 달리, 수도를 제외하고는 대규모의 외성벽을 건설하지 않았다. 물론, 전략적 요충지나 유서 깊은 도시들은 외성벽을 갖고 있었지만 보편적으로는 영주의 성을 중심으로 자연스럽게 도시가 형성된 경우가 많았다. 라이어른에 도시의 숫자들이 압도적으로 많고 대도시 문화가 발달한 이유는 그런 자유스러움에 있었다.

　라트에일도 그런 자유스러운 도시 중 하나였고, 근래 들어서 새로운 중계 상업 도시로 발전해 가고 있었다. 그럼에도 불구하고 도시의 분위기는 어딘지 침울했다. 사람들은 고개를 숙인 채 빠르게 자신들의 갈 길을 재촉했고, 눈치를 보면서 소곤거리는 패거리들은 관리나 병사들의 그림자만 봐도 흩어져 버렸다.

　"그동안 신세가 많았습니다. 특히나 이런 딸내미 때문에."

　"입 다물어! 너 따위 반편이 아빠에게 그런 소리 듣고 싶지 않아!"

　레이드는 에피의 입을 막으며 어색하게 웃었다.

　"이언 오빠~ 카라 언니와 결혼하게 되면 초대해!"

　"웃기지 마! 내가 왜 이런 마녀와 결혼한다는 거야?"

　"역시… 애정이 메마른 거야. 이젠 더 이상 나를 사랑하지 않는 거지?"

　"카라! 저리 안 떨어져?! 광장 한가운데서 왜 옷을 벗기려는 거야? 죽을래?!"

　모두들 언제나처럼 정신없는 수다를 풀어놓고 있었지만 튜멜은 말고삐를 쥔 채 고민에 잠겨 있었다. 예의를 중요시하는 그였지만, 지금으로써는 다른 문제가 그의 머리 속을 가득 채우고 있었다. 라트에일 시내의 분수대 광장은 사람들로 들끓고 있었지만, 그런 소음조차도 튜멜의 귀에는 들려오지 않고 있었다.

레미는 에피가 작별 인사로 자신의 목을 끌어안으며 좌우 뺨에 번갈아 자신의 뺨을 마주대자 어색하게 웃었다. 레미는 에피의 인사법이 보편적인 평민 여자들의 인사법이라는 것을 몰랐다. 이렇게 친밀한 신체적 접촉을 하는 인사는 귀족 사회에서는 금기시되고 있었다. 레미는 힐끔 주변을 둘러보았지만 아무도 그들에게 신경 쓰지 않는다는 사실을 발견하고는 에피의 인사가 보편적인 인사라고 단정 지었다.

"언니, 몸 조심해야 해. 뭐, 파일런 오빠와 이언 오빠가 있으니까 안심이지만."

"또 전장으로 나갈 거니? 사람을 죽이는 짓은 그만두는 게⋯⋯."

"에에, 또 설교하려고 그런다. 일단은 용병대에서 나왔으니까 다른 일을 찾기야 하겠지만, 일거리 없으면 배운 게 칼질인데 그거 해야지 뭐."

레미는 조금 아쉬운 표정으로 미소를 지었다.

"쇼 오빠는 어쩔 거야?"

에피의 질문에 일행은 일제히 쇼를 바라보았다. 조금 떨어진 채로 쇼는 롱 소드를 까딱거리며 장난을 치다가 고개를 들었다.

"흠, 목적지가 없으니 고민이군. 일단은 레이드와 술이나 마시러 가겠어."

"역시 오빠는 나와 결혼하려는 거지? 와~ 마침 저기에 교회가 있다!"

쇼는 광장 모퉁이에 서 있는 교회의 십자가를 보면서 식은땀을 흘리기 시작했다. 쇼는 순간적으로 교회에 불을 지르고 싶다는 배교 충동을 억눌렀다.

'어째서 교회 따위가 저기 있는 거지?!'

"누차 강조하지만, 내 목표는 세계 최고의 미녀와 결혼하는 거라고 했다! 넌 정말로 못생겼어. 자격 미달이야!"

쇼는 레이드 곁으로 물러서면서 소리치고 있었다. 파일런은 묵묵히 끝도 없이 이어지는 수다를 지켜보다가 쐐기를 박아야 한다는 판단을 내렸다.

"동행하면서 즐거웠네. 인연이 있다면 다음에 어딘가에서 다시 보겠지."

"인연이란 게 뭡니까?"

쇼와 레이드가 동시에 파일런을 바라보면서 물었다. 파일런은 말고삐를 끌면서 발걸음을 떼기 시작했다. 그리고 스치듯 말했다.

"이교도들에게 배운 삶의 지혜지."

파일런은 뒤를 돌아보지 않았다. 이언과 튜멜이 파일런의 뒤를 따랐고, 남겨진 레이드와 쇼, 에피는 그들이 고급 숙박 업소들이 밀집한 거리로 사라지는 광경을 바라보고 있었다.

〈 2 〉

　라트에일에서 최대 규모를 자랑하는 여관 '테오의 성' 은 광장이
있는 중심가에서 서쪽으로 조금 벗어난 곳에 위치하고 있었다. 도시
를 휘돌아 흐르는 강에서부터 수로를 파와서 지어진 저택이 여관 테
오의 성이었다.

　"이게 여관이라고? 내 영지 저택의 4배는 넘어 보이는데?"

　"아마 어떤 몰락 귀족의 저택을 매입해서 여관으로 꾸민 걸 거야.
대도시에서는 흔해 빠졌어, 이런 건"

　이언은 라이어른 남부 명물인 라와트라 소시지(Lawhatra Wurt)와
브로콜리 절임으로 된 저녁을 세 그릇째 비우며 말했다. 그들은 여관
으로 바뀐 저택의 테라스에서 저녁을 먹고 있었다.

　테라스 아래로는 수로를 파서 끌어들인 강물이 흐르고 있었고, 대
규모 마구간과 마차를 세워두기 위한 공지로 개조한 정원에서는 구

름다리를 이용해야 저택 현관으로 들어올 수 있었다. 튜멜은 여관 정문에서 걸어서 5분은 충분히 걸릴 정도로 거대한 저택의 규모에 질려 있었다. 시원한 물소리가 테라스 아래서 들려오고 있었다.

"몰락 귀족의 저택이라… 조금 허무하군. 그러고 보니 괜찮을까, 내 저택은?"

튜멜은 이름 모를 귀족이 대대로 살아왔을 저택이 여행자용 여관으로 바뀐 모습을 둘러보면서 중얼거렸다. 저택의 주인이 차를 마시며 책을 읽었을 서재와 오락실, 테라스는 모두 식당으로 개조되어 있었다. 오랫동안 영지를 비워두고 있는 튜멜은 이런 모습을 보는 것이 그다지 마음이 편치 않았다.

"원래 삶이란 그런 거야. 해가 뜨면 언젠가는 당연히 해가 지는 거지."

이언은 나이프와 포크를 내려놓으며 무심하게 말했다.

"디저트는 뭘로 하시겠습니까?"

깔끔한 제복을 입은 수석 급사가 다가와 정중하게 물었다. 귀족들의 오락실을 개조한 실내 식당에서는 악사들이 악기를 연주하고 있었다.

"디저트는 생략하고 술을 부탁하지. 혹시 꼬냑 종류가 있는가?"

이언은 레이스가 수놓여진 하얀 냅킨으로 입가를 닦으며 질문했다.

"티머 910년산이 있습니다만."

이언은 힐끔 파일런과 레미를 바라보았고, 레미는 무심한 표정을, 파일런은 가만히 고개를 끄덕였다.

"가져와."

수석 급사는 가만히 고개를 끄덕였고, 하급 급사들이 재빨리 다가와 식사용 흰 색 테이블 보를 치우고 술을 마시기 위한 적갈색 테이블 보를 새로 깔아주었다.

"네 녀석이 돈 내나? 여기 하룻밤 숙박료가 얼마인지 아는 거냐?"

"글쎄… 한 1,000파이트쯤 되지 않을까?"

"1,250파이트. 넌 내가 하머스 대상단 수장쯤이라도 된다고 생각하냐?"

"거참, 그럼 숙박을 취소하고 레이드 일행 쪽으로 거처를 옮길까?"

이언이 느글거리는 말투로 대꾸하자 튜멜은 입을 다물었다. 여행을 하면서 튜멜은 평민들이 사용하는 여관들이 어떤 곳인지 뼈저리게 경험했다. 통상적인 시세로 여관의 하루 숙박비는 30파이트였다. 그 대신에 여관들의 시설은 인간이 머물 만한 수준의 환경이 아니었다. 침대에 넣어둔 밀짚은 얼마나 썩었는지 퀴퀴한 냄새가 났고, 침대 시트는 적어도 10년쯤은 그 자리에 있었을 거라는 생각이 들었고, 밤이면 쥐들이 천장을 긁어대는 소리가 신경을 후벼팠다.

게다가 손님이라는 작자들은 태반이 부랑자들이거나 범죄자, 혹은 양쪽 모두였다. 한곳에 정착을 하지 않고 떠도는 여행자들의 신분은 거의가 도망 중인 범죄자, 현상금 사냥꾼, 용병으로 전업 중인 도적, 도적으로 전업 중인 용병, 스파이 중에서 최소한 두 개 이상의 직업을 겸하고 있는 자들이었다. 튜멜은 그런 분위기 속에서 행여 레미에게 안 좋은 일이 생길까 봐 신경 쇠약에 걸릴 지경이었다.

튜멜은 자신이 모조리 긁어온 자금과 비상용으로 준비한 보석 따위로 얼마나 버틸지 가늠해 보았다.

"그런데 디르거 경께서 백작이셨다니 놀랐어요."

"그건 잊어버리게나, 아낙스 양. 케멤 알피스는 죽었어."

"네?"

"전장에서 살아 돌아오면 난 내 이름을 버리지. 그리고 새로운 이름을 가지고 또 다른 전장을 찾아가지. 이름 따윈 아무런 의미가 없어."

레미는 파일런 디르거도 케멤 알피스도 본명이 아니라는 늙은 사내를 조용하게 바라보았다. 그는 묵묵히 저택 아래로 흐르는 수로의 모습을 감상하고 있었다. 이따금 수로에서 무언가 수면으로 튕겨져 올라왔다.

"그런데 혹시 그 사건과 사자왕 전하의 암살이 관계가 있는 걸까?"

"글쎄······."

갑작스런 튜멜의 질문에 카라를 제외한 일행들은 묵묵히 생각에 잠겨 버렸다. 카라는 이언의 목에 매달리며 어떤 일인지를 질문했다.

"헤에? 게일의 기사단과 정면으로 붙었다는 말이야? 이런 전력을 가지고 용케 살아 있네? 라이어른의 기사단이 아무리 개판이래도 훈련받은 기사단인데······."

"그게 찜찜한 게 우리가 죽여서 파묻어 버린 놈들이 정말 게일의 기사단인지 의심스러워. 그건 훈련받은 놈들의 몸놀림이 아니었어. 할버드를 들고 돌격하면 어떻게 되지? 생각해 봐."

"음음··· 누가 그런 짓을 하지? 그건 할버드의 사정 거리를 포기하는 거잖아? 게다가 할버드는 무게가 장난이 아니니까 동작이 느려. 배틀엑스도 아니고, 접근전을 해서는 승산이 없겠지. 그건 왜 물어, 자기야?"

"놈들이 바로 그렇게 돌격해 왔어. 그래서 간단하게 끝장냈지."

"발트하임을 돌아다니는 가짜 게일의 기사단… 사자왕 전하를 암살한 건 게일이고. 갑자기 전국에서 군대와 기사단이 사라져 버렸어. 뭐가 어떻게 돌아가는 거지?"

"상관없잖아, 바보 남작. 누가 누구를 죽이든 우린 우리 갈 길만 가면 끝이야."

"사자왕 전하는 너의 국왕은 아닐지 몰라도 나의 국왕 폐하시다."

"그럼 지금 당장 발트하임 기사단에 입단해. 그리고 게일에 대한 보복 전쟁에 참가하면 되는 거잖아? 말로만 중얼중얼거려서 뭘 하겠다는 거야?"

"쉽게 이야기하지 마라. 전쟁이란 건 쉬운 게 아니다. 전쟁이란 것은 더 이상 해결 수단이 없을 때, 정의를 수호하기 위한 마지막 수단으로써 벌이게 되는……."

"전쟁에 참가해 본 적 있냐, 바보 남작?"

'뭐, 뭐지, 저 녀석?'

술잔을 기울이고 있는 이언의 눈은 차가웠다. 앞머리에 가려져 거의 보이지 않는 눈빛이 싸늘한 냉기를 뿜어내고 있었다. 튜멜은 북구의 빙하를 본 적이 없었지만 지금 이언의 눈빛과 별로 다르지 않을 거라는 생각을 했다. 그는 이언의 그런 차가운 눈빛에 눌려 숨도 쉬지 못했다. 질식할 것만 같은 다급한 위기감을 느껴야 했다.

"지옥이다, 전쟁은. 그것만 알아둬. 사람 한번 죽여보지 못한 녀석이 전쟁이 어떻고 주절거리지 마라. 다음번엔 너를 죽일지도 몰라."

이언은 연거푸 두 잔의 술잔을 비우고는 자리에서 일어났다. 테이블에 남아 있던 사람들은 신경이 차갑게 식어버린 채 안으로 사라진 이언의 흔적을 쫓고 있었다.

　'다음번엔 나를… 이라고? 무슨 말이야?'

　튜멜은 얼빠진 표정으로 이언이 사라진 테라스 출입구를 노려 보았다.

　"저 사람… 자기 동생을 죽였어, 전장에서."

　"뭐?"

　튜멜은 침을 삼켰고, 레미는 두 손으로 입을 가렸다. 파일런은 피식 웃으며 밤하늘을 올려다보았다. 카라는 하품을 하고는 술잔을 기울였다.

　"저 사람은 전쟁터에서 두 명의 형과 세 명의 동생을 잃었고, 막내 동생은 자기 손으로 죽였어. 검으로 복부를 찔린 이후에 내장이 썩어 들어갔거든. 피투성이로 막사 바닥에 누워서 고통으로 울부짖는 동생의 심장에 스스로 검을 찔러 넣었지. 카아! 이 술 맛있다. 정말 오랜만이야, 이렇게 좋은 술은. 어디까지 이야기했지? 아! 그래서 이제 저 사람에게는 형제가 없어. 전쟁터에서 돌아와서 꼬박 2년을 환각과 환청 속에서 공포에 젖어 발광했지. 얼마나 황당한지 알아? 침대 속에서 사랑을 하다가 갑자기 벌떡 일어서면서 '적이다!' 하고 소리를 지르며 검을 휘둘러 댔지. 나야 뱀파이어니까 그 검에 맞아 죽을 염려는 없지만 그래도 무섭더라고. 충격에서 벗어나는 데 정확하게 2년이 걸렸어. 레미라고 했지? 너도 한잔 마셔보렴. 좋은 술이야."

　레미는 어색하게 굳은 미소로 잔을 받았다. 카라는 단숨에 새로운 잔을 비우더니 자리에서 일어났다.

　"난 애인에게 돌아갈게… 후후후, 엿보면 죽일 거야. 천천히 조금씩 피를 빨아주지."

카라는 환하게 웃으면서 장난스럽게 송곳니를 드러내 보였다. 카라의 입술 사이로 어느새 뱀파이어의 송곳니가 섬뜩하게 드러나 있었다. 튜멜은 신경이 얼어붙는 심정으로 손을 허리춤으로 가져갔지만 당연히 그곳에는 롱 소드가 없었다.

"디르거 경께도 그랬나요, 전쟁터라는 곳이?"

레미는 술잔을 만지작거릴 뿐 마시지는 않으며 파일런에게 질문했다. 파일런은 조용하게 입을 열었다.

"전에도 말한 것 같은데? 생명을 얻고 마음을 잃었지. 내가 할 말은 그것뿐이야."

파일런마저도 자리를 털고 일어나 들어가 버렸다. 텅 빈 테이블에는 레미와 튜멜만이 남아 있었다. 누구도 쉽사리 입을 열지 못했다. 사방에서는 웃음소리와 술잔이 부딪치는 소리가 들려왔다. 이곳에서는 아무도 사자왕의 암살과 도시 외곽에 매달린 사람들의 시체에 대해 관심을 갖지 않았다.

'릭의 타베른(Rikk's Tavern)'은 라트에일에서 가장 유명한 타베른 중 하나였다. 이곳에서는 단돈 2파이트로 커다란 냄비 안에 버터를 발라 구운 감자와 양배추 조림과 엄청난 크기의 특대형 라와트라 소시지가 담겨져 나왔다. 식초와 소금만으로 바짝 졸인 양배추와 잡다한 채소들은 양이 무척 많았다. 덤으로 이곳에서는 아주 싼 가격에 독한 흑맥주를 마실 수 있었고, 15파이트의 돈이면 하룻밤을 잘 수 있었다.

"맛있다아! 어제 수도원에서는 굶어 죽는 줄 알았어!"

레이드와 쇼는 건장한 사내에게도 충분한 양이 담겨져 나오는 '라와트라 냄비 요리'를 네 그릇째 비우는 에피를 경이적인 눈으로 바라보고 있었다.

에피가 나무로 만든 스푼으로 냄비 요리를 처치하는 동안 레이드와 쇼는 각자 파인트 잔으로 세 잔의 흑맥주를 비우고 네 잔째를 마시고 있었다. 에피는 튜멜들과 여행하는 동안 나이프와 포크로 식사를 하는 법을 배웠지만, 보다 대중적인 릭의 타베른에는 그런 귀족적인 식사 도구는 없었다.

"헤에, 레미 언니들이랑 여행하면서 이게 익숙해졌네?"

에피는 단검으로 소시지를 잘라 먹으며 히죽 웃었다.

"꽤 오랫동안 함께 여행했으니까. 나이프와 포크 없이 식사하는데 익숙해질려면 고생할 것 같군. 귀족들과 여행하면 곤란한 습관만 배우게 되는 것 같아."

레이드는 쓴맛이 강한 흑맥주를 마시며 한숨을 쉬었다.

"어떻게 맥주가 이렇게 차가운 거지?"

"타베른 뒤쪽으로 수로가 흐르잖아? 초를 먹여 물이 새지 않게 만든 맥주 통을 수로에 담궈두는 거야. 대도시에서는 그렇게 하지."

"내가 살던 베일에는 그런 문화가 없어. 눈과 얼음 같은 건 지겹게 있으니까."

"그러고 보니 베일은 1년 내내 얼음을 구할 수 있겠군. 좋은 나라야."

"대신에 이 도시 넓이 정도의 평지가 있다면 베일 사람들은 대평원이라고 부르지."

"그런가? 그것보다… 어때, 한판 벌이는 게?"

레이드는 힐끔 타베른 1층 구석을 눈짓하며 말했다. 다른 곳에 켜진 짐승 기름 램프에 비하여 그곳에는 초를 밝히고 있었고 몇 배나 밝았다. 많은 사내들이 모인 채 뭐라고 소리 지르고 있었다. 쇼는 입술을 좌우로 찢으며 씨익 웃었다. 레이드와 쇼는 거의 동시에 자리에서 일어났다.

"어디 가? 레이드, 여기서 도박하면 죽여 버릴 거야!"

"흠, 난 구경만 하는 거야. 쇼가 해보겠다는 거야."

"잠깐만 보고 올게."

"쇼 오빠, 오빠는 나를 판돈으로 걸지 않을 거지?"

"크악!"

에피의 말을 들은 쇼는 참나무 의자에 발이 걸려 넘어졌고, 더러운 바닥에 이마를 호되게 부딪쳤다. 쇼는 이마를 감싸 쥐고 일어서며 에피를 노려보았다.

"죽는다! 판돈으로 걸어봐야 300파이트밖에 안 나올 주제에!"

"어? 그건 내 7살 때 몸값이었어. 어떻게 오빠가 그걸 알아?"

쇼는 황당한 시선으로 레이드를 바라보았다.

"너, 저 못생긴 녀석을 판돈으로 걸었냐? 제정신이야? 저 녀석을 걸어봐야 얼마나 받겠어? 바보 아냐?"

쇼는 먼저 도박 판으로 끼어들었고, 레이드와 에피는 잠시 멍청하게 서서 쇼의 말을 곱씹고 있었다.

"크핫핫! 왕과 기사, 그리고 광대다!"

"제기랄! 난 7과 10과 기사야. 패가 엉망인 날이군."

쇼는 카드 패를 집어 던지고는 의기양양하게 웃으며 판돈을 끌어 모으는 레이드를 노려보았다.

"심심해… 씨이~ 회색남풍에서는 나도 끼워줬는데."

에피는 한참 만에 도박 판에서 물러나며 볼이 부운 표정으로 중얼거렸다. 에피도 쇼와 레이드처럼 도박 판에 끼고 싶었지만 라이어른의 관습상 도박 판에는 여자가 끼지 못하게 되어 있었다. 단지 쇼의 어깨 너머로 구경을 하는 것만으로도 쇼와 레이드들과 카드를 하고 있는 사내들은 에피는 잡아먹을 듯이 노려보고 있었다. 에피가 속했던 용병단 회색남풍에서는 에피도 도박 판에 끼워주곤 했지만 이곳에서는 아니었다.

"어이! 여기 술 더 가져와!"

도박 판에 앉아 있던 누군가가 타베른 안쪽을 향해 소리쳤다. 이곳에서도 다른 곳들과 마찬가지로 수도원 몰래 빚은 술이 있었다. 귀리와 각종 잡다한 곡물 찌꺼기를 긁어 모아 발효시킨 밀주는 맛도 좋지 않고 냄새도 지독했지만 싸고 알콜 도수가 높아서 가난한 이들에게는 대환영이었다.

파인트 분량의 맥주용 나무 잔에 독한 밀주가 담겨져 테이블 위에 놓여졌다. 도박 판에서는 맥주를 마시지 않는 것이 원칙이었다. 김이 빠진 맥주는 재수없는 카드 패를 불러온다는 도박꾼들의 미신 때문이었다. 도박 판에서 쫓겨난 에피는 쇼와 레이드를 다시 한 번 차갑게 째려보고는 빈 테이블을 찾아 두리번거렸다.

"심심해! 씨이~ 레미 언니나 카라 언니도 없고……."

에피는 자신의 짧은 머리를 벅벅 긁으며 허공에 대고 혼자 짜증을 부리고 있었다.

"어이, 그렇게 심심하면 나랑 술 내기나 할까?"

에피는 고개를 돌렸다. 누가 봐도 용병이라고밖에 볼 수 없는 사내가 테이블에 혼자 앉아 있었다. 검은 안대로 왼쪽 눈을 가린 사내는 히죽 웃었다. 에피는 의자를 끌어와 사내와 마주 보는 테이블에 털썩 주저앉았다. 그리고는 턱을 괴고서 가늘게 뜬 눈으로 사내를 바라보았다. 턱을 괴는 버릇은 에피가 레미의 버릇을 흉내 내다가 붙어버린 습관이었다.

"난 에피, 회색남풍. 넌 어디의 바람이지?"

애꾸눈의 사내는 가볍게 휘파람을 불었다.

"회색남풍이라고? 에피? 혹시 그 활 잘 쏜다는 계집이 너였냐?"

"아마도. 넌 어디의 바람이야?"

"난 바람이 아냐. 내 이름은 쿼드. 그냥 이름없는 용병단에 있었지."

"술은 내가 정한다. 숙녀니까. 밀주는 어때?"

"무리하는 거 아냐? 내기는?"

"넌 나와의 하룻밤을 원하겠지?"

쿼드는 히죽 웃으며 검은 안대 아래로 보이는 흉터를 가볍게 긁었다.

"회색남풍 출신이 정말이군. 말이 쉽게 통해서 좋아."

"용병은 용병을 알아보지. 내 조건은 내일 하루 세 끼의 식비를 네가 지불하는 것."

"이봐, 난 아까 네가 밥먹는 걸 봤어! 너무 비싼 거 아냐? 흠, 좋아. 일단은 하자구."

쿼드는 밀주를 주문했다. 2파인트 용량의 더러운 나무 통과 두 개의 나무 술잔이 나왔다.

"자아! 시작!"

에피는 씨익 웃더니 단숨에 밀주를 털어 넣었다.

〈 3 〉

"어? 에피의 목소리 같은데?"

카라는 고개를 들면서 눈살을 찌푸렸다. 이언은 천천히 카라의 매끄러운 등을 쓰다듬던 손을 멈추고 그녀의 눈을 들여다보았다. 그녀는 허공을 노려보면서 신경을 집중하고 있었다. 이언은 가볍게 한숨을 쉬었다.

"에피라고? 여길 어떻게 알고? 우리가 행선지를 말했던가? 우리도 오후 늦게나 간신히 여길 찾아냈잖아?"

"아냐, 에피의 목소리가 분명해. 근데… 뭐지? 이건?"

카라는 침대에서 내려오면서 서둘러 옷을 입기 시작했다. 이언은 한숨을 쉬면서 자신의 바지를 주워 들었다.

'내가 또다시 귀 밝은 뱀파이어를 애인으로 삼으면 성을 갈겠어.'

이언은 셔츠의 단추를 채우며 카라를 따라 방을 나오며 이를 갈았다.

"빨리 꺼져! 여기가 싸구려 타베른인 줄 알아?! 그런 사람 여기 없
다니까!"

테오의 성은 파이크로 무장한 경비병까지 두고 있었고, 그들은 정
문에서 누군가를 제지하고 있었다. 이언은 혹시나 싶은 기분으로 한
걸음 나서며 그들에게 말을 걸었다. 별로 내키지는 않았지만 그는 카
라가 틀림없는 뱀파이어라는 것을 알고 있었고, 그녀의 예민한 감각
을 믿었다. 돈 따위를 빌려 달라고 찾아왔다면 한바탕 짜증을 부릴
심산으로 이언은 미간을 잔뜩 좁히며 차가운 표정으로 굳어 있었다.

"잠깐 비켜주게. 아마도 아는 사람이라고 보는데."

"네?"

"이언 오빠!"

어둠 저편에서 에피가 다가왔다. 이언은 차가운 밤 공기에 목을 가
볍게 움츠리고는 에피를 노려보았다. 여관 정문에 매달아놓은 랜턴
불빛 아래로 나온 에피는 이언과 카라의 얼굴을 보더니 히죽 웃었다.

"무슨 일이야? 돈 빌리러 왔냐?"

"헤헤… 이언 오빠……."

에피는 와락 이언에게 안겨 들었다. 반사적으로 에피의 허리를 안
아 들던 이언은 자신의 손이 뜨겁고 축축하게 젖어드는 것을 깨닫고
는 눈살을 찌푸렸다.

'귀찮은 일에 말려들었어. 빌어먹을!'

"헤에… 나… 당했어… 하지만 다행이야… 미안……."

"빌어먹을! 하여간 이 정신 나간 계집애는… 카라! 가서 다들 깨

워. 출혈이 심해."

카라는 인간이 낼 수 없는 속도로 정원을 가로질러 뛰어 들어갔다. 여관 경비병들은 얼빠진 눈으로 어둠 저편으로 사라진 검은 머리의 여자를 바라보았다. 이언은 재빨리 에피를 안아 들었다. 에피의 피가 이언의 셔츠를 적시고 바지 쪽으로 흘러내리고 있었다.

"넌 나중에 두고 보자! 골치 아픈 계집애 같으니라고. 제기랄!"

이언은 에피를 안고서 안으로 뛰어 들어가면서 이를 갈았다. 에피는 이언의 피 묻은 셔츠에 뺨을 기대며 웃었다.

"에헤헤……."

"의, 의, 의사를 불러와! 당장!"

튜멜은 핼쑥해진 얼굴로 객실 담당 하인에게 고함을 질렀다. 그 와중에도 튜멜은 옷을 제대로 갖춰 입고 귀족답게 조끼까지 걸치고 있었다. 평소에 그렇게 짜증을 부리던 그였지만 막상 얼마 전까지 함께 했던 에피가 피를 흘리며 누워 있는 모습을 보자 당황했고, 애꿎은 하인에게 신경질을 부리고 있었다. 피를 본 그는 말을 더듬으며 흥분했다.

"저어, 그게… 이 밤중에 어디서 의사를 불러옵니까, 나으리?"

파앗!

가볍고 예리한 클레이모어가 허공을 날아가 아슬아슬하게 하인의 목젖에서 멈춰 섰다. 목젖을 가볍게 찔린 하인은 침도 삼키지 못한 채 굳어버렸다. 그는 날아오는 검을 보지 못했다. 어느 순간 정신을 차려보니 검끝이 자신의 목을 노리고 있었다. 한평생 검을 만져 보지 못한 순박한 하인은 눈물을 글썽이며 떨었다.

"빨리 뛰어가. 늦으면 넌 죽는다."

파일런은 낮고 억양이 없는 목소리로 간결하게 명령했다. 가벼운 셔츠 차림의 파일런이었지만 하인에게는 갑옷을 입고 중무장한 모습처럼 위압감이 느껴지고 있는 모습이었다. 하인은 재빨리 파일런의 그늘진 눈에서 시선을 내리깔고는 억지로 목소리를 쥐어짜냈다.

"예… 예… 제발 거, 검 좀……."

파일런이 검을 거두자 하인은 뒤도 돌아보지 않은 채 도망가 버렸다.

"자기야, 이 아이 출혈이 심해. 의사를 기다릴 시간이 없어."

"제기랄! 또 돌팔이 의사 짓을 해야 하는 건가? 상태는?"

카라는 에피를 뉘어놓은 탁자로 흘러내린 피를 손끝으로 만져 보더니 피 묻은 손가락을 꺼리낌없이 입속으로 집어넣었다. 튜멜과 레미는 거의 동시에 욕지기와 공포를 느끼며 창백해진 얼굴로 땀을 흘렸다. 카라는 뱀파이어였다. 단지 너무 자연스러워서 그 사실을 잊고 있었을 뿐이다. 그녀는 피에 젖은 손가락을 빨면서 눈살을 찌푸리고는 맛을 분석했다.

"피 맛을 기준으로 보면 동맥은 다치지 않았어. 근데 시간이 제법 지나서 출혈이 심해. 이대로 두면 출혈에 의한 쇼크가 일어날 거야."

"좋아. 우리가 치료하지. 이언, 자네는 경험이 있겠지?"

"뭐, 몇 번 정도는 있습니다. 돌팔이 의사 행세는 좋아하지 않지만."

"충분해."

파일런은 고개를 끄덕이고는 단검으로 곧바로 에피의 셔츠를 찢어내기 시작했다. 레미와 튜멜은 에피에 버금갈 정도로 핼쑥해진 얼굴로 그 광경을 지켜보고 있었다.

"뭐야, 이 계집애? 이런 걸 입고 있었어?"

이언은 찢어낸 셔츠 조각을 거칠게 잡아 뜯으며 혀를 찼다. 에피는 셔츠 안으로 얇은 체인 메일 조끼를 입고 있었다. 이언이 조심스럽게 에피를 돌아 눕히자 파일런이 에피의 체인 메일을 벗겨냈다. 옆구리 부분이 찢겨져 나간 체인 메일은 피에 젖어 검붉은 빛깔을 머금고 있었다.

"흠, 체인 메일의 소매와 안쪽 보호 가죽을 떼어낸 거군. 머리가 좋군."

"네, 보호 가죽을 떼어냈으니 셔츠 안에 입고 다녀도 티가 안 나는 거였군요."

"덕택에 상태가 더 나빠. 체인 메일 조각이 상처로 파고들었어. 이거 소독하게."

파일런은 이언에게 단검을 내밀었다. 그동안 카라는 침착한 얼굴로 물에 적신 수건으로 에피의 상체를 닦아내기 시작했다. 옅은 갈색으로 그을린 에피의 상체는 핏자국으로 엉망이었다.

"불꽃!"

이언이 나직하게 중얼거리며 손을 뿌리자 단검의 검날이 푸른 불꽃에 휩싸였다. 이언은 단검을 이리저리 돌리며 푸른 불꽃으로 검날을 소독했다.

피웃!

이언이 다시 손을 내젓자 불꽃이 사그라들었다. 이언은 방금 전에 하인이 가져다 둔 레드 와인을 검날에 부었다.

"카라, 에피에게 먹여."

이언은 레드 와인 병을 카라에게 내밀었다. 카라는 레드 와인을 입에 머금고는 에피의 파리한 입에 와인을 흘려보냈다.

"적당히 해. 기도가 막히면 곤란해."

"겨드랑이 상처는 쾨렐 자국이군. 반 뼘만 옆으로 맞았어도 심장을 관통했어. 옆구리 상처는 검이야. 그것도 상당히 예리한 물건이야."

"군용 검이군요. 흐음, 자아 기다리시던 파티 타임입니다!"

이언은 차갑게 웃으면서 에피의 옆구리로 단검을 집어넣었다.

"쇼와 레이드는 어디 간 거지? 에피가 저렇게 당할 동안?"

이언은 에피의 상처를 소독하고 남은 레드 와인을 병째로 마시며 중얼거렸다. 이언과 파일런은 방금 토막 살인을 하고 온 사람들처럼 온몸이 피투성이였다. 레미와 튜멜은 벌거벗겨진 상체에 붕대를 감고 누워 있는 에피보다는 이언과 파일런의 모습 때문에 여전히 창백한 얼굴이었다. 레미는 이언이 에피의 상처에서 체인 메일 조각을 긁어내는 동안 이미 한 번 기절했었고, 지금 두 번째로 의식이 희미해지는 것을 억지로 부여잡고 있었다.

"너, 도대체 정체가 뭐냐?"

"이봐, 바보 남작. 몇 번을 말해야 하나? 난 멋으로 대륙을 떠도는 게 아냐. 이보다 험한 일을 지독하게 겪어봤어. 웬만한 돌팔이 의사보다는 솜씨가 좋다고 생각해. 뭐, 디르거 경이 상처를 꼬매는 솜씨를 보고 질리긴 했지만."

"상처 봉합용 실크 실이 아니라 봉합 부위가 썩을지 몰라."

"레드 와인에 한동안 담궈두었으니까 괜찮을 겁니다. 의사가 오면 실을 뽑아내고 다시 꼬매겠죠. 한번 봉합한 부위를 또다시 그래도 좋은지는 의사가 아니라서 잘 모릅니다. 저 정신 나간 계집애 녀석, 조금만 더 늦었어도 출혈 과다로 죽었을 겁니다."

"에피 괜찮은 거지?"

이언은 피곤한 표정으로 의자에 기대앉은 채 레미를 바라보았다. 레미는 아직까지 어깨를 떨고 있었다.

"치료하면서 봤는데 저 계집애, 용병이 확실해. 화살에 맞은 흉터가 이번까지 합쳐서 여섯 개, 검에 맞은 상처가 세 개야. 생명력 하나는 지독하게 끈질기군."

"체인 메일이 아니었으면 검이 내장까지 파고들었을 거야. 다행히 근육과 지방 층만 파고들었어."

파일런도 와인을 병째로 마시며 나직하게 말했다. 이언은 피곤하게 웃으면서 어깨를 으쓱했다.

"옷 속에 체인 메일을 받쳐 입는 발상은 어디서 나온 걸까요? 피부가 쇠사슬에 쓸려서 아플 것 같은데."

이언은 침대에 누운 채 여전히 의식이 없는 에피를 바라보면서 말했다. 모두들 지친 얼굴로 에피를 힐끔거리고 있었고, 카라가 침대 곁에 앉아서 물수건을 갈아주며 에피를 간호하고 있었다.

에피가 의식을 회복한 것은 창밖으로 희게 먼동이 틀 무렵이었다. 모두들 간밤의 소동으로 지쳐서 앉은 채로 졸고 있었고, 이언은 아예 바닥에 누워서 잠들어 있었다. 뱀파이어라서 수면 시간에 별로 구애를 받지 않는 카라만이 꾸준히 에피를 간호해 주고 있었다.

"깨어났니? 기분이 어때?"

"헤헤… 미안해요… 언니… 나… 살아 있는 거죠?"

"이언과 파일런에게 감사하렴. 두 사람이 상처를 치료했어."

"에? 두 사람 부업이… 의사였어요……?"

카라는 빙긋 웃으면서 에피의 창백한 뺨을 꼬집었다. 에피는 가만히 누운 채 인상을 찡그렸다.

"씨이~ 아파요……."

"검에 찔린 녀석이 엄살. 후후후."

"근데… 나 시집은 어떻게 가죠? 알몸을… 보였는데?"

카라는 웃음을 터뜨리며 에피의 어깨를 때렸고, 겨드랑이 근처에 쾨렐을 맞았던 에피는 입술을 깨물며 신음을 내뱉었다.

"멍청한 계집애, 칠칠치 못하게 어디서 칼이나 맞고 다니고. 상관없잖니? 쇼는 여기 없었으니까."

"흐음, 깨어났나?"

파일런이 웃음소리를 듣고 자리에서 일어나면서 가볍게 눈꺼풀을 문질렀다. 그제야 하나둘씩 잠에서 깨어났고, 마지막으로 이언이 욕설을 내뱉으면서 일어났다. 에피가 깨어난 것을 확인한 이언은 그 뒤로 한동안을 에피에 대한 지독한 욕설을 퍼붓기 시작했다.

그녀는 창백한 얼굴이 더욱 희게 변하며 이언의 욕설을 들었고, 이언의 신경질적인 짜증은 레미가 간신히 제동을 걸 수 있었다. 그가 그렇게 지독하게 욕설을 퍼붓고 화를 내는 광경을 처음보는 에피는 핼쑥한 얼굴로 목을 움츠렸다.

"간밤에 무슨 일이 있었어?"

"도시 경비대원들이 우리가 있던 타베른을 습격했어요. 도박을 하면서 술에 잔뜩 취해 있던 레이드와 쇼는 창대로 얻어맞고는 바로 기절해 버렸죠. 재수없게 나도 그때 비무장이어서 뒷문으로 도망쳤는데, 그 빌어먹을 자식들이 쏜 쾨렐에 맞았어요. 넘어지기 무섭게 녀석들의 검이 내 옆구리를 쑤셔 버렸고. 만약에 체인 메일을 입고 있지 않았으면 아마 난 거기서 죽었을 거야."

"너희들, 헤어진 지 몇 시간 만에 무슨 사고를 친 거냐?"

에피는 핏기가 없는 얼굴로 튜멜을 올려다보면서 히죽 웃었다.

"우린 아무것도 안 했어요, 귀족 오빠. 사고 칠 시간도 없었다 뭐."

"바보 남작은 입 다물고 있어봐! 그건 그렇고… 너, 칼 맞고도 용케 도망쳤군."

"쿼드라고 용병 자식 하나와 술 마시고 있었는데, 녀석이 경비대원들을 막아줬어. 제일 비싼 여관이 여기라길래 찾아온 거고."

에피는 말을 끊으며 마른침을 삼켰고, 카라는 레드 와인을 에피의 입가로 흘려 넣어주었다. 몇 모금 정도 와인을 마신 그녀는 길게 한숨을 내쉬었다.

"아우, 간밤에 마신 술기운 때문에 머리가 아퍼."

"너희만 노렸다는 건가? 경비대원들이?"

"아마도. 우리가 있는 쪽으로 곧바로 밀고 들어왔으니까. 우리 얼굴도 알고 있는 것 같았어, 행동으로 봐서는."

"뭐지, 이건?"

이언은 피곤과 짜증이 가득 담긴 표정으로 머리를 벅벅 긁으며 욕설과 신경질을 내뱉고 있었다.

"아! 놈들이 소리친 게 있어. '놓치면 곤란해. 인질이야. 알리러 가기 전에 죽여'라고 하던데? 등골이 서늘해서 몸을 굴리는데 그러고 나서 곧바로 콰렐이 날아왔어. 다리가 아니라 등허리 쪽으로 날아온 걸로 봐서는 죽일려고 한 것 같아."

"놓칠 바에는 죽인다. 흐음, 에피가 우리에게 알리러 가는 것을 저지한다… 죽여서라도. 뭘 노리고 있는 거야? 바보 남작, 너 이 도시 영주한테 돈 떼어먹은 거 있냐? 아니면 혹시 노처녀 네가 영주의 청혼을 거절했던가."

"뭐, 뭐라는 거냐?! 그럴 리가 없잖아?!"

"상황 보고 농담해! 떠돌이!"

튜멜과 레미는 거의 동시에 소리 지르며 이언을 사납게 노려봤다. 파일런은 묵묵히 자신의 클레이모어를 집어 들더니 검을 뽑아 들었다. 검이 뽑혀져 나오는 소리에 튜멜과 레미가 당황한 얼굴로 파일런을 바라보았다.

파일런은 창가로 스며드는 아침 햇살에 검신을 비춰보았다. 튜멜과 레미는 그런 파일런의 모습에 섬뜩한 불안을 느끼고 있었다. 파일런은 꼼꼼하게 검신을 확인해 검날에 이빨이 빠진 부분이 없다는 것을 확인하고는 검을 집어넣었다.

까닭 모를 불길함이 튜멜과 레미의 뇌리를 빠르게 스쳐 지나가고 있었다. 파일런은 무표정하고 조용한 특유의 표정으로 모두를 돌아보았다.

"영주 본인에게 물어보는 것이 가장 확실하겠군."

튜멜은 파일런의 말을 듣고는 자신의 심장이 멈춰 버리는 듯한 착각을 느끼며 얼굴을 심하게 찡그렸다. 파일런 디르거는 결코 농담을 좋아하지 않았다.

〈 4 〉

　라트에일 영주의 저택은 다른 라이어른의 성들과 마찬가지로 성과 저택의 어중간한 형태를 가지고 있었다. 전반적으로 층 수에 비하여 건물의 높이가 낮았고 창문의 숫자가 적었다. 뾰족 첨탑도 없었고, 단지 창문 숫자가 적은 저택 정도의 형태만 가지고 있었다. 그렇지만 가파른 언덕 위에 세워진 성은 뒤쪽으로 깎아지른 벼랑과 강물이 흐르고 있었고, 경사진 비탈 덕분에 성으로의 진입로는 단 한 개뿐이었다.

　대개의 라이어른 성들이 그렇듯 성 주변의 비탈에는 무성한 가시나무들이 심어져 있었기 때문에, 가시나무쥐보다 몸집이 큰 존재는 그 비탈을 통과하는 것이 무리였다. 성 자체의 방어력보다는 지형적인 방어에 의존하는 전형적인 라이어른식 성의 구조였다.

　영주의 성 앞쪽으로는 반원형으로 라트에일 시가지가 펼쳐져 있었다. 테오의 성에서 영주의 성까지는 가까운 거리가 아니었다. 튜멜은 자신들의 마차를 놔두고 여관에서 무개 마차를 하나 빌렸다.

"잘 다녀와."

마차에 오르던 튜멜은 동작을 멈추고 이언을 지그시 바라보았다. 이언은 피 묻은 옷을 버리고 새옷으로 갈아입고 있었고, 가죽 웃옷을 입고 있었다.

"넌 안 가냐?"

"뭐를 좀 알아볼 것이 있어, 디르거 경과."

이언은 여관의 정원에서 씨익 웃으며 말했다. 튜멜은 혀를 차면서 마차에 올랐다. 튜멜은 오랜만에 자신의 갑옷을 벗고 남작 신분에 맞추어 오렌지색 띠 장식이 들어간 프록 코트를 입고 있었고, 레미는 언제나처럼 회색의 수수한 원피스를 입고 가볍게 숄을 두르고 있었다. 여관의 마부가 힐끔 뒤를 돌아보고는 마차를 출발시켰다.

"초대장을 받았으니 파티에 참석해야겠지."

이언은 따사로운 오전의 햇살을 받으며 중얼거렸다. 마차가 떠나고 한참 만에 나머지 일행들이 나왔다. 파일런은 예의 자신의 흉갑을 걸치고 그 위에 로브를 입고 있었고, 카라는 남자와 별로 다르지 않는 여행자용 복장을 하고 있었다.

"호오~ 제법인데?"

에피는 이언에게 대꾸를 하는 대신에 창백한 얼굴을 들어 헤죽 웃었다.

"헤헤, 이언 오빠, 나 이뻐?"

카라의 체격이 여자치고는 조금 컸기 때문에 에피는 레미의 원피스를 빌려 입고 있었다. 레미보다도 체격이 작은 에피는 발끝에 질질 끌리는 원피스를 입은 채 카라에게 매달리다시피 부축을 받으며 천천히 걸어왔다. 객실에서 여기까지 걸어나오는 것만으로도 에피의 얼굴은 땀에 젖어 있었다.

"태어나서… 이런 옷 처음 입어봐. 근데 무지… 불편해. 맘에 안 들어."

에피는 고통 때문에 단어 사이를 끊으며 천천히 말했다. 파일런은 묵묵히 튜멜의 롱 소드를 이언에게 던져 주었다. 이언은 길게 한숨을 쉬면서 롱 소드를 허리에 매달았다.

"롱 소드는 내 전문이 절대로 아닌데."

"이런 대도시 한가운데서 마법을 쓰는 건 곤란해."

"알고 있습니다."

파일런이 나오면서 여관의 숙박을 정리했고, 마구간의 하인들이 마차와 두 필의 말을 끌고 왔다. 카라는 서 있는 것도 힘들어하는 에피를 마차 안에 눕혔고, 가벼운 몸놀림으로 한 번에 마부석까지 올라갔다. 이언은 가볍게 튜멜의 말을 쓰다듬어 보고는 안장 위로 올라갔다.

"확실하게 안전한 거냐?"

"그럼. 상트 엘로세회 수도원장님께 추천서를 받아냈거든. 안심해. 난 종교인들과 특별히 친하잖아?"

카라는 고삐를 잡으며 미소를 지었다. 눈처럼 하얀 그녀의 뺨 위로 검은 머리와 햇살이 동시에 흘러내렸다.

"짧은 갈색 머리, 애꾸눈, 키가 크고 어깨가 넓은 체형이라 이거지."

이언은 고삐를 가볍게 쥐고서 말을 출발시켰다. 여관 테오의 성을 나선 그들은 곧바로 서로 갈라졌다. 파일런과 이언은 카라 혼자에게 부상당한 에피를 맡기는 것에 별로 불안해하지 않았다.

카라는 허리에 롱 소드로 무장을 하고 있었고, 기본적으로 뱀파이어였기 때문에 일반적인 무기로 그녀에게 상처를 입히는 것은 불가능했다. 게다가 카라는 뱀파이어 특유의 '매혹'이라는 능력을 사용할 수 있었다. 매혹이라는 능력은 동성보다는 이성에게 특별히 효과적이었고, 카라는 여자였다.

이언과 파일런은 생각보다 오랜 시간이 걸려서야 그들이 원하던 장소를 찾아낼 수 있었다. 시내에는 제법 빈번하게 경비병들이 순찰을 돌고 있었고, 그때마다 두 사람은 느리지만 신속하게 인파나 골목길로 몸을 숨겨야 했다.

이언과 파일런은 건물 외벽에 만들어진 고리에 고삐를 매어 말을 묶어두고는 천천히 문을 열고 안으로 들어갔다. 나무가 깔린 바닥에 천장은 키가 큰 파일런의 머리 위로 한두 뼘 정도만 간신히 올라오고 있었다. 대부분의 라이어른식 집 구조가 그렇듯, 이곳도 천장이 낮은 편에 속했다.

타베른은 이미 말끔하게 청소를 마치고 새로운 하루 장사를 준비하고 있었다. 이언은 천천히 안쪽 탁자에 앉아 있던 사내에게 다가갔다. 주인 사내는 검은 머리의 사내가 자신에게 다가오자 의아한 표정을 지었다.

파악!

주인 사내는 단단한 탁자에 박혀 버린 단검을 보고서 창백한 얼굴로 침을 삼켰다.

"매 질문에 대한 대답의 기회는 한 번이다. 대답이 맘에 들지 않을 때마다 손가락 하나씩을 자른다. 알았나?"

주인 사내는 침을 삼키며 이언을 바라보았다. 이언은 싱글거리며 웃고 있었다.

릭은 오랫동안 타베른을 운영하고 있었고, 거친 사내들을 수없이 상대해 오고 있었다. 그는 웃는 얼굴로 협박하는 존재가 얼마나 무서운지 알고 있었다.

"쿼드라는 놈팽이는 어디 있나? 애꾸눈의 용병이라고 했다."

"쿼드는 어제 경비대원들과 싸우다가 체포가 되… 크악!"

주인 사내는 척추를 찌르는 고통 때문에 비명조차 지르지 못했다. 이언의 단검은 사내의 손바닥을 관통해 탁자에 박혀 버렸다.

"두 번째 질문. 쿼드는 어디 있나?"

"이… 이 층 두 번째 방에… 크흐흑……."

주인 사내는 눈물을 흘리며 더듬거렸다. 이언은 만족스럽게 웃으며 사내의 손에서 단검을 뽑아 들었고, 사내의 옷자락에 단검을 꼼꼼하게 닦아냈다.

쾅!

문짝이 거칠게 떨어져 나가는 순간 쿼드는 재빨리 탁자 위에 놓아둔 롱 소드를 잡기 위해 손을 뻗었다. 순간 무언가 싸늘한 기운이 쿼드를 엄습했다. 쿼드는 롱 소드 곁을 뒹굴고 있는 네 개의 손가락을 어이없는 눈으로 바라보았다. 고통은 조금 늦게 찾아왔지만, 그 강도가 줄어든 것은 아니었다.

쿼드는 본능적으로 엄지손가락만 남아버린 오른손을 감싸 쥐고 비명을 질렀다. 징을 박은 묵직한 가죽 부츠가 쿼드의 턱에 빠직 소리를 내며 명중했다. 쿼드는 바지조차 입지 못한 알몸으로 바닥으로 내동댕이쳐졌다. 쿼드가 마룻바닥에 나뒹구는 순간 이언의 전투용 가죽 부츠는 그의 목젖은 잔인하게 밟았다.

"까아아아아아!"

젊은 여자가 시트로 알몸을 가리며 비명을 내질렀다. 동시에 파일런의 클레이모어가 여자의 목줄기를 가볍게 찔렀다.

"나가."

파일런의 명령은 짧지만 섬뜩할 정도로 단호했다. 파일런은 여자와 어린애는 죽이지 않는다는 원칙을 가지고 있었다. 하지만 어디까지나 '원칙'이었다. 검을 뽑는 순간 파일런에게 세상은 전장이 된다는 규칙에는 변함이 없었고, 전장에서는 '정도'나 '도덕'이 존재하지 않았다. 여자나 어린애를 죽여야 하는 상황이라면 파일런은 두 번 망설이지 않았다. 지금까지 그렇게 살아온 남자였다. 여자는 파랗게 질린 얼굴로 침대 시트로 몸을 휘감고 나가 버렸다.

"바보 남작의 검도 생각보다 쓸 만하군."

이언은 피가 흐르는 롱 소드의 검날을 꼼꼼하게 살펴보면서 중얼거렸다. 튜멜의 롱 소드는 뼈를 잘랐음에도 이빨이 나간 부분이 없이 여전히 예리했다. 쿼드는 바닥을 흥건히 적시도록 피가 쏟아져 나오는 오른손을 필사적으로 지혈하면서 고통 속에서 끅끅거리고 있었다.

"제 방식대로 하겠습니다, 디르거 경."

"맘대로 하게나."

파일런은 창가로 다가가 나무로 된 덧문을 열어 창밖을 내려다보면서 말했다. 이언은 미소를 지으며 빠르게 손을 움직여 검을 빙글 거꾸로 쥐었다. 그리고는 곧바로 벌거벗은 쿼드의 허벅지에 수직으로 검을 찔러 넣곤 검의 폼멜에 상체를 비스듬히 기댔다. 그의 체중 때문에 검은 얼마쯤 더 쿼드의 허벅지 속으로 파고 들어갔고, 쿼드는 필사적으로 비명을 지르며 버둥거렸다. 이언은 상체를 검에 기댄 자세로 싱긋 웃었다. 검게 그늘진 그의 눈은 차갑게 번득이고 있었다.

"난 인간들을 고문하는 다양한 방법을 알고 있지. 그리고 말 돌리는 것을 굉장히 싫어해. 인내심이 없거든. 누가 시켰지?"

"레프카… 란쯔 레프카(Lanz Refka) 자작… 이곳의 영주입니다. 으으……."

"에피에게 술을 먹여서 몸을 둔하게 만들어 콰렐을 피하지 못하게 한 것과 콰렐에 맞아 쓰러진 에피의 옆구리에 곧바로 검을 쑤셔 박은 건 네 녀석이겠지?"

"절대 그런 일은… 크악—!"

반대 편 허벅지로 튜멜의 롱 소드가 파고들어 갔다. 쿼드는 알몸으로 여관 바닥을 뒹굴며 고통에 몸부림치고 있었다. 이미 그는 피로 뒤범벅이 되어 있었다. 이언은 자신의 바지 자락에 피가 튀지 않도록 조심하면서 롱 소드를 가볍게 빙글빙글 돌리며 장난을 쳤다.

"마지막 질문 다시. 네 녀석이지? 에피와 함께 도망치는 것처럼 하다가 콰렐에 맞는 순간 검을 찔러 넣었지? 에피의 말을 들어보면 조금 이상한 게 콰렐에 맞아 넘어지는 순간 검이 날아왔다고 했어. 콰렐을 날릴 거리라면 좀 이상하잖아? 게다가 내가 알고 있는 에피라는 머리 나쁜 계집애는 몸놀림이 빠르고 가벼워. 체인 메일을 걸친 녀석들이 달려와 잡을 만큼 만만하지 않아."

"제가… 흑! 했습니다……."

쿼드는 고통 속에서 눈물을 흘리며 더듬거렸다. 이언은 탁자 위에 놓여진 바구니에 담겨진 과일을 집어 들고는 꼼꼼하게 살펴보더니 한 입 베어 물었다. 그는 여전히 웃고 있었다.

"넌 에피가 안에 체인 메일을 입고 있다는 걸 알았어. 맞지?"

"네, 네… 술을 마시다가 봤습니다… 크흐흐…….."

"그래서 죽지 않을 정도로만 찔렀더군. 피를 흘리며 우리를 찾아올 수 있도록. 그런 싸구려 연극에 속을 것 같았나? 이런 대도시에서 피를 질질 흘리는 여자애가 야간 순찰대원과 마주치지 않고 도시를 가로질러 온다는 게 가능할 거라고 보는가? 네놈들 패거리는 전부 다 슬라임이냐?"

이언은 과일을 베어 먹으며 입속에 우물거리는 과일 때문에 불분명한 발음으로 이야기를 하고 있었다.

"슬슬 경비대원들이 찾아올 시간이 되었다고 보는데."

창밖을 내다보고 있던 파일런이 나직하게 말했다. 이언은 두 번째 과일을 집어 들면서 다시 사내의 허벅지에 검을 찔러 넣었다.

"마지막 질문. 우리를 노리는 이유가 뭐냐?"

"모, 모릅니다. 저는 단자…여, 영주에게 고용된 용병입니다…크악!지, 진짜입니다……."

쿼드는 공포 속에서 온몸을 떨면서 이언을 올려다보았다. 이언의 짙은 눈동자는 평온했다. 하지만 이런 상황에서 평온한 눈동자야말로 공포를 가져오고 있었다.

'뭐지? 이런 사내는? 인간인가?'

쿼드는 고통 속에서 희미해져 가는 의식을 부여잡으며 생각했다.

"죽일까요?"

"별로 그럴 필요는 없을 것 같군. 어차피 앞으로는 검을 쥐지도, 걷지도 못할 것 같은데. 자네의 악명은 허명이 아니었군."

창가에서 물러난 파일런은 출혈은 많지 않았지만 다리 근육의 인대가 끊어져 버린 쿼드를 힐끔거리며 말했다. 이언은 정확하게 다리 근육의 인대들만 골라서 검을 찔러 넣고 있었다. 이언은 과일을 입에 물고서 침대 시트에 롱 소드의 핏자국을 닦아내고는 파일런의 뒤를 따라 밖으로 나왔다. 그들은 서두르지 않는 걸음으로 에피가 알려준 방 안으로 들어갔다. 쇼와 레이드, 에피의 짐은 그곳에 그대로 있었다. 파일런과 이언은 나란히 타고 온 말에 짐을 싣고는 릭의 타베른을 떠났다. 어디선가 아득하게 말발굽 소리가 들려오고 있었다.

"일단 점심이나 먹으러 가죠. 이곳 명물인 라와트라 소시지 요리가 입맛에 맞는 것 같습니다. 제가 사기로 하죠."

"나쁘지 않군. 조만간 힘든 전투가 될 거야."

파일런은 희미하게 미소를 지으며 말했다.

튜멜은 다시 한 번 진지하게 자신의 인생에 대하여 회의를 갖기 시작했다. 또한 자신의 인생관에 대하여 자학적인 혐오감을 맛보고 있었다.

"빌어먹을! 빌어먹을! 빌어먹을!"

튜멜은 곰팡이와 이끼로 더러운 돌벽을 차면서 욕설을 쏟아내고 있었다. 여행을 하는 기간에 정확하게 비례해서 욕설이 늘고 있는 튜멜의 모습을 보던 레미는 한숨을 쉬었다. 레미는 지하 감옥 한가운데서 있었고, 튜멜은 지하 감옥을 이리저리 오가며 돌벽과 쇠로 덧대어진 나무 문을 걷어차고 있었다.

지하 감옥답지 않게 천장은 높았고 거의 천장에 맞닿아 쇠창살이 끼워진 작은 창문이 있었다. 창문은 쇠창살이 없더라도 사람이 빠져나가기에는 좁았고, 그전에 이끼 때문에 미끄러운 돌벽을 3미터나

기어 올라가야 했다. 레미는 어딘가 앉으려고 했지만 퀴퀴한 냄새를 풍기는 더러운 물이 고여 있는 바닥에 앉지는 못하고 있었다.

"예절이 부족해! 정말 부족해! 이게 귀족에 대한 예우인가?! 귀족은 지하 감옥에 감금하지 않는다는 원칙을 모르는 건가?!"

튜멜은 자신들이 감금당했다는 사실보다는 귀족인 자신들을 평민들이나 죄수들처럼 지하 감옥에 가두었다는 사실에 분노하고 있었다.

그는 란쯔 레프카 자작이라는 인간이 10명이나 되는 병사들, 그것도 석궁으로 무장한 사내들을 데리고 나타났을 때 자신들이 심각한 문제에 직면했다는 것을 깨달았다. 하지만 영주의 저택을 방문하는 예의에 맞추어 튜멜은 비무장이었고, 설사 롱 소드를 들고 있었더라도 10개나 되는 석궁을 상대한다는 문제에 있어서는 튜멜 자신도 지극히 회의적이었다.

하지만 정말로 케이시 튜멜 남작을 분노하게 하는 것은 구석진 방 정도에 감금할 거라는 예상과는 달리 그들이 자신과 레미를 지하 감옥에 가두었다는 데 있었다. 국왕에 대한 반역죄를 저지르지 않는 이상 귀족에게 이런 대우는 있을 수 없었다.

"디르거 경과 떠돌이 미친 마법사를 기다리는 수밖에 없군요."

레미는 다리가 아프다고 느꼈지만 이렇게 더러운 바닥에 앉지는 못한 채 체념적인 어조로 말했다. 튜멜은 여전히 분노를 다스리지 못하고 있었다.

"왜 쇼와 레이드를 체포하고 우리를 가두는 걸까요?"

"저도 모르겠습니다. 저는 사교계 활동도 거의 하지 않았으니 반역죄를 뒤집어쓸 이유도 없는데. 혹시 이언이나 디르거 경의 과거 때문은 아닐까요?"

"글쎄요. 그건 아닐 것 같은데요. 그 두 사람의 과거는 짐작도 못하겠지만. 그보다는 남작님이 자신의 신분을 밝혔을 때 그 자작이라는 인간의 표정이 맘에 걸리는군요."

튜멜은 우뚝 그 자리에서 멈춰 섰다. 싸늘하고 저릿한 것이 튜멜의 신경을 차례로 후비고 지나갔다.

'혹시? 서, 설마… 벌써 몇 년이 지났는데. 그리고 여긴 발트하임이야. 브레나가 아니잖아? 그렇지만…….'

튜멜은 입술을 깨물며 주먹을 쥐고 있었다. 튜멜은 텅 비고 어두운 허공을 노려보고 있었다. 튜멜의 귓가로 비웃음 소리가 들려왔고, 그 눈빛이 떠올랐다.

'강가의 돌멩이는 절대로 보석이 되지 못하는 법이야. 돌멩이는 돌멩이야.'

'입 다물어! 보여줄 테다. 기다려라.'

'우린 너를 인정하지 못해. 넌 가문의 수치야.'

튜멜은 이미 감각이 없어져 버린 입술을 여전히 으스러져라 깨물고 있었다. 레미는 다른 생각에 잠겨 그런 튜멜을 의식하지 못하고 있었다.

'무슨 의미일까? 아까의 그 말은?'

레미는 자신들을 감금하면서 레프카 자작이 중얼거렸던 말을 떠올려 보았다.

'하하, 이제는 란쯔 레프카 백작이 되는 건가?'

레미는 어둡고 더러운 감옥 한가운데 선 채로 사고를 회전시켜 보았지만 마땅한 해답이 나오지 않고 있었다.

'혹시 그 사람이 시킨 짓일까? 아냐, 그 사람은 발트하임에 영향력이 없어. 그래서 이곳으로 도망쳐 왔잖아? 그럼 누구지? 혹시 사자왕의 암살과 연루된 건 아닐까? 하지만 어떻게 알지도 못하는 존재와 연루될 수가 있지?'

레미는 자신들이 검은평원을 벗어난 직후 마주쳤던 게일의 기사단을 떠올리며 섬뜩한 기분을 맛보았다. 별로 유쾌한 연관이 이루어지지 못하고 있었다.

사자왕의 암살, 게일의 기사단, 없어져 버린 군대, 그리고 자신들의 감금.

튜멜에게도 레미에게도 그러한 일련의 사건들은 전혀 연결 고리를 갖지 못하고 있었다. 단순히 카민까지의 여행이라고 생각했던 애초의 계획과는 달리 여행은 전혀 단순하지 못하게 변해가고 있었다.

'역시 언제나처럼 나 때문에 모두가 힘들어지는 거야. 여행 따위는 떠나지 말았어야 했어. 타인을 불행하게 하는 건 싫어.'

레미는 고개를 들어 천장에 맞닿아 뚫려 있는 창문을 바라보았다. 이곳에서는 푸른 하늘이 보이지는 않았다. 어디에도 푸른 하늘은 없었다. 단지 더럽고 냄새나는 어둠만이 존재하고 있었다.

〈 3권으로 이어집니다 〉

설정 자료집

I. 국가 및 수도 일람표

＊ ‘:’ 표기 이후 표기되는 지명은 수도를 의미함.

1. 대륙 서부

대륙의 서부는 지도를 기준으로 동서 방향으로는 ‘중앙산맥’을, 남북으로는 ‘샤웬(Shawenn) 산맥’을 기준으로 서쪽 지역을 의미한다. 크게 ‘아메린 고지(Amerin Highland)’와 샤웬 평야가 있는 ‘샤웬 반도’로 구성되어 있다.

◆아메린(Amerin) : 에벨리나(Evelina)

2. 대륙 중부

대륙의 중부는 중앙산맥에서 녹해(Green Sea)에 이르는 지역으로 가장 넓은 지역이다. 보통 샤웬 산맥이 끝나는 퀸즈 베이(Queen Bay)를 시작으로 아피아노 반도(Apyano Peninsula)까지 이르는 해안선 위쪽을 지칭한다. 가장 많은 국가들이 모여 있는 지역이다.

◆크림발츠(Krimwaltz) : 하리야나(Hariyana)

◆아피아노(Apyano) : 아피아노아(Apyanoa)

◆스톨츠(Stoltz) : 레카야(Lakkaya)

◆베일 칸토 연합(Veil Canto Unoin) : 4개의 Canto(속주)가 모인 국가. 조세권, 외교권은 쥬트 베일이 갖고 있고, 지역 방어만을 각 칸토가 위임받고 있다. 쥬트 베일의 수도 베일라렌만을 ‘수도’라고 칭하며, 각 칸토들의 이름은

칸토 시(Canto-City)의 이름을 따른다. 즉, 네제브는 네제브 시를 중심으로 하는 특정 지역의 칸토를 의미한다. 대륙에서는 아직 이런 식의 지역 자치 개념이 확립되지 않았기 때문에 네제브의 수도는 네제브라는 식으로 이해하고 있다.

· 쥬트 베일(Jut-Veil):베일라렌(Veil-Laren)

· 네제브(Nerserv):네제브

· 슈비츠(Schwitz):슈비츠

· 칼렌(Kalen):칼렌

3. 대륙 북부

대륙 북구는 오직 라이어른 영토가 펼쳐져 있는 지역만을 의미한다. 대륙에서 유일하게 북해(Nord Sea)와 백해(White Sea), 두 개의 바다를 갖고 있다.

◆ 라이어른 맹약국(Reiern Confhederaziate Straaten)
6개 국가가 '피의 맹약'이라는 맹약 아래 모인 연합 국가. 각국이 외교권을 제외한 모든 국가 권력을 갖고 있다는 점에서 칸토 연합 제도와는 다르다. '종주국'이라는 의미는 발트하임이 대륙의 타 국가들에 대한 외교권을 대표로 행사한다는 것을 의미한다. 맹약국들은 각국의 내정에 간섭하지 않는다는 원칙을 갖고 있지만, 현실적으로는 종주국의 발언권이 암묵적으로 강한 편이다.

· 서부 3국
◇ 발트하임(Waldheim):아인돌프(Eindolf)
◇ 페임가르트(Peimgart):란트가르트(Landgart)

◇브레나(Brena):테겔(Tegel)

· 동부 3국

◇뤼막(Luimak):뤼부룩(Ruiburg)

◇게일(Geil):게일란트(Geilland)

◇노드 게일(Nord-Geil):슈렌스비 홀스탈(Schrenswig-Holstain)

4. 대륙 동부

대륙 동부라고 함은 야르 산맥(Jaar Mts.) 동쪽의 광범위한 지역 전부를 지칭한다.

◆폴리안(Pollian):상트 폴로나(Sangt-Pollona)

◆카민(Kamin):루친(Ruzyne)

◆슬라이브(Slaiv):알려진 바 없음

◆발헤니아(Valhenia):욥(Yoff)

◆파니온(Panion):알려진 바 없음

5. 북해 이북

대륙 북부 지역에서 '북해협(Nord Straits)' 너머를 의미하며, 섬인지 본토 대륙과 연결된 땅인지조차 명확하게 밝혀진 바가 없다. 본토 대륙인이 건너간 예는 극히 드물기 때문에 본토의 지도에서는 공백으로 남아 있는 지역이다.

◆스베린(Swerin):고테부룩(Goteburg)

6. 남쪽 대륙

녹해 이남의 대륙을 지칭한다. 거친 사막 지역으로 이루어져 있으며 사막 너머로 횡단할 만한 기술이 발견되지 않고 있다.

◆카라타고아(Khjaratagoha):단일 도시 국가

II. 국가 자료

1. 스톨츠(Stoltz)

· 수도: 레카야(Lakkaya)

· 건국 년도: 하페우스 3세력 550년 4월 30일

· 정치: 절대 군주국

· 인구: 190만 추정

· 통화: 1루니(Runie) / 100루트(Rutt)

· 언어: 동부 미노트 어(Ort Minot)와 2개의 스톨츠 방언 공용

· 건국 영웅: 트레니코프(Trenikhof) 백작

· 왕성: 호수의 성(Seel d' shuss)

· 행정 구역: 2개 Canto로 구성

· 표어: "세상의 시작, 세상의 끝. 이곳에 신의 의지가 기울다."

(건국 시조 트레니코프 백작의 가훈)

주요 기념일

1월 1일, 2일: 새해

2월 28일:해빙 기념일

3월 4일~8일:봄 축제

3월 20일:고해의 날

4월 30일:건국 기념일

5월 15일:근위대 사열식

7월 8일:사랑의 날

9월 2일:신앙의 날

10월 11일, 12일:추수 감사절

12월 3일:농휴 기념일

12월 17일:겨울 축제

12월 30일, 31일:연말 축제

보유 기사단

호수의 근위대:1개 연대(국왕 친위대)

세리엔느의 별:2개 연대(외인 기사단)

비고

원래는 Veil Canto 연합 소속국. Veil의 다른 Canto들과는 근본적으로 다른 문화와 언어를 이유로 분리 독립. 기존 Veil의 국가들과는 뿌리 깊은 민족 감정을 갖고 있다.

국토 면적 자체는 그다지 작지 않은 편이지만 국토의 6할 이상이 호수와 하천, 고산 지대로 구성되어 있어서 실질적인 가용 면적은 그다지 많지 않다. 3,000개 이상의 호수로 구성되었기 때문에(정확한 통계가 이루어진 것은 아니다) 〈호수의 나라〉라는 이름으로 불리우며 중앙산맥의 고산 지대 사이에

넓게 분포된 호수는 빼어난 자연 경관을 자랑하며 스톨츠의 상징이다. 거의 모든 도시들이 호수 주변 비탈 지대에 분포되어 있으며 내륙 국가임에도 소형 선박 건조 기술은 상당 수준을 자랑한다. 주민 대부분이 비탈진 고산 지대에서 목축업과 호수를 중심으로 어업에 종사한다.

춥고 긴 겨울과 짧은 여름으로 유명하며 험한 지형 때문에 역사적으로 외적의 침입은 적은 편이다. 지형적인 영향 때문에 호수를 주변으로 형성된 도시들 상호 간의 독립 성향이 강하지만 의외로 왕권이 안정되어 있는 국가이다.

빼어난 자연 경관 덕분이라는 소리를 들을 정도로 대륙 최고의 문학, 음악, 미술 등의 예술 전반에 걸쳐 독보적인 결과를 바탕으로 〈예술가들의 국가〉라는 평가도 받고 있다. 또한 국력에 비해 의외로 대륙의 타 국가들의 문화 형성에 많은 영향을 미치고 있다. 스톨츠식 문화는 여타 국가들의 귀족 사회에서 고급 문화로 인식된다.

국왕 친위대인 〈호수의 근위대〉는 대륙에서 가장 아름다운 기사단으로 유명하며, 창설 이래 단 한 번도 외적과 전투를 하지 않은 특이한 전통을 자랑한다. 까다로운 복식 규정과 섬세하고 아름다운 근위대 제복은 이미 그 자체로도 예술적이라는 평가를 받고 있지만, 이들의 실전 전투력에 대해서는 대부분의 국가에서 회의적인 반응을 보이고 있다. 하지만 현재까지 이들이 외적과 전투를 치른 전적은 없다.

수도 레카야에 있는 왕성 〈호수의 성〉은 수도를 끼고 있는 레카야 호수 한가운데 있으며 총연장 300미터에 달하는 연륙교 이외의 방법으로는 접근할 수단이 없기 때문에 대륙 최고의 난공불락 요새로 평가받지만, 호수 위에 세워진 독특한 외관 때문에 가장 아름다운 왕성이라는 데 이견이 있을 수 없다. 건국 이래 수도 레카야에 외적이 발을 디딘 적은 아직까지 없다.

대륙에서는 '조용하지만 아름다운 국가'라는 평가를 받고 있다. 특별한 특산물 자체는 없지만 풍습과 예절, 유행이라는 무형의 문화는 상당수가 스톨츠의 문화를 바탕으로 하고 있다.

2. 아피아노 (Apyano)

- 수도: 아피아노아(Apyanoa)
- 건국 년도: 하페우스 3세력 10년 9월 31일
- 정치: 입헌 군주, 공화제 혼합 정치
- 인구: 210만 추정
- 통화: 1겔더(Gelder) / 100파야크(Fajjakh)
- 언어: 동부 미노트 어(Ort Minot), 아피아노쉬(Apyanosch) 공용
- 건국 영웅: 레아루스(Learus) 형제
- 왕성: 아피아노의 탑(Toll la Apyanoa)
- 행정 구역: 6개 지방 행정 구역 및 중앙 대교국 자치 구역
- 표어: "신의 영광이 이곳에 함께하니, 신의 은총을 찬미하라."

주요 기념일
1월 1일, 2일: 새해
2월 27일: 성벽의 슬픔일
3월 4일~8일: 봄 축제
3월 10일: 가도 완공 기념일
3월 20일: 고해의 날
5월 15일: 대상단 기념일
9월 2일: 신앙의 날

10월 11일, 12일:추수 감사절

11월 3일:동방 개척 기념일

12월 3일:농휴 기념일

12월 30일, 31일: 연말 축제

보유 기사단

가도의 수호자:3개 연대(아피아노 가도 경비 기사단)

아피아노의 방패:2개 연대(수도 방어 기사단)

비고

대륙에서 가장 오래된 국가. 하이파 제국이 건국되기 이전부터 존재했으며, 국가로서의 개념이 확립된 연도는 3세력 10년 전후이며 이것도 역시 제국의 성립보다 빠르다. 신화에 따르면 레아루스 형제가 현재의 수도 아피아노아 자리에 대륙 최초의 도시 국가를 건설했으며 아피아노의 건국 연대는 이 시대까지 거슬러 올라가야 한다고 주장하지만, 대륙의 학자들은 그 시대의 기록이 없는 관계로 이 가설을 부정하고 있다. 최초로 발견된 성문 점토판에도 이미 아피아노아에 대한 언급이 있었으며 이것은 어느 정도 레아루스 형제의 도시 국가 건국설을 뒷받침하고 있다.

제국 이전 시대에 대륙 최강대국으로 군림했으나 제국 성립 당시에 영토의 태반을 상실하고 현재는 대륙 최약소국 중 하나로 전락했다.

제국이 분열되면서 아피아노의 수도는 새로운 종교의 수도로 지목되었으며 아피아노 측에서는 수도 근교의 넓은 Lainoa 평원을 무상으로 내주었다. 이 평원에 건설된 것이 중앙 대교국이며 대성당인 Sant-Elis의 소재지이다. 중앙 대교국은 아피아노의 모든 법률에 해당되지 않으며 중앙 대교국 건물들은 그 건물들만으로 아피아노 내부에서 독립국으로 인정을 받는다.

보수 전통주의를 고수하고 있으며 종교적 성향이 가장 강한 국가로 이름이 높다. 대표적인 증거로 수도 방어 기사단인 〈아피아노의 방패〉의 경우에 그 이름처럼 이 기사단은 철저한 방어만을 목적으로 하는 기사단이다. 이것은 아피아노의 국왕이 중앙 대교국이 있는 성역에 검을 가진 무력 집단을 주둔시키지 않겠다는 선언을 바탕으로 하며 유사시 이외에는 비살상 무기만을 소지하는 것으로 유명한 기사단이다.

중앙 대교국과 함께 아피아노를 대표하는 또 다른 것은 바로 〈아피아노 가도〉이다. 제국 시대 이전부터 기초적인 노면 공사가 이루어져 있던 이 가도는 몇 세기에 걸쳐서 증·개축을 되풀이하면서 지금도 꾸준히 개량되고 있는 도로이다. 이 도로는 수도 아피아노에서 시작되어 동방제국까지 연결되고 있으며 대륙에서 가장 긴 포장 도로로 유명하다. 이 도로를 이용하는 것은 주로 동방 교역단이지만 때로는 동방 원정을 위한 군용 도로로 악용되는 경우도 많다.

산업의 경우에는 보석 및 유리 세공이 발달했으며 각종 공예품들이 고가로 판매된다. 동방 교역의 전초 기지이며 녹해의 무역을 위한 상업 중계항으로도 유명하다. 대륙과 동방의 무역을 주도하는 대상단의 무역 기지이기도 하다.

각국 주요 기사단 일람

"검은 마음이 없다. 검은 그것을 쥔 자의 의지 발현의 도구이다. 그 주인에 따라 성검이 되기도 마검이 되기도 한다."

—Terakk 'storm' Arc Seviel, 폭풍의 기사(483-541)

[Amerin 국왕 친위대] (530, Amerin.) 친위대 창건식 연설문 중에서

· 특수 분류 기사단

명칭	소속국	병력수	분류
청기사단	Amerin	6연대(48,000명)	국왕 친위대
태양기사단	Amerin	11연대(88,000명)	Shawenn 평야 주둔 기사단
여왕의 창기병	Krimwaltz	3연대(24,000명)	국왕 친위대
슬픔의 기사단	Krimwaltz	1연대(8,000명)	추모 기사단(예식대)
영광의 기사단	Krimwaltz	2연대(16,000명)	동방 원정 기사단
진홍기사단	Pollian	4연대(32,000명)	중앙 기사단 제1군
아피아노의 방패	Apyano	2연대(16,000명)	수도 방어 기사단
맹약기사단	Reiern C. S.	4연대(32,000명)	6개 맹약국 연합 기사단
호수의 근위대	Stoltz	1연대(10,000명)	왕성 근위 기사단
겨울기사단	Swerin	불명	대륙 침공 기사단
흑설대환란	Valhenia	불명	동방제국 기사단
동방의 검	Slaiv	불명	불명
흑색친위대	Kamin	6연대(48,000명)	국왕 직속 친위대
고원기사단	Veil C. U.	2연대(16,000명)	Canto 기사단

참고

① 각국 중앙 기사단 제외(국가별 중앙 기사단 개별 보유:상기 항목은 특수 기사단에 한정됨)

② 중앙 기사단에 대한 명칭은 국가에 따라 상이한 호칭 사용 가능(이하 예시 참조)

-Amerin:국경 수비대

-Pollian:폴리안 기사단(중앙 기사단 제2군)

-Veil C. U.:Cantoreller(칸토 수비군)

-Stoltz:중앙 기사단 없음

· 군사 편제

하페우스 3세가 정비한 편제에 따라 대부분의 국가에서는 3-4-4-4 편제를 수용하고 있지만, 구성 인원 등의 세부적인 부분에 있어서는 국가별로 다른 경우가 많다.

또한 운용에 있어서도 각 연대를 동시에 운용하는 경우가 몇 개 연대씩 순환 운용하는 방식을 채택하는 등 군사 제도의 세부적 항목에 있어서는 유동성이 크다. 전자의 대표적인 경우는 〈고원 기사단〉 후자는 〈여왕의 창기병〉 등이 있다.

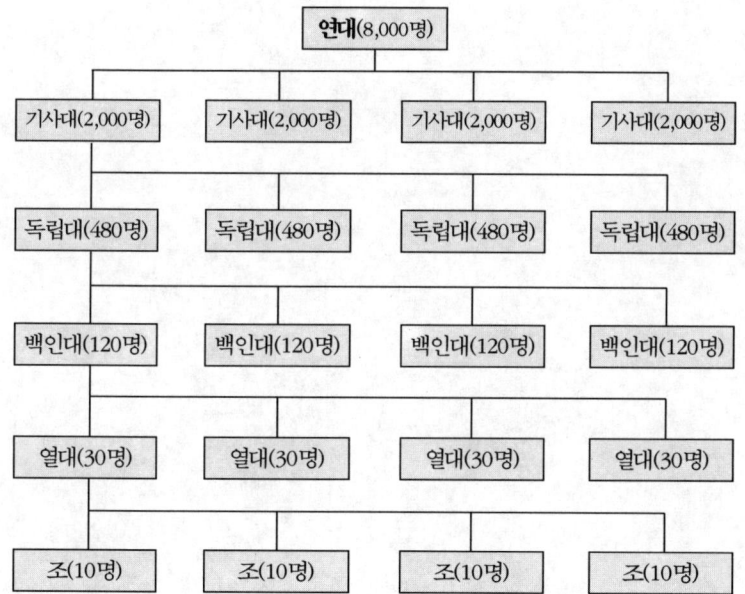

#지휘관

연대: 기사단장

기사대: 기사대장

독립대:독립대장

백인대:백인대장

열대:열장

조:조장

Reiern C.S. 라이어른 맹약국

◆Illustrated by KWON◆

Swerin

Nord Straits
북해협

Kenigs Is. 케니히스 섬
Keniggart 케니히가르트
Klain Is. 클라인 섬
Tur Is. 투르 섬   Kielath   Holden Is. 홀덴 섬
킬라스   Putz Is. 푸츠 섬

Nord Sea
북해

Brena
Beren 베렌
Boden 보덴
Eisenbach 아이젠바흐   Berain 베라인
Kreuzen 크로이첸
Jagerheim 야거 하임
Tegel 테겔

Grand Sea
대해

Ergensheimer
에르겐스하이머   Jutland 유틀란트   Cux Bay 쿡스 만
Bergen 베르겐
Mannsburg 만스부르흐   Cuxhaven
쿡스하벤
Peimgart   Luimak
Osna 오스나
Kroabach 크로바흐   Odensa Kenig
오덴사 케니히   Ruiburg 취르부르
Bernshaven 베른스하벤
Altarheim 알타하임
Landgart 란트가르트   Jaar R. 야르 강
Erasburg 엘스부르   Wuppertal 쿠퍼탈   Effendorf 에펜도르프   Uls
울스   Nord Geil
Enshenden   Ruiken-Staten 뤼켄 슈타텐   Waldheim   Kappele 카펠
앤스헨젠
Bochshaven 보흐스하벤   Groaruhe 그로스루에   Messenswig   Schrenswig-Holstain 슐렌스비흐스타인
Wecks 벡스   Glucks 굴룩스   Eindolf 아인돌프   메센스바히
Wensheim 벤스하임   Hafeus-Heim Staten   Ressen R.
Ihar R 이아르 강   하페우스 3세 슈탄 지   레센 강
Ekewald Forest
Teritz 테릿츠   에케발트 대산림   Whielderland 휠더란트
Achsen 악센   Ekewald 에케발트   Geilland 가일란트
Black Plain   Ratteil 라트에일   Geil   Riesen 뢰센
검은평원
Teilburg 테일부르   Weinburg   Braun 브라움
Pinneberg 피네벡   바인부르흐   Onterstaten
Heutefrau   오스터슈타텐
Oppenbach 오펜바흐   Jungshorn   호이테프라우
융스호른   Ende-Staten
앤에슈타텐

Mid Mts. 중앙산맥

Krimwaltz 크림발츠

Chauant

Loire

Krimwaltz Highlands

Plain Des Midde

TooAng

Queens Bay 퀸즈 만

Green Sea 녹해

Dijot 디종로

Pryucion 푸시시옹

Reims 빔즈

Gendilou 고앙스

Chaumba 샹바 비

Axi-paut-Conte 낙시-폿-콩테

Arc de Este R. 카르 드 엘테 강

Il de Rotian 일 드 로티앙

Huilrouse R. 윌 뢰즈 강

Loire 루아르

Revue 비 뉴

Neulnoire 뇌 느와르

Chauant 쇼앙트

Morvaux R. 마르 보 강

Chaubernac 스채 르낙

Roche 룽

Franse R. 프랑제 강

Axi-ett-franse 낙시-낭-프랑제

Wheat Plain 밀밭 평

Le 르 강

Sant-Dogne 상트누

Jozse 조세

Axi-Las-Basin 낙시베 스 바낭

Harrizzna 하-하르나

La Lusone 라 루소

Aross 오 로

Lavall 라발

Wydhren R. 위 디 헌 강

Clersant 클랑르 상

Regionbtiour 레 기옹-)

Xenott 세노트

Montpeatin 몽파스탕

Siferelt (낙시-다-봉트 바낭)

Berny 비 르니

La Lusone 라 루스

Wydhren 워디엉

Del-roll 대로 뤄

Mare 마레

Quisper 세 페르

Clertal 클레 르탕

Ieroui 세 로이

Quentin 낭엉

Sautte-Sent 소 생

Ardenes 아르 덴 뉴

Toolnt 투앙

Fehrin 페 힌

Calais 칼레

El Ardnt 엘 아덤

Miro R. 미로 강

Lenton 랜튼풋

Wxontter 우스터

Froguin R. 프로긴 강

SunE-Mont 썬얼 몬토

Baskin 바스킨

Chanertnunant 샹바-누-르

Quimper R. 정게 르 강

Maei 나뤼

Sant-Raei 상나-나

Bloot 블루아

(아세리-낭-낭 상세낭발)

TooAng

Plain Des Midde

Queens Bay 퀸즈 만